Celine Clair

No *Love* for

policemen

Roman

1. Auflage 2019

Umschlaggestaltung: © Jaqueline Kropmanns

Korrektorat: Daniela Jungmeyer

Verlag & Druck: tredition GmbH, Halenreie 40-44, 22359 Hamburg

ISBN: 978-3-7497-2878-7

Dieses Buch enthält Passagen, die für Jugendliche unter 16 Jahren nicht geeignet sind!

Vorwort

Geschichten werden geschrieben, um zu berühren, zum Nachdenken zu anzuregen, schöne Stunden zu gewähren und einen aus dem grauen Alltag, traurigen Momenten oder schwierigen Lebenssituationen hinwegzutragen. Womöglich dienen sie auch der Unterhaltung, zum Mitärgern, weil Protagonisten nicht so ‚funktionieren‘, wie man es selbst tun würde, oder sie locken Tränen aus den Augenwinkeln, sei es aus Freude oder Trauer.

Ich hoffe daher, diese Geschichte kann auch dir eine wunderbare Lesezeit ermöglichen. Sollte es tatsächlich so sein, wäre das schönste Lob und die größte Unterstützung deine Meinung in Form einer Rezension in einer dir genehmen Onlineplattform oder in einem Onlineshop dazulassen ;)!

Danke!

Inhaltsverzeichnis

1 | Das Gesetz im Nacken

o schmeckt also mein Auto, kam ihr der stichhaltige Gedanke, als ihre Lippen über das kalte Metall des Daches fuhren, da ein Polizeibeamter ihre Scherze alles andere als lustig empfunden hatte. In dieser demütigen Haltung wurde ihr klar, dass diese Situation böse enden würde. Als Selina gegen ihren Wagen gepresst wurde, hinter ihr die Handschellen einrasteten, war das erotische Bild im Zuge des Punktes ‚Einmal einen Polizisten bei einer Straßenkontrolle anbaggern' auf ihrer To-do-Liste nicht mehr so prickelnd. Es war bitterkalt, da der herbstliche Wind ihr durch die Strümpfe fuhr und es musste bewölkt sein, denn außer der Straßenbeleuchtung und den Scheinwerfern des Polizeiwagens war kein Fünkchen Licht am Horizont zu erkennen.

Was ist nur in mich gefahren? Wie viele Gin Tonics waren es? Sie hatte nur zwei gezählt, aber was da gerade ungefiltert über ihre Lippen gerutscht war, war alles andere als belustigend oder eloquent gewesen. Also mussten es eindeutig mehr als zwei Gläser gewesen sein:

„Herr Inspektor, wo soll ich Ihnen nun blasen, damit Sie meinen Alkoholspiegel ablesen können?", hallte es in ihrer Erinnerung nach und sie wollte sich gar nicht ausmalen, welchen beschwipsten Blick sie dabei aufgesetzt hatte. Womöglich hatte sie noch gedacht, sie wäre gerade lasziv in Erscheinung getreten. Dann folgte des Weiteren etwas so Stilvolles wie: *„Sind Sie sich sicher, dass ich keine Waffen oder Drogen an meinem Körper*

trage? Wollen Sie mich nicht penibelst genau abtasten? In meinem Höschen ist besonders viel Platz!"

Was zum Kuckuck noch einmal soll ‚penibelst genau' sein? Und hatte sie das wirklich laut ausgesprochen oder war ihre Fantasie hier nur am Blühen bei einer bereits furchtbar eskalierenden Situation?

„Lalle ich eigentlich?" *Oh nein! Halt doch einfach den Mund, bevor es schlimmer wird, Selina!,* bettelte ihr Verstand, der zwischen Paragrafen, Ausschnitten von Richtersendungen im Fernsehen und wütenden Ausdrucken ihrer Eltern hin und her torkelte. Denn genauso fühlte sich ihr Kopf an: wie eine reich gefüllte Bowle, die durchgeschüttelt wurde.

„Ha, ha, ha! Steger, du hast es wieder einmal geschafft!", lachte der zweite Beamte amüsiert, der mit den Händen in den Hüften beim Polizeiwagen stehen geblieben war, indes dieser Herr Steger sie gegen den Wagen gepresst hielt. Selina konnte im Scheinwerferlicht des Einsatzfahrzeuges nur seine Silhouette erkennen, da ihr Kopf in seiner Richtung auf dem harten Metall auflag. Doch offenbar amüsierte er sich köstlich auf ihre Kosten.

„Halt's Maul", brummte der Kollege Steger zurück, während er Selina unsanft am Oberarm zog, um sie umzudrehen. „Autsch!", protestierte sie und konnte nicht verhindern, dass ihre Pupillen glasig wurden. Sie fühlte sich erbärmlich.

„Haben Sie nun Ihre Rechte verstanden, die ich Ihnen gerade verlesen habe? Sie bekommen auf dem Revier noch die schriftliche Ausfertigung", seufzte der Beamte mit diesen unglaublich ausdrucksstarken Augen. „Ich verstehe es nicht, warum Sie es so weit haben kommen lassen, Frau Krüger.

Alkohol am Steuer, Führen eines verkehrsuntauglichen Fahrzeuges – und nicht zu vergessen: Beamtenbeleidigung. Dabei hatte ich vorgehabt, Sie mit einer simplen Verwarnung davonkommen zu lassen." Dann schnappte er sie grob am Bizeps und wollte sie zum Einsatzfahrzeug bringen. Selina blinzelte traurig zu ihrem zurückgelassenen Auto, das wie ausgesetzt am Straßenrand der Bundesstraße stand. Das musste alles ein böser Albtraum gewesen sein, immerhin war der Abend mit ihren Freundinnen so genial gestartet.

„Bitte, ich wollte Sie nicht beleidigen. Ich hatte eher vor, mit Ihnen zu flirten." Selina hatte kaum ein Gefühl für ihre Zunge, sie fühlte sich merkwürdig pelzig an und sie war dankbar für die starke Hand, die sie stützte, denn die Welt um sie herum schien sich zu drehen. Dabei hätte sie schwören können, als sie eingestiegen war, ging es ihr noch bestens. „Ich meine, ich komme gerade aus dem Casino und ich gebe zu, ich hätte in diesem Zustand vielleicht nicht mehr fahren sollen, aber mal ehrlich: Wie oft kommt es vor, dass man von so einem attraktiven Polizisten aufgehalten wird? Der Alkohol hat meine Zunge gelockert und ich habe mir Dinge ausgemalt, die nur in Schundromanen vorkommen. Es tut mir wirklich leid, aber was soll ich tun? Sie stehen hier in Uniform, ich kann sonst nirgendwo hinsehen als auf ihren heißen Arsch, die breiten Schultern und diese Lippen, die ausnahmslos jede Frau im Schritt haben will." Selina verstummte sofort und hielt den Atem an. Ihr Mund musste sich selbstständig gemacht haben und entwickelte ohne Frage ein Eigenleben, bei dem sie nicht mehr mitzureden hatte.

Auch wenn es wahr ist! Wären ihre Hände nicht gerade am Rücken zusammengepfercht, hätte sie sich liebend gerne selbst eine gescheuert. „Bitte, Herr Inspektor, wenn Sie sich ausziehen, wäre ich nicht so nervös. Is' wirklich so."

Oh bitte, so wollte ich das jetzt nicht ausdrücken!!! Na ja, aber so ähnlich.

„Sie können es einfach nicht lassen? Finden Sie das etwa komisch?" Seine Augen wurden zu zornigen Schlitzen, sie musste den Bogen tatsächlich überspannt haben. Sie presste die Lippen aufeinander und hatte den festen Vorsatz, ihren Kopf verneinend zu schütteln. Etwas Reue würde sie schon aufbringen können, oder nicht? Doch als sich in ihrem vom Alkohol bezirzten Gehirn soeben das Bild des Polizeibeamten formte, der bei toller Musik aus den 90ern vor ihr strippte und dabei einen kitschigen Glitzerstring trug, brach es aus ihr heraus. Sie konnte nicht anders, als loszuprusten vor Lachen. Gerade, als sie das Gleichgewicht zu verlieren drohte, hängte Selina sich an die starke Hand des Beamten, der zugleich seine zweite zu Hilfe nehmen musste.

„Gut, wenn Sie die Situation nicht ernst nehmen wollen, werde ich nun veranlassen, dass Ihr Auto abgeschleppt wird und Sie folgen mir unauffällig aufs Revier für eine Anzeige. Sie dürfen ihren witzigen Rausch dann anschließend im PAZ[1] ausschlafen."

---

[1] Polizeianhaltezentrum

2 | Freches Mundwerk

Als Selina vor der Polizeiinspektion resolut aus dem Einsatzwagen gezogen wurde, fing es gerade wie aus vollen Kannen zu schütten an. Ihr Herbstmantel war aus Wolle und sog sich regelrecht voll, wie ein Verdurstender in der Wüste. Unweigerlich begann sie am ganzen Leib zu frösteln, als dieser Beamte Steger seinen Kollegen ansprach: „Gut, dann viel Spaß in Günselsdorf und danke für deine Unterstützung. Wir sehen uns."

Als Selina sich umsah, las sie Traiskirchen auf dem Amtsgebäude und fragte sich, ob dies das besagte ‚PAZ' war, was auch immer dies sein sollte. Dabei hätte sie diesem verschlafenen Nest ein eigenes Polizeirevier gar nicht zugetraut. Sie war noch nie hier gewesen, aber sie konnte auch nicht von sich behaupten, sich an diesem Ort länger als nötig niederlassen zu wollen. Alles wirkte trostlos und wie ausgestorben.

„Wirst du mit der Kleinen allein fertig?", spottete sein Kollege, der nun lässig zur Fahrerseite des Wagens spazierte, und kassierte nur wieder ein Brummen von diesem Herrn Steger. Ihre wenigen Gehirnzellen, die gerade noch reibungslos funktionierten, suggerierten ihr, dass dieser Schönling seinen Job nicht besonders mochte, oder womöglich auch nur diese eine Aufgabe, sich um eine betrunkene Fahrzeuglenkerin zu kümmern.

Wer würde das auch schon gerne tun?!

Lieblos und übertrieben ernst zog er sie die drei Stufen empor zum Haupteingang und öffnete die Tür, um sie vor sich her hindurch zu schupsen.

„Hey, Steger. Brauchst du Hilfe?", hörte Selina eine leicht brechende Stimme fragen, die zu einem etwas korpulenteren Exemplar der Polizei gehörte und sich hinter einem Bildschirm direkt beim Eingang verschanzte. Er musste wohl eine Art ‚Empfangsdame' für Parteienverkehr sein und hatte, ohne auch nur den Blick zu heben, ihre zu Fleisch gewordene Handschelle erkannt. So viele Mitarbeiter schienen hier also nicht ein- und auszugehen.

„Nein. Die Madame war nur überwitzig und hat sich persönlichen Polizeischutz gewünscht."

„Aha", kam es gelangweilt retour, während der Polizist, in dessen Klammergriff sie hing, sich nun die nasse, blaue Tellerkappe abzog und ausschüttelte. Das erste Mal konnte Selina den Mehrzweckgurt an seinen Hüften betrachten. Sie hatte mit Polizisten bisher kaum etwas zu tun gehabt, aber aus nächster Nähe sah dieser Gürtel wie ein kleines Waffenarsenal aus. Sie erkannte ein Taschenmesser in passender Hülle, offenbar ein Pfefferspray, eine Pistole samt Halterung, eine leere Tasche, wo wahrscheinlich die Handschellen ihren Platz fanden, Handschuhe zu einem Gummi gezwirbelt und noch so ein Täschchen, für was auch immer. Der Gurt musste Tonnen wiegen.

Selina ließ sich von dem Beamten durch einen schmalen Gang scheuchen, der aufgrund einer flackernden Neonröhre alles andere als einladend war. Etliche kastanienbraune Türen waren geschlossen und außer dem geschäftigen Tippen des Beamten beim Eingang – der gewiss nur im Internet surfte – war absolut nichts zu hören. Da musste sogar ihr quengelnder Magen randalieren und sich lautstark bemerkbar machen. Ein ungutes Gefühl kroch ihr den Rücken empor und ihr war gar nicht mehr nach Scherzen zumute. Es fehlte nur noch ein gehässiges, geisterhaftes Lachen und ein kühles Flüstern in ihrem Nacken, denn die Gänsehaut stand schon parat.

„Muss das alles sein?", fragte sie kleinlaut, als sie bei einer der schäbigen Holztüren am anderen Ende des Gebäudes angekommen waren und der Polizist an ihr vorbeigriff, um die Klinke zu betätigen.

„Sagen Sie es mir, Frau Krüger. Ich könnte mir auch spannendere Themen vorstellen, als nun Ihre Personalien aufzunehmen." Selina wusste nicht, ob hier ein wenig Gehässigkeit durch die Worte gezogen war, doch als sie in dem warmen Raum ankamen, wurde ihr wieder bewusst, wie schwindelig sie sich fühlte. Noch dazu fraß sich die nasse Kälte ihres Mantels in die Haut und sie zitterte.

Es waren keine Worte nötig, denn als diese dunkelbraunen Augen sie misstrauisch musterten, hatte der Beamte wohl ihr Erschaudern bis in seine klammernde Klaue gespürt.

„Darf ich Ihnen das ausziehen?"

Ihre Vorstellungskraft setzte sich gerade Hörner auf und rieb sich frech die Hände. *Ausziehen? Aber hallo!*

Reiß dich zusammen!

Selina nickte hektisch und hoffte, ihre Lippen blieben diesmal versiegelt. Um sicherzugehen, fragte sie: „Entschuldigen Sie, Herr Inspektor, bevor wieder meine schmutzige Fantasie mit mir durchgeht und mir das Leben weiter zur Hölle macht, hätten Sie einen starken Kaffee für mich oder einen Schluck Wasser?" Rasch setzte sie noch ein „Bitte" hinterher.

Er sah sie eindringlich an und Selina tat sich schwer, seinem Blick standzuhalten. Der Beamte war einen Kopf größer als sie und seine dominante Nähe bereitete ihr weiche Knie. Plötzlich ließ er von ihr ab und sie stabilisierte sich an dem Stuhl, der direkt neben ihr stand.

„Exakt hier stehen bleiben! Und machen Sie mir bloß keine Dummheiten!", drohte er ihr und hob in strenger Manier den Zeigefinger. Sie schluckte einen Kloß in die Flucht und nickte artig. Nach diesem finsteren Ausdruck traute sie sich nicht einmal ein Blinzeln zu. Dennoch blieb ihr nicht verborgen, wie seine Pupillen kurz ihr Gesicht abfuhren und an ihren Lippen haften blieben. Unter der blauen Uniform und den harten Paragrafen steckte letztendlich auch nur ein Mann, der auf Reize reagierte. Ein klein wenig triumphierend hob sie einen Mundwinkel an, doch er ignorierte diese Darbietung gekonnt und verschwand hurtig aus dem Büro.

Selina blickte sich um. Das Zimmer konnte nicht mehr als fünfzehn Quadratmeter groß sein, die Jalousien waren zugezogen, die weißen Oma-Vorhänge schienen vergilbt vom Rauch und die Möbel mussten schon so gestanden haben, als sie noch als Spermium unterwegs war.

Es roch alt und auch eine Note von stechendem Zitrusduft schwebte in der Luft, als würden es die Putzfrauen hier besonders genau nehmen. Und exakt dieser Geruch ließ die

Übelkeit wieder anklopfen. Sie konnte nur hoffen, dass sich ihr ihr Mageninhalt in den nächsten Minuten nicht aufzwingen würde und sie dadurch ihre letzte Chance, hier mit nur einem blauen Auge davonzukommen, verspielen würde.

Sie versuchte, sich abzulenken und fuhr visuell alles ab. An den Wänden hingen Auszeichnungen und Diplome, auf denen der Name René Steger stand. Er schien in den letzten Jahren sehr viele Fortbildungen hinter sich gebracht zu haben und Selina fragte sich, ob das hier tatsächlich ein reguläres ‚Verhörzimmer' war. Es sah eher wie das persönliche Büro des Beamten aus.

Selina hätte sich so gerne die Oberarme gerieben, wenn die Handschellen ihre Arme mittlerweile nicht in eine schmerzende Starre nach hinten gezogen hätten und ihre Schultern bereits an Krämpfen litten. Sie nahm auch einen abgestandenen Geschmack in ihrem Mund wahr, während ihr Magen weiter rebellierte. Sie pflichtete daher dem Beamten bei, dass sie sich ebenfalls etwas Besseres vorstellen konnte, als hier Rede und Antwort zu stehen. Zum Beispiel in ihr flauschiges Bett zu fallen und die nächsten zwölf Stunden nicht mehr herauszukriechen. Ihr war das Ganze bereits peinlich und der anfängliche Übermut schien sich wohl langsam zu ver-flüchtigen. Zusammen mit dem Promillespiegel.

Als die Tür wieder aufsprang und der Beamte hereinkam, zuckte Selina augenblicklich zusammen.

„Hier, Ihr Kaffee zur Ausnüchterung. Vielleicht finden Sie nebenbei auch Ihren Respekt wieder", erklärte er mürrisch und stellte einen Plastikbecher mit dampfendem Inhalt auf den

Schreibtisch direkt daneben. Dann zog er sich seine durchnässte Einsatzjacke aus, hängte sie an die kleine Garderobe bei der Tür und wandte sich anschließend ihr zu. Unsanft drehte er sie um ihre eigene Achse, um an die Handschellen zu gelangen. Selina hörte ein metallenes Geräusch und spürte, wie die eisernen Klauen von ihr abließen. Instinktiv zog sie ihre Handgelenke nach vorne und rieb sich über die Druckstellen, die sich zweifelsohne in ihre zarte Haut gedrückt hatten. Auch alle an Handschellen gekoppelte Vorstellungen, die oftmals erotische Bilder und Gefühle heraufbeschworen, waren schlagartig verpufft wie Rauch.

„In Ihrer Fantasie hat sich das wohl anders angefühlt", begleitete der Polizist die Geste und seine Stimme hatte eine sehr dunkle Klangfarbe angenommen, die ihr Gänsehaut bereitete. In der nächsten Sekunde half er ihr aus dem Mantel und ihre Blicke trafen sich für eine gefühlte Ewigkeit. Selina war fasziniert, dass diese Augen nicht nur braun waren, sondern kleine, grüne Sprenkel beherbergten. Doch er ließ ihr keine Gelegenheit, sie tiefer zu ergründen, denn er schob Selina zum Stuhl wie eine widerwillige Marionette. Dabei checkte er visuell ihr kurzes, eng anliegendes Paillettenkleid, das sie, mit V-Ausschnitt vorne und hinten, extra für den heutigen Abend aus dem Schrank gezogen hatte.

„Setzen!", forderte er und sie folgte aufs Wort. Rasch ließ sie auch ihre kalten Finger um den Plastikbecher vor sich gleiten und sog den Kaffeegeruch tief ein, in der Hoffnung, er könne die Übelkeit besänftigen. Währenddessen ging der Beamte mit großen Schritten um den altmodischen Schreibtisch und es war für sie unmöglich, nicht auf den spannenden Stoff seines blauen Hemdes zu schielen, dessen oberste zwei Knöpfe sich verdächtig plagten, um nicht abzureißen. Der Schriftzug ‚Polizei' lag über der stahlharten Brust und die Abzeichen mit dem österreichischen Adler und den Sternen an seinen Ärmeln sahen so edel aus. Er setzte sich auf den kleinen Stuhl hinter dem Tisch und wirkte geradezu zu groß gebaut für den armen, ächzenden Drehsessel, sodass Selina wieder schmunzeln musste. Ausgerechnet jetzt blickte er sie analysierend an. „Sie finden wohl Ihren Respekt eher nicht wieder."

3 | Reue

„s tut mir leid …", begann Selina ehrlich und lehnte sich über den Tisch, um Vertraulichkeit auszustrahlen. „Hören Sie. Ich schwöre, dass ich für gewöhnlich ein um…un…" Selina rollte mit den Augen, da sich die Worte in ihrem Kopf zwar formten, aber ihre Zunge sie nicht rausbrachte. „Umgänglicher Mensch bin. Ich war einfach nur …"

Der Blick des Beamten fiel bei ihrer Sitzhaltung zwangsläufig in ihren Ausschnitt, was dazu führte, dass er sich schwungvoll im Sessel zurücklehnte und seine Augenbrauen nach oben zog. So schnell, wie er ihr erneut ins Gesicht sah, wollte er um jeden Preis eine unprofessionelle Haltung vermeiden und ergänzte: „In Feierlaune, ein paar Drinks zu viel und schon ist es lustig, vor einem Beamten zweideutig zu werden? Was glauben Sie, wie oft sich uniformierte Personen mit angeheiterten Groupies herumschlagen müssen, die meinen, mit ihrem Charme einer Anzeige oder Strafe entgehen zu können?"

Selina erkannte, dass solche Art Scherze wohl öfter auf seine Kosten gingen. Sie nahm ein paar Schlucke des warmen Gebräus und hoffte, ihre Gehirnzellen dadurch zu unterstützen. „Bitte. Es ging mir nicht darum, Sie zu beleidigen und ich schätze die Leistung der Polizei. Ich … ich …" Sie rang um die richtigen Worte, die ihr im nüchternen Zustand bestimmt eingefallen wären.

Der Beamte wandte sich nun zum Bildschirm neben sich, zog die Tastatur näher heran und weckte seinen PC auf. Mit einer

Hand fischte er nach Selinas Führerschein, den er fein säuberlich in der Brusttasche verstaut hatte, und legte ihn vor sich hin.

Selinas Mund wurde trocken. Was bedeutete das nun für sie? Ihre Rücklichter waren offenbar defekt gewesen, ohne dass sie es gewusst hatte. *Noch dazu beide gleichzeitig!* Der Inspektor hatte bei der Kontrolle keinen Alkoholtester dabeigehabt und konnte das Strafmaß für Alkoholkonsum am Steuer also nicht genau eingrenzen, aber die Beleidigungen? Gab es da wirklich einen Paragrafen? Ab wann bitteschön galt es denn als Beleidigung?

Sie sah sich bereits eine saftige Geldstrafe in die Hände der Justiz blättern. Würde sie vor einen Richter geführt werden und sich erklären müssen? *Wie peinlich!* Oder musste sie sogar eine Nacht in eine Art Ausnüchterungszelle, eingepfercht mit anderen ekligen Menschen, verbringen, so wie sie es in Filmen oft schon gesehen hatte? So viele Fragen sprangen ihr entgegen und feuerten die ansteigende Panik noch an.

Oh, bitte nicht!

Sie musste es erneut mit Vernunft und Reue versuchen: „Bitte, Herr Inspektor Steger, ich möchte nicht mit der Mitleidstour kommen, aber hatten Sie in Ihrem Leben nie eine Phase, in der Sie vor der Realität flüchten wollten, da Ihnen ein Missgeschick nach dem anderen passiert ist? Momente, in denen Sie sich volllaufen ließen, auch mal über die Strenge schlugen, weil Sie sich wieder nach dem Gefühl gesehnt hatten, zu leben? Sie einfach mal ausbrechen und unvernünftig sein wollten?"

Der Beamte hielt inne und kaute an seiner Unterlippe herum, als er sie nun studierte wie eine anstrengende Lektüre. Doch irgendwie fand sie das ein klein wenig sexy. Selina legte ihren Kopf schief und setzte den treuesten und reumütigsten Blick auf, den sie im Moment zustande brachte. Noch konnte sie keine Loslösung seiner angespannten Statur erkennen.

„Ich kam übermütig aus dem Casino, und als sie mich angehalten und bei der Fahrerseite zu mir reingesehen haben, ereilte mich dieser Gedanke, den ich schon so oft gehegt hatte, wenn mich ein junger, heißer ..." Sie musste schlucken, als er gerade die Arme vor sich verschränkte und laut Luft durch seine Nase stieß. Dabei öffnete sich ein Spalt an seinem Hemd, der eine glatt rasierten Brust erkennen ließ, und Selina schielte für einen Augenblick darauf, weil es einfach nicht anders ging. Bis sie sich wieder auf sein Gesicht konzentrieren konnte, welches mit dem Dreitagebart, der leicht schiefen – vielleicht mal gebrochenen – Nase und den schön geschwungenen Lippen auch nicht zu verachten war. Und sie mochte sein dichtes, haselnussfarbenes Haar samt modernem Kurzhaarschnitt.

„Entschuldigung. Ich versuche nur zu erklären, wie ich so leichtsinnig sein konnte. Um ehrlich zu sein, gibt es da diese Liste ..." Ihre auf dem Schreibtisch abgelegten Finger begannen zu zittern und sie bemühte sich, Ruhe einkehren zu lassen. Sie überspielte ihre Nervosität, indem sie ihr offenes Haar hinters Ohr strich.

„Und was für eine Liste ist das, wenn ich fragen darf?" Es kam etwas gelangweilt rüber, doch zumindest hatte er ihr noch eine Chance gegeben, die Angelegenheit aufzuklären, sonst hätte er bestimmt wieder mit dem Tippen am PC begonnen, redete sie sich ein. Selina versuchte, sich zu fassen, um nicht erneut in ein Fettnäpfchen zu treten.

„Seit ich denken kann, führe ich eine Liste. Meine To-do-Liste mit Dingen, die ich unbedingt einmal im Leben machen will. Seien es atemberaubende, verrückte, gefährliche oder unvernünftige Sachen. Manche Punkte habe ich in Filmen gesehen, wieder andere sind Fantasien, die sehr intim und schräg sind. Ein paar sind mitunter schon zu geistesgestört, um sie erfüllen zu können." Selina tastete sich mit einem freundlichen Lächeln heran und versuchte nun, Verständnis bei ihrem Gegenüber zu schüren.

„Und dieses Affentheater beim Auto bezieht sich auf diese Liste?", er sah sie nun skeptisch an und rümpfte die Nase.

Selina verzog das Gesicht: „Na ja, in meiner Vorstellung gestaltete sich das etwas prickelnder, um ehrlich zu sein. Ich sollte womöglich keine erotischen Romane mehr lesen." Selina lachte kurz auf, doch Herr Steger sprang nicht auf den Zug auf. Im Gegenteil: Sein Blick wurde dunkler und berechnender.

„Sind die Handschellen rein zufällig auch auf besagter Liste zu finden? Ich will es nämlich hoffen, zumal dies sonst für diese Art von Vergehen nicht üblich ist."

Selina war verunsichert, wie sie nun auf diese Frage reagieren sollte. „In gewisser Weise ja", flüsterte sie und sah sogleich, wie der Polizist aufstand und langsam zu ihr rüberkam. Wachsam ließ er sie nicht aus den Augen und ihr wurde mulmig zumute. Sie kam sich wie das Karnickel vor dem bösen Wolf vor.

„Und die Leibesvisitation bezüglich der Drogen oder Waffen? Stand die auch auf dieser To-do-Liste?"

Selina machte große Augen und ihre Lippen formten ein ‚Oh', als er direkt vor ihr zu stehen kam. Sein Blick war so stechend, dass ihr heiß wurde. Sie konnte nicht deuten, ob er aufgebracht war oder ihr einfach nur eine Lektion erteilen wollte, indem er bei ihr Unbehagen erzeugte.

„Ich habe Sie etwas gefragt, Frau Krüger ..." Obwohl es nur ein Flüstern war, kam es drohend rüber.

„Irgendwie schon", murmelte sie kleinlaut, da sie es nicht wagte, ihn anzulügen.

„Aufstehen!", forderte er schlagartig und Selinas Finger verkrampften sich auf den Armlehnen. Sie hoffte inständig, dass er nur scherzen würde.

„Aufstehen, hab' ich gesagt!", wiederholte er jedoch unerbittlich.

Blitzschnell sprang sie auf und konnte ihre weichen Knie rechtzeitig zur Vernunft bringen. Nur mit Mühe hielt sie seinem Blick stand, als er sie ohne Vorwarnung am Genick packte und mit seinem gesamten Körper gegen die Wand direkt neben der Tür schob. Selina schnappte überrascht nach Luft. Adrenalin schoss durch ihre Venen und sie starrte in diese dunklen Augen, die nicht von ihr abließen. Seine Statur war gegen ihre gelehnt, fest genug, um nicht fliehen zu können und dennoch nicht so eng, dass ihr das Atmen verwehrt bliebe. Selina spürte, wie seine linke Hand vom Genick aus nach vorne glitt und nun ihren Kiefer festhielt.

„Ich möchte, dass Sie die Arme nach oben strecken, Frau Krüger", wisperte er, doch es klang angsteinflößend. Mit langsamen, zitternden Bewegungen gehorchte sie, während ihre Lippen zu beben begannen. Sie wollte etwas sagen, traute sich aber nicht. Viel zu perplex war sie aufgrund dieser plötzlichen Wendung und konnte nicht mehr erkennen, wo die Linie des Beamten gezogen war, die er in beruflicher Hinsicht nicht überschreiten durfte.

Er kam nun so nahe an ihr Antlitz, dass sie seinen heißen Atem spüren konnte. Ein Hauch von Minze und After Shave flog ihr entgegen, als seine Augen kurz über ihre Lippen strichen und er dabei seine eigenen mit der Zunge benetzte. Es war unmöglich, nicht hinzustarren. Seine Hand wurde weicher an ihrem Gesicht. Selina bildete sich sogar ein, dass sein Daumen leicht über ihr Kinn streichelte, bis er dann zu ihren Händen nach oben glitt, um diese unerbittlich festzuhalten.

Selina war verwirrt und überfordert gleichzeitig, als er ohne zu blinzeln mit der rechten Hand unter ihrer Achsel damit begann, ihren Körper abzutasten. Er zeichnete bestimmend ihre Statur bis zur Hüfte nach, trat ein paar Zentimeter von ihr weg, um diese Prozedur auch auf der linken Seite durchführen zu können.

Selina musste laut seufzen, da ihr erst jetzt bewusst wurde, dass sie zu lange den Atem angehalten hatte. Sie wurde Zeuge, wie der Beamte nun mit seiner warmen, verlangenden Hand unter ihrem Busen entlangstrich, um mögliche Gegenstände zu ertasten. Kurz machte er Anstalten, höher zu gleiten und bei Selina stellten sich automatisch die Brustwarzen auf. Irgendetwas tief in ihr drinnen wollte sogar, dass er es wagte und das Schlimme daran war, er hielt inne und schien genau diese Information in ihren Augen abzulesen.

Verräterischer Körper!

„Hast du Angst?", flüsterte er und ihr war es augenblicklich egal, dass er das Du für sich beansprucht hatte. Selina konnte nur wie in Trance verneinen, als er wieder dicht heranschritt und seinen starken Oberschenkel direkt zwischen ihre presste, um diese zu spreizen. Sofort wurde sie von praller Hitze übergossen und kam sich absolut ausgeliefert vor. Und zwar ihm und ihrem mit Hormonschleudern bewaffneten Körper.

„Ah!", rutschte es ihr heraus und sie wusste nicht, ob sie schreien sollte oder es ein Stöhnen werden würde. Ihr Körper spielte verrückt, denn mittlerweile drückte er seine Hand nur noch locker auf die ihren über ihrem Kopf. Sie könnte jederzeit flüchten, ihn treten oder schlagen, doch sie war außerstande dazu. Sie versank nur in diesen düsteren Augen, die sie in einem Bann hielten. Ab und zu kippte ihr Blick dennoch auf seine vollen Lippen, die so einladend nahe waren. Wie gerne hätte sie es gesehen, dass er die Kontrolle aufgab, dieses Spiel – was auch immer er damit beweisen oder bezwecken wollte – beendete und sie zu einem leidenschaftlichen Kuss verführen würde. Sie wäre mehr als bereit dafür!

Ihr Körper vibrierte leicht, als seine Hand flach an ihrem Bauch entlang langsam nach unten glitt. Ihre Haut prickelte, ihre Muskeln verspannten sich und Selina wusste, dass ein bettelnder Ausdruck in ihrem Antlitz erschien, als er jede ihrer Reaktionen gierig mit den Pupillen aufsaugte. Sie hätte schwören können, dass er diese Macht über sie mit allen Sinnen genoss.

Selinas Herz schlug ihr fest gegen die Brust, ihr Atem beschleunigte sich und sie biss sich vor Spannung in die Unterlippe. *Was passiert hier nur?*

„Dreh dich um", flüsterte er mit einer Bestimmtheit, die keine Widerrede duldete. Zeitgleich ließ er von ihr ab und sie verspürte Enttäuschung in sich aufkeimen. Denn seine Wärme ging in dem Raum verloren und sie war überwältigt davon, welche Emotionen er mit diesem gemeinen Spiel in ihr auslöste: Gier, Lust und unsagbaren Hunger.

Doch sie drehte sich um und legte artig ihre Hände wieder über dem Kopf an der Wand ab. Sie schloss die Lider und konnte nicht anders, als ihr Kreuz verführerisch durchzudrücken und ihm den Po willig zu präsentieren. Ein Teil in ihr schrie auf, wie töricht und billig sie sich aufführte, der andere Part ließ seiner Fantasie freien Lauf und spornte sie noch an.

Selina spürte, wie seine Hände nun über ihren Rücken hinabstrichen, kurz vor ihrem Po jedoch leider nach außen auswichen, um sich an ihren seitlichen Oberschenkeln nach unten vorzuarbeiten. Er ließ bewusst jegliche verbotenen, erogenen Zonen aus, so durch und durch geplant war sein Agieren, dass es geradezu Frustration in ihr erzeugte.

Verdrossen stöhnte sie leise auf, da sie sich so sicher war, er würde sich wieder gegen sie stemmen oder seine großen, starken Arme fest um ihr Gesäß oder ihre Hüfte wickeln, doch er tat es einfach nicht! Alles in ihr bettelte danach, obwohl sie diesen Mann nicht kannte und er die Grenzen seines Jobs gerade schwer übertrat.

Plötzlich spürte sie, wie seine Hände vom Knie weg an den Innenseiten ihrer Oberschenkel nach oben strichen. Sie zog scharf die Luft ein und ließ das Ganze auf sich wirken. In diesem Augenblick verfluchte sie ihre Nylonstrümpfe, die nicht unerotischer sein konnten, da sie seine Haut nur zu erahnen vermochte. Als sich seine Finger bereits unter dem Saum ihres Kleides hoch arbeiteten, begann Selina erwartungsvoll zu zittern, denn sie wusste, er hockte direkt hinter ihr und war auf dem Weg zu ihrer Mitte. Sie benetzte die Lippen und genoss es, obwohl sie das eigentlich nicht zulassen sollte. Wie die verbotene Frucht, die Eva entgegengestreckt wurde. Doch nur wenige Zentimeter, bevor seine Finger ihren Schritt auch nur berühren konnten, stoppte er. Sie hätte aus Frust liebend gerne losgebrüllt, als er nun unerwartet aufstand, sich gegen sie presste und sie aufgrund seines Gewichts brutal an die Wand geschoben wurde.

Und es ist so ein heißes Gefühl!

Das Stöhnen, das ihr entfloh, war nicht mehr aufzuhalten und ihre Erregung nicht zu leugnen. Selina musste es wissen, drückte ihre Hüfte gegen ihn, da sie unbedingt herausfinden wollte, ob er so angetörnt war wie sie. Doch er ließ den direkten Kontakt ausgerechnet in Hüfthöhe nicht zu. Stattdessen hauchte er ihr nur ins Ohr: „Ich glaube nicht, dass du dir eine Waffe oder Drogen ins Höschen gesteckt hast, sonst würde ich gewiss gründlicher nachsehen. Ich hoffe allerdings, es ist dir eine

Lehre, dass bestimmte Fantasien Fantasien bleiben sollten. Und wenn du das nun einsiehst, kannst du dir ein Uber bestellen und hier verschwinden. Denn die Kosten fürs Abschleppen werden dich ohnehin noch weiter zum Stöhnen bringen."

Mit einem Mal ließ er von ihr ab und Selina krallte sich wie verloren gegen die Wand. Der bittere Beigeschmack von Schande zwang sich ihr langsam auf und sie wollte nicht wahrhaben, was da soeben passiert war. Ihr Höschen war zum Auswringen feucht und alles in ihr schrie, dass es so nicht enden sollte. Doch als sie ihre Lider öffnete und sich wie in Zeitlupe umdrehte, stand Herr Steger wieder hinter seinem Schreibtisch, als wäre nichts gewesen. Stupide hielt er ihr einen Zettel und den Führerschein entgegen und sein Ausdruck war kalt und ernst.

„Nimm deine Sachen, bevor ich es mir anders überlege."

Er schien weder außer Atem zu sein noch konnte Selina in seinem Schritt eine verdächtige Beule erkennen. Es war frustrierend. Doch was hatte sie sich erwartet? Sie befand sich in einem Wachzimmer, irgendwo in einem kleinen Ort, der Traiskirchen hieß. Sie war Zivilistin, die alkoholisiert Auto gefahren war, den Beamten aufgezogen, gereizt, geprüft und sich ihm letztendlich wie eine Nutte präsentiert und geöffnet hatte.

Als diese Erkenntnis sich wie Schleim über ihren Körper legte und sie sich selbst anwiderte, nahm sie die entgegengestreckten Utensilien wortlos entgegen und lief mit eingezogenem Kopf aus dem Büro.

4 | Dienstschluss

ené ging der Anblick nicht aus dem Sinn. Er konnte nur hoffen, der Säugling würde sich im Spital wieder regenerieren, denn als er gesehen hatte, wie der drogensüchtige Ersatzvater mit gerade einmal dreiundzwanzig Jahren dem Geschrei nicht anders entgegenwirken konnte, als das wehrlose, zappelnde Bündel fast zu Tode zu schütteln, war bei ihm eine Sicherung durchgebrannt. René hätte liebend gerne dem verfluchten Kerl gezeigt, wie es sich am eigenen Leibe anfühlte und ihm eingebläut, sich künftig mit Personen seines Kalibers anzulegen. Zum Glück war sein Kollege Tagauer dazwischengegangen, sonst hätte René sich vergessen, denn noch immer schoss ihm das Adrenalin durch die Adern und seine Hände waren zu unbarmherzigen Fäusten mutiert.

„Alles in Ordnung bei dir, Steger? Vielleicht solltest du nun endlich mal beim Doc vorbeischauen. Ich kann das nicht länger decken." René sollte diese Drohung eigentlich nicht ernst nehmen, denn immerhin war er Revierinspektor und Tagauer konnte ihm nichts anhaben, da er selbst ranghöher angesehen werden musste. Dennoch war sein Traum, bald in die Sondereinheit WEGA zu wechseln und demnach weg von der Streife oder Büroarbeit zu kommen, in Griffnähe. Er musste sich zusammenreißen, solange seine Bewerbung noch nicht durch war.

Täglich verzehrte sich Renés Körper nach dem Kick, der Jagd, der Aufregung, die die Außeneinsätze mit sich brachten. Und er wusste, die Einsätze in Niederösterreich und die paar in

Wien, wo zumeist Demonstranten in Schach gehalten werden mussten, konnten dem nervenaufreibenden Job bei der WEGA oder einer anderen Sondereinheit nicht nahe kommen. Und um dort schlussendlich zu landen, musste er Nerven aus Stahl beweisen und nicht bei jeder kleinsten Eskalation ein rotes Tuch sehen. Und das wusste er selbst.

Ja, womöglich hätte er dem vermeintlichen Vater eben die Fresse poliert, und ja, es wäre ihm schwergefallen, im Blutrausch wieder aufzuhören. Dafür waren die Wunden seiner Vergangenheit zu tief, die Parallelen zu seinem eigenen gewalttätigen Erzeuger zu dicht dran. Aber dennoch war René felsenfest davon überzeugt, dass er alles unter Kontrolle hatte. Und zwar stets!

„Gut, Tagauer, wenn dich das beruhigt, ich gelobe Besserung", scherzte er halbherzig und sah im Augenwinkel, wie zwei andere Beamte den tobenden Ersatzvater an den Ellenbogen herauszerrten, während dieser wild mit den Beinen gegen alles und jeden trat. Wieder kam in ihm große Lust auf, ihn zu verdreschen, als sie mit dem zappelnden Hungerhaken im Schlepptau an ihm vorbeigingen und René diesem aus Versehen mit dem Ellenbogen in sein Gesicht schlug. Augenblicklich war der Mann bewusstlos und ruhig. Tagauer sah ihn entsetzt an, dann schüttelte er den Kopf, als wäre Hopfen und Malz ohnehin verloren. „Musste das sein?"

„Ich habe keine Ahnung, wovon du sprichst?" René hob verständnislos die Schultern. „Ich habe nur hier gestanden und mich mit dir unterhalten. Ich konnte ja nicht ahnen, dass er mir seitlich hineinläuft." René zog einen Mundwinkel schmunzelnd hoch und wartete auf ein Mucken, doch Tagauer seufzte nur und trottete den Kollegen mit dem bewusstlosen Mann hinterher. Er half ihnen gewiss, den nassen Sack über das Stiegenhaus hinauszubringen. René konnte sich schon bildlich vorstellen, wie die drei ihn auf den Rücksitz des Einsatzfahrzeuges hieven würden.

Währenddessen zog er sich seine Handschuhe aus und blickte zu der weinenden Mutter zurück ins Wohnzimmer, die von einer Sozialbetreuerin beruhigt wurde. Die Lebensbedingungen deuteten darauf hin, dass sie nicht die Ordentlichste war und das Geld auch anstatt für Kleidung und gesunde Nahrung für Junkfood und Unterhaltungselektronik zweckentfremdet hatte. Überall lagen leere Chipspackungen herum und die Joysticks, etliche Kabel und geöffnete Spielehüllen waren auf dem Couchtisch verteilt. Das schmuddelige Sofa, auf dem beide Personen saßen, hatte die besten Zeiten bereits hinter sich und etliche Flecken in allen Farbnuancen hatten sich in den vergilbten Stoff gefressen.

Das rechte Auge der Mutter war blutunterlaufen und ihre Augenringe deuteten auf erheblichen Schlafmangel hin. Sie sah René traurig an. Er konnte genau die Angst in ihrem Gesicht ablesen und die Schuld, die sie sich selbst gab.

„Kann ich endlich zu meinem Baby? Ich möchte mit ins Krankenhaus fahren." Da sie dabei lallte, wusste René schon jetzt, dass die Antwort nicht in ihrem Sinne ausfallen würde, da sie wohl in nächster Zeit nicht über den kleinen Sohn wachen würde und das Jugendamt die Zukunft nun in der Hand hielt. Im Augenblick sollte sie sich eher darum sorgen, dass der

Kleine keine bleibenden Schäden zurückbehielt und sich vollends erholte. Immerhin war das Kleinkind bewusstlos gewesen, als sie es vorgefunden hatten.

René seufzte schwer, denn wieder lag ein anstrengender Dienst hinter ihm. Er steuerte den Ausgang der Wohnung an, wo die Tür nur noch halb in der Verankerung hing, weil sie von ihm vor einer halben Stunde aufgebrochen werden musste. Die Nachbarn hatten Alarm geschlagen und behauptet, es würde häufiger laut in dieser Wohnung zugehen. Bisher hatte immer ein nächtlicher Besuch der Polizei ausgereicht, um Ruhe einkehren zu lassen. Doch die Verwarnungen waren offenbar unbeachtet geblieben und im schlimmsten Fall würde nun dieses zarte Leben, das gerade um jeden Atemzug kämpfte, kein Morgen mehr erleben. Sie waren zu spät gekommen und hatten versagt. Und das bohrte sich tief in seine stolze Brust. Denn René konnte es nicht leiden, wenn Personen zu Schaden kamen, die selbst nicht mündig oder fähig waren, sich gegen die Gewalt oder Ungerechtigkeit zur Wehr zu setzen. Es stank ihm, dass er als Polizist gewisse Grenzen wahren musste, während die Bösen da draußen Narrenfreiheit genossen.

Das Stiegenhaus hinter sich gebracht und hinaus in die düstere Nacht geeilt, erkannte er am Horizont, wie die Sonne sich bald hinter den dunklen Bergen hochziehen würde. Es war genau jene Zeit, die ihm am meisten aufs Gemüt schlug, denn der Dienstschluss war vorüber und er würde nach Hause fahren. Und so stieg er in den Dienstwagen und war froh, dass es nicht weit zum Revier war, um das Auto zu wechseln.

Als René daheim ankam, krähte bereits der erste Hahn. Er rekapitulierte diese Schicht und konnte sie als halbwegs interessant und erfolgreich abstempeln. Zwei Anzeigen wegen Trunkenheit am Steuer, eine wegen eines Parkschadens, eine wegen Fahrerflucht, drei Streithähne verwarnt, einen Schlägervater ins Delirium geschickt und einer verwöhnten Tussi die Illusionen geraubt. Er musste schmunzeln bei dem Gedanken. Ihr Gesichtsausdruck war zu köstlich gewesen. Dabei ... unter anderen Umständen wäre er sogar auf ihren dringenden Wunsch, ihre Fantasien zu befriedigen, eingegangen. Diese kleine Person mit unendlich langem, schwarzem Haar war trotz ihrer Größe unübersehbar gewesen. Für seinen Geschmack hatte sie jedoch zu viel Make-up draufgekleistert und er hasste überladenen Schmuck, für den sie offenbar brannte. Aber ihre Figur hatte Potenzial gehabt, das dunkelrote Kleid hatte ihren Kurven geschmeichelt – und dieses unschuldige Gesicht, das sofort unglaubwürdig wurde, sobald sie den Mund öffnete ... Zu gerne hätte er ihn für andere Zwecke missbraucht. Doch er war im Dienst gewesen und stand auf Herausforderungen, die sie eindeutig nicht darstellte.

René öffnete seine Wohnungstür, schälte sich aus der Jacke, den Schuhen und schritt als Erstes zum Kühlschrank. Es war sechs Uhr morgens und er fühlte sich hellwach. Das Ungetüm wollte ihm nichts Schmackhaftes anbieten, obwohl er Hunger hatte. Er schloss ihn wieder und sah sich in der halbdunklen Wohnküche um. Es war drückend düster, trostlos und daher hielt er es keine Sekunde länger darin aus. Wie so oft ... Deshalb blieb ihm nur der Weg ins Bad, wo er seine aufgehängten Trainingssachen vom Vortag vom Heizkörper pflückte, um daran zu schnüffeln. René befand sie noch als wohlriechend genug für die heutigen Zwecke, sammelte alles zusammen und bog in sein Vorzimmer ab. Dort wartete die Trainingstasche inklusive seiner Sportnahrung und zugehörigem Shaker auf ihn und er stopfte alles blindlings hinein. René wusste, dass es ihm nach 50 Minuten Kardio und einer Stunde hartem Kraftsport besser gehen und er in einen wohlverdienten Schlaf gleiten würde, wie ein Baby. Denn nur so war diese Leere und innere Ruhelosigkeit Tag für Tag zu bezwingen.

5 | Böses Erwachen

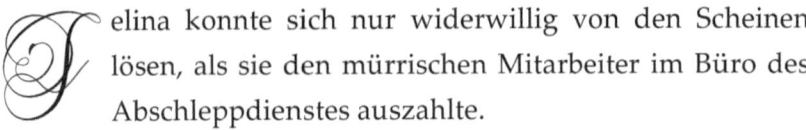elina konnte sich nur widerwillig von den Scheinen lösen, als sie den mürrischen Mitarbeiter im Büro des Abschleppdienstes auszahlte.

260 Euro sind Wucher! Und als Friseurin kam zwar mit dem Trinkgeld immer unerwartet etwas zum Lohn hinzu, dennoch musste sie diesen Monat noch die Reparatur der Rücklichter einplanen und damit war auch Sense mit dem Feiern.

„Ihr Wagen steht auf Platz 37. Hier haben Sie den Schlüssel", erklärte der Mann monoton, während die brennende Zigarette in seinem Mundwinkel vom Sprechen tanzte. Beim Anblick der belegten dunklen Zähne, die er ihr mit übertriebenem Grinsen entgegenbrachte, wurde ihr erneut kotzübel. Heute war einfach nicht ihr Tag.

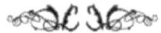

Selina stieg in ihren heiß geliebten Wagen und fand am Boden und Beifahrersitz leere Red-Bull-Dosen und Alcopop-Flaschen vor. Daraufhin konnte sie nur laut seufzen, weil der Anblick ihr unter die Nase rieb, wie unausweichlich die Begleitung auf das Revier letzte Nacht gewesen war. Nach sechs Stunden Erholungsschlaf daheim, einem Aspirin und einem halben Liter Wasser wurden die Erinnerungen an die demütige Situation, in der sie wie eine Fliege an der Wand geklebt hatte, nicht besser. Sie hoffte inständig, sie hätte keinen nassen, dreieckigen Fleck an der Mauer als Souvenir zurückgelassen. Sonst konnte dieser Herr Steger nun mit

Filzstift einen Rahmen darum malen, als einprägsame Trophäe seines nächtlichen Einsatzes. So wie all seine Diplome, die er in seinem Büro sammelte.

Selina ärgerte sich in Grund und Boden und sie konnte nicht unterscheiden, ob sich dieser Ärger gegen sie persönlich und ihr Verhalten oder gegen den Beamten richtete. Denn offen gestanden hatte sie es wohl nicht anders verdient und wollte im Moment nur vor Scham in einem schwarzen Loch versinken.

Es war Dienstag. Ein Arbeitstag wie jeder andere. Selina stand im Friseursalon ihrer Tante und toupierte gerade die Haare einer betagten Dame, die einmal wöchentlich den Service in Anspruch nahm. In dem kleinen Salon arbeiteten insgesamt sechs Friseurinnen und eine Lehrkraft, die alle jeden Tag relativ gut gebucht wurden. Ihre Tante hatte keine Kosten und Mühen gescheut, sodass die drei Waschplätze optisch durch moderne, exotische Bambuswände getrennt und die restlichen acht Drehsessel jeweils links und rechts an den Wänden verteilt waren. Mittig standen hüfthohe schokobraune Schränke für ihre Handtücher und Utensilien. Nicht zu vergessen die hohen Wandschränke im rechten hinteren Eck, die vollgestopft waren, bis sie beinahe platzten. Doch durch die künstlichen Orchideen, den angenehmen Duft von Räucherstäbchen und die grünen und braunen Farbtöne wirkte alles wie ein kleiner Wellnesstempel. Die Ladys fühlten sich mitunter zu wohl bei ihnen, sodass sie einmal wöchentlich erschienen, um Klatsch und Tratsch zu hören, beziehungsweise zu verbreiten, während bei ihren Haaren genau genommen kaum etwas zu machen war. Doch so bemühten sich die Mitarbeiter, mit freundlichem Lächeln den Schein zu wahren, denn immerhin war der Kunde König und sollte sich demnach so fühlen.

Selina kaute auf einem Airwaves herum, auch das wie jeden Arbeitstag, als ihre Kollegin – und eigentlich beste Freundin – auf sie zusteuerte. Ihre Hände waren in durchsichtige Handschuhe gepackt, die von Tönungsfarbe besudelt war. Mit erhobenen Armen stellte sie sicher, dass sie an keiner der Kolleginnen oder Kunden aneckte, als sie sich bis zu Selina durchkämpfte.

„Könntest du mir noch Strähnenfolie geben? Meine ist ausgegangen."

Selina legte den Stielkamm zur Seite, zog ihren kleinen, schwarzen Rollwagen heran, um in den Fächern nach den vorbereiteten Folien zu suchen. Sie kamen immer beim Tönen oder Färben von Haarpartien zur Verwendung und wurden daher von der Lehrkraft jeden Tag in passende Größen gerissen und gestapelt.

Als sie sie gefunden hatte und ihrer Freundin Rebecca übergab, sah diese sie fragend an. Ihre pinkfarbene Tönung war am Ansatz bereits rausgewachsen und ihre schräge Flechtfrisur war wieder ein Kunstwerk geworden. Selina rätselte ständig, wie sie es morgens so rasch fertigbrachte, sich aufwendige Frisuren selbst zu zaubern, ohne sich dabei die Finger zu brechen.

„Was ist heute los mit dir? Du bist so still?"

Selina seufzte und schnappte sich erneut den Stielkamm, um ihre Kundin weiter zu verschönern. Dann ließ sie ihre Zunge den Kaugummi hinter die Backenzähne drücken, damit sie in Ruhe antworten konnte: „Unser Casinoabend am Samstag ist gehörig in die Hose gegangen."

Rebeccas Brauen schnellten nach oben, dann blickte sie mit ihren schokobraunen Augen zu ihrer Kundin, die ein paar Meter entfernt auf sie wartete und bereits unruhig auf dem Sessel hin und her wetzte.

„Wie das denn? Wir haben uns verabschiedet und du bist losgefahren. Da du dich die letzten zwei Tage über nicht gemeldet hast, habe ich angenommen, du schläfst deinen Rausch aus. Dabei hasse ich es, wenn du in diesem Zustand Auto fährst."

„Ich weiß, ich hätte dir eine SMS schicken sollen, dass ich heil angekommen bin. Aber keine Sorge. Den Fehler mache ich nie wieder."

Als Rebeccas Augen sich weiteten, wusste Selina, dass die Zeit für Erklärungen nicht ausreichen würde. „Ich erzähl' dir in der Pause, was passiert ist. Okay?"

Rebecca entglitten alle Gesichtszüge, dann nickte sie und trottete zurück zu ihrer Kundin.

Selina konnte erkennen, wie Rebeccas Augen vor Anstrengung glasig wurden, sie verzweifelt die Hand vor den Mund legte und eine rote Gesichtsfarbe aufzog.

Echt jetzt?

Plötzlich kämpfte sich ein Gegackere über ihre Lippen und Selina verstand die Welt nicht mehr. „Du findest das witzig? Das war demütigend, beschämend und verflucht peinlich obendrein! Ich kann da gar nichts Komisches daran erkennen!" Selina verschränkte resolut die Arme vor sich und blinzelte ihre Freundin böse an.

„Sorry, Lina, aber ich stelle mir gerade dein dummes Gesicht vor, als er dir den Führerschein übergeben hat. Das hatte eindeutig gesessen." Sie prustete erneut los und Selina hegte langsam Zweifel, ob Becca überhaupt ihre beste Freundin war. Sollte sie nicht auf ihrer Seite stehen?

„Hey! Krieg dich wieder ein! Du findest es also nicht unverschämt, dass er seine Position so schamlos ausgenutzt hat? Ich könnte ihn wegen sexueller Belästigung anzeigen!", verteidigte sie sich und stieß wütend Luft durch die Nase aus.

„Ach ja? Nachdem du ihn vor seinem Arbeitskollegen bereits offensichtlich angebaggert hast? Ich meine, keine Frage ..." Rebecca hob entschuldigend ihre Hände ... „Er ist zu weit gegangen, doch zumindest hat er erreicht, dass du das nie wieder tun wirst. Und was Alkohol am Steuer betrifft, bin ich ihm sogar dankbar, denn ich wollte dich nicht nur einmal an den Haaren rauszerren, wenn ich die Kraft dazu gehabt hätte." Rebecca sah sie nun tadelnd an, sodass Selina entwaffnet die Deckung fallen ließ. Stattdessen gab sie sich nun verzweifelt und zog eine Schnute.

Sie standen in der kleinen Gemeinschaftsküche, wo Rebecca sich nun eine Zigarette anzündete und genüsslich daran zog. Sie hatten noch ein paar Minuten, bis sich die nächsten Kunden ankündigen würden.

„Und warum ziehst du jetzt so ein Gesicht? Es ist Geschichte und du kannst es ohnehin nicht mehr ändern. Wobei, ich für meinen Teil hätte es eher zu den geilen Erinnerungen abgeheftet, denn immerhin wirst du einem Polizisten womöglich nie wieder so nah sein wie an diesem Abend." Nun lehnte sie sich dichter zu Selina und spitzte ihre Augen zu Schlitzen. „Sag mal ehrlich, war er durchtrainiert und stahlhart? Ich meine, die Männer in diesem Beruf trainieren sicher wie Feuerwehrleute in jeder freien Minute, die sich ihnen bietet." Ein schmutziges Grinsen tanzte über ihre Lippen und Selina wollte sich gar nicht ausmalen, welche Bilder gerade vor ihren Augen vorbeihuschten. Womöglich genauso wenig jugendfrei wie jene, die sie im alkoholisierten Zustand selbst nicht in den Griff bekommen hatte.

Selina blickte kurz zu Boden und überlegte, dann sah sie ihre Freundin direkt an. „Du hast ja gar keine Ahnung. Der Typ war wirklich wie aus einem klischeehaften Porno entsprungen. Er könnte bestimmt jede Frau zum Betteln bringen. Und wenn du nur gesehen hättest, wie sich dieser blaue Stoff an seinen Hintern geklebt hat. Ich war so versucht, einmal fest hinzugreifen oder reinzubeißen. Es war schon nicht mehr normal." Selina musste nun auch grinsen, denn der Gedanke kam ihr gerade, denn zu real spürte sie seinen starken Körper noch immer an ihrem, roch sein herbes Parfüm und vernahm diese tiefe, befehlende Stimme, sodass sie sogar jetzt unruhig ihre Oberschenkel aneinander reiben musste.

„Oh, Mann, also ich hätte ihn wohl am Hemdkragen gepackt, zum Schreibtisch gezerrt und mich rücklings mit breiten Beinen daraufgesetzt, sodass jegliches Büro-Klimbim runtergeflogen wäre", verkündete Becca euphorisch und nickte in ihrem Gedankenkino glücklich vor sich hin.

Selina riss ungläubig die Augen auf, ihr klappte der Unterkiefer nach unten und sie schielte rasch ums Eck, um sicherzugehen, dass aus dem Friseursalon keiner vorbeiging und neugierige Ohren bekam. „Du bist unmöglich, weißt du das?", verspielt kindisch schlug sie Rebecca gegen die Brust. „Aber große Reden schwingen konnte ich auch und du hast ja gesehen, wohin mich das geführt hat. Du bist echt ein schlechter Einfluss geworden", erklärte Selina lächelnd, während ihre Freundin ihr nur frech zunickte.

„Tja, nach deiner langen Beziehung war es nötig, dass du nun deine Sturm- und Drangzeit endlich durchlebst. Wie man jedoch erkennen kann, hast du noch immer genug Hemmungen, um dich nicht zu trauen, Verrücktes zu tun, wenn sich die Gelegenheit bietet." Becca zeigte ihr die Zunge, sodass Selina nur den Kopf schütteln musste. Sie führten sich wie zwei Teenager auf, die über einen Bericht von Doktor Sommer aus der BRAVO tuschelten und dabei rot wurden.

„Das hat nichts mit Hemmungen zu tun. Da draußen tobt die Realität und ich bin vernünftig geblieben. Das hätte verflucht ins Auge gehen können."

„Du meinst wohl verklemmt", spottete Rebecca und klimperte mit den Wimpern, um dann erneut einen Zug von ihrer Zigarette zu nehmen.

Selina wedelte den lästigen Rauch aus ihrem Gesicht und betonte nun ernst: „Vernünftig."

Becca prustete resignierend und verschränkte die Hände vor sich. „Und? Wie gefällt dir die App, die ich dir empfohlen habe? Wischst du schon fleißig die Typen zurecht?"

Selina wusste, worauf ihre Freundin abzielte. „Du meinst Lovoo? Na ja, ein paar haben mir geschrieben, aber irgendwann konnte ich mich nicht mehr gegen die Flut an Interessenten wehren. Das ist ja geradezu beängstigend! Die sind so aufdringlich, dass ich mich kaum noch traue, die App zu öffnen", scherzte sie und es war alles andere als eine Übertreibung. Ja, Selina fand die Idee unverfänglich und den Gedanken, einfach Männer zu daten, sehr verführerisch, doch eigentlich war sie nicht auf einmalige Sex-Abenteuer aus. Und nein, nach den sechs Jahren mit Ben und … ihr Mund wurde trocken und sie schien das Gleichgewicht zu verlieren. Rasch stützte sie sich am Türrahmen des Gemeinschaftsraumes ab und ihr kam sogleich ein besorgter Blick von ihrer Freundin zugeflogen. „Ist alles in Ordnung? Du bist plötzlich so blass?"

Selina schüttelte die Erinnerung ab, die sich wie ein dunkles Memorandum um ihr Herz fressen wollte. Sie bemühte sich, ein Lächeln aufzusetzen, was ihr nur halbwegs gelang.

„Oh, Süße …" Rebecca legte ihre Hände um ihr Gesicht und achtete zum Glück auf die glühende Zigarette zwischen ihrem Zeige- und Mittelfinger.

„Ist schon gut. Du hast recht, wenn man nicht nach der großen Liebe sucht oder nach etwas Fixem, gibt es auf Lovoo Möglichkeiten wie Sand am Meer. Ich habe aber extra im Profil dazugeschrieben, dass ich Freundschaft Plus suche und irgendwie scheinen die Männer das misszuverstehen."

Rebecca sah sie nachdenklich an. Sie kannte Selina wohl gut genug, um zu erkennen, dass sie das Thema gekonnt wieder auf Lovoo gerichtet hatte. Doch Selina wollte – nein konnte! – mit keinem darüber reden, was nach der Trennung von Ben passiert war. Dafür schämte sie sich zu sehr. Sie musste verhindern, dass andere erfuhren, WAS für eine Art Mensch sie tatsächlich war. Nämlich ein blutrünstiger, selbstsüchtiger Mensch, der aus einer Laune heraus Leben zerstörte, wann immer er die Kontrolle verlor oder Angst bekam. Ein Mensch, der nicht zu seiner Verantwortung stehen konnte und liebend gerne davonlief, wenn es wirklich ernst wurde und darauf ankam. Nein, keiner sollte je erfahren, dass sie so eine Person war ...

6 | Vorschrift ist Vorschrift

erflucht! Hältst du ihn fest?", hörte er Volker zischen, der dem Mann mit ausländischen Wurzeln mit aller Kraft das Jagdmesser aus den verkrampften Fingern fädelte. René nickte und zog den Würgegriff um dessen Kehle enger, als wäre es eine Leichtigkeit. Sie hatten den Dieb und dessen Komplizen in einem Kellerabteil überrascht, nachdem eine wachsame Bewohnerin des Wohnhauses Geräusche vernommen und sicherheitshalber die Kellertür von außen versperrt hatte. Als der Anruf bei der Polizei eingelangt war, hatten René und seine zwei Kollegen keine Sekunde verschwendet und waren zur besagten Adresse gerast. Und die vermeintliche Heldin hatte großes Glück gehabt. Dies musste ihr auch bewusst geworden sein, als sie vom sicheren Stiegenhaus aus entfernt beobachtete, wie sie den Mann entwaffnet hatten und es sich bei der Kellertür um eine Fluchttür gehandelt hatte, die nicht zu verschließen war. Was bedeutet, die Diebe hätten jederzeit durch die Tür stürmen und die lauernde Bewohnerin schwerwiegend verletzen können. René wusste, dass die Ehrung, die ihr wohl in sechs Monaten vom Landespolizeichef feierlich überreicht werden würde, nicht darüber hinwegtäuschte, dass es sich hier nicht um eine Heldentat, sondern um Leichtsinnigkeit gehandelt hatte. Selbst wenn die Täter nun ihre Fingerfertigkeiten weiter hinter Gittern trainieren würden.

„Gut, der andere ist auch fixiert", hörten sie Tagauer ein paar Meter von ihnen entfernt außer Atem sagen.

„Dann bringen wir sie raus. Tagauer, nimm bitte noch den Sachverhalt bei Frau Kletzel auf und ihre Kontaktdaten, falls es weitere Fragen gibt. Und vergiss nicht, die Bewohner, die nun hellhörig geworden sind, aufzuklären, wie sie sich vor Einbrüchen schützen können und künftig bei Beobachtung von Diebstählen reagieren sollen."

Der Beamte nickte, übergab den resignierenden, mit Handschellen gesicherten Mann an Volker und schritt ans Werk, während Renés Gefangener Bekanntschaft mit den Handschellen machte. René stand so unter Spannung und hoffte sogar insgeheim, dass der Dieb sich erneut wehren oder spucken würde. Es wäre ein gefundenes Fressen für René, ihm die Leviten zu lesen. Doch Tagauer ließ beim Vorbeigehen noch einen skeptischen Blick da, der ihn daran erinnerte, dass es wohl Kollegen gab, die ihren Mund vielleicht nicht halten könnten. Vor allem Tagauer hatte noch nie einen Hehl daraus gemacht, dass er es schlecht aufgenommen hatte, dass René und nicht er selbst zum Revierinspektor ernannt worden war. Immerhin war Tagauer fünf Jahre älter und erfahrener, doch René hatte bereits mehr Diplome und zwei Auszeichnungen für seine herausragenden Leistungen entgegengenommen. Sein Ehrgeiz und sein Hang, sich in Gefahr zu bringen und Überstunden zu machen, war allseits bekannt, während Tagauer gerade zum zweiten Mal Vater geworden war und seine Frau insgeheim die Hosen anhatte. Sie forderte, dass er kürzertrat und dies wurde ihm in puncto Karrierebestrebungen zum Verhängnis. Wahrscheinlich lag es daran, dass Tagauer einer der wenigen war, den René auch ohne Anwesenheit von Zivilisten nicht mit dem Vornamen ansprach.

„Hey! Du hast mir noch nicht erzählt, wie es mit der Verkehrssünderin am Wochenende gelaufen ist. Wollte sie dir an die Wäsche gehen, kaum dass du die Bürotür geschlossen hattest?", fragte Volker. Der Zynismus triefte nur so und René war durchaus bewusst, dass das Wort ‚Verkehrssünderin' zweideutig aufzufassen war.

„Schwachsinn. Sie war kleinlaut wie ein stilles Mäuschen, und nachdem ich ihr mit einer Anzeige und Geldstrafen gedroht hatte, hat sie mich so lange angebettelt, bis ich sie mit der Info zum Abschleppservice rausgeschmissen habe."

„Zu schade. Sie hatte ein nettes Fahrgestell", erklärte sein Kollege süffisant und hatte gewiss nicht ihr Auto damit gemeint.

„Wirklich? Ist mir gar nicht aufgefallen", log René desinteressiert, gab seinem Anhängsel einen Schubs und zwang ihn somit, in Richtung Hauptausgang zu gehen.

Draußen hörten sie bereits lautstark die Verstärkung anrauschen, während die Anzahl der neugierigen Bewohner im Stiegenhaus anwuchs.

Als René auf dem Weg zu seinem Büro war, um die letzten Aktenvermerke vor Dienstschluss hinter sich zu bringen, kam ihm ‚Doc Mühsam' entgegen, der in Wirklichkeit Dr. Fröhlich hieß und seinem Namen alle Ehre machte. Er war vom Landesdirektor beauftragt worden, zwischen den Inspektionen zu pendeln und regelmäßig Beamte bei der Verarbeitung möglicher traumatischer Einsätze zu unterstützen. Er sollte sicherstellen, dass aggressive Neigungen, Burnout oder andere psychische Belastungen rechtzeitig erkannt wurden und frühzeitig gegen Ausfälle und Versetzungen vorgegangen werden konnte. Doc Mühsam war stets mit einem übertrieben freundlichen Lächeln unterwegs und jeder war versucht, ihm aus dem Weg zu gehen, da man befürchtete, schon ein Blick würde verraten, dass man etwas zu verbergen hätte. Es sollte nicht unfreiwillig eine stille Einladung für ein einstündiges, vertrauliches Gespräch mit ihm bedeuten. Keiner wollte das. Niemals. Selbst wenn Doc Mühsam gewiss gut in seinem Fach und vom Grunde her ein bemühter und gutgläubiger Mensch war, wollten hier alle mit ihren Dämonen still und heimlich allein klarkommen. Keiner hatte vor, sein Herz zu öffnen, die dunklen Abgründe offenzulegen und in den schlimmsten Fällen wunde Punkte anzupreisen, auf denen – einmal gedrückt – die Tränendrüsen aktiviert werden würden. In diesem Job war es unverzeihlich, Schwäche zu zeigen. Themen wie Homosexualität, der Papamonat oder Panikattacken wurden hinter dem Rücken zur eigenen Schlinge am Galgen. Und jeder wusste das. Ausnahmslos. Was also für jeden Polizisten bedeutete, jeglichen Vorfall als Lappalie abzutun, Probleme und Risiken abzustreiten und Ängste für sich zu behalten.

Ängste? Was für Ängste?

„Herr Steger! Schön, Sie anzutreffen. Sie waren schon lange nicht mehr bei mir auf ein Gespräch. Wie sieht es denn in fünfzehn Minuten bei Ihnen aus? Herr Tagauer meinte, Sie hätten anklingen lassen, wieder bei mir vorbeischauen zu wollen."

Dieser Wichser!

René hatte alle Mühe, seine Hände nicht zu Fäusten zu ballen und ein halbwegs natürliches Lächeln aufzusetzen.

„Oh, hat er das? Wie zuvorkommend von ihm. Leider habe ich noch dringend Papierkram zu erledigen, bevor mein Hirn sich nicht mehr daran erinnern kann." René setzte auf eine entschuldigende Miene und machte Anstalten, an dem Psychotherapeuten vorbeizutreten. Doch Doc Mühsam hielt ihn auf. „Sie wissen aber schon, dass ich zu jeder erdenklichen Zeit ein Ohr für Sie offen habe? Es würde sich für Ihre Bewerbung bei der WEGA sicher von Vorteil erweisen, wenn in Ihren Akten steht, dass Sie regelmäßig bei einem Psychologen waren und es keinen Grund zur Beunruhigung gab. Sie also eine gefestigte und unerschütterliche Natur haben und gut mit Belastung umgehen können."

Doc Mühsam wusste offensichtlich, wo Renés wunder Punkt lag, was ihn als Therapeuten mit sehr rascher Auffassungs- und guter Beobachtungsgabe deklarierte.

René bewahrte Ruhe, denn genau seine Unbeherrschtheit würde ihm nun Stolpersteine auf den Weg legen. „Das ist wirklich zuvorkommend von Ihnen. Ich werde es mir notieren, und sobald sich einmal kein Dieb, Fahrsünder oder Schläger dazwischen drängt, komme ich auf einen Sprung vorbei." René konnte nicht verhindern, dass es im Nachhinein gesehen etwas sarkastisch rübergekommen war. Andererseits war er sich auch im Klaren, dass ein Therapeut auf einer Polizeiinspektion diesen Umgangston gewohnt war, da hier bekanntlich ein rauerer herrschte.

„Gut, ich kann es kaum erwarten", kam es mit einem breiten Lächeln zurück und diesmal hatte René das Gefühl, dass Doc Mühsam es zynisch meinte.

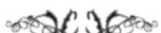

Es war Freitagnacht, und während René wartete, öffnete er wie in letzter Zeit des Öfteren die Dating-App Lovoo. Als Mann hatte man es dort schwer, überhaupt Kontakt zu Frauen herzustellen, wenn man nicht bereit dazu war, einen monatlichen Zusatztarif in den Handyrachen zu werfen. Alle Fotos der Damen waren stark verpixelt, sodass sie absolut gephotoshopte Models sein konnten oder Gespielinnen, bei denen nicht einmal genug Alkohol die Manneskraft herauslocken sollte. Doch René würde nie und nimmer für Sex bezahlen, was für ihn bei einem monatlichen Entgelt für eine App, um sie fürs Flachlegen kennenzulernen, gleichkam. Er war immer der Meinung gewesen, er würde jeder Lady, in die er sich versenkte, im Gegenzug so viel Freude bereiten, dass eine Win-win-Situation herrschte. Sein Ego ließ nichts anderes zu. Selbst wenn er den Akt dennoch rasch hinter sich brachte, da langatmige Streicheleinheiten und planmäßiges Abküssen des gesamten Körpers nicht sein Ding waren.

Aber so musste René sich nun damit begnügen, wenn ein beschriebenes Profil neu war und interessant klang, eine Anfrage zu stellen oder abzuwarten, dass eine Frau sein Profil ansprechend fand. Nur sie entschied, bewusst ihre Bilder freizuschalten. Zudem wurden die Damen vom System mit der ‚Wisch-Funktion' geködert, bei der sie einen Haufen Profilbilder von Männern präsentiert bekamen. Mit einem einfachen Daumen-Wisch nach links oder rechts entschlossen sie sich für oder gegen das Appetithäppchen und bestätigten somit ihr Interesse für ein weiteres Kennenlernen. Daher konnten die Männer nur Glück haben, wenn sie ein aussagekräftiges Foto nutzten, um auch ohne Monatsbeitrag bei einer Frau im Bett zu landen. Denn für René würde diese Dating-App immer nur eine Sexabsprache bleiben, selbst wenn ein paar Einzelpersonen darauf bestanden, dort den Partner fürs Leben gefunden zu haben. Aber René konnte es egal sein, was andere dachten oder taten, solange er seinen angestauten Druck loswurde und er friedlich und ausgelaugt einschlafen konnte.

René scrollte durch die neuen Anmeldungen und stieß auf eine Frau, die in sein Beuteschema passen könnte:

LinaFreak28

28 Jahre

schwarze, lange Haare

blaue Augen

Nichtraucherin

1,68 m groß

normale Statur – *wobei das verpixelte Bild eine schöne Abwechslung zwischen Hügeln und Tälern andeutet*

Wohnort: Wien

Hobbys: Tanzen, Singen, Reisen, Zumba – *was auch immer das sein soll*

Auf der Suche nach Freundschaft Plus. Bitte schickt mir keine Schwanzfotos und wundert euch nicht, wenn ich Trophäensammler und Bildchenjäger blockiere. So was interessiert mich nicht.

Vom Foto her stand sie auf enge Outfits und bunte Farben. Letzteres konnte er ihr austreiben, also könnte sie Potenzial haben. Nur Freundschaft Plus lag ihm im Magen, was aber nicht bedeutete, dass sie steuern konnte, wenn er sie nach einer Nacht einfach abservierte. René beschloss daher, ein Kontaktversuch könne nicht schaden und schrieb ihr seinen Standardsatz:

Hey, ich bin kein Mann vieler Worte, doch dein Profil hat mich neugierig gemacht. Wenn du mir einen weiteren Blick gewährst, vielleicht gewähre ich dir dann auch einen ;)

René überlegte, ob sie dies womöglich in den falschen Hals bekäme, wenn sie schon so ein Problem mit Schwanzfotos hatte, und erweiterte seine Nachricht mit:

Und keine Sorge. Ich stehe auf Natur und keine Bildchen ;)

Gerade als er auf ‚Senden' ging, läutete es an seiner Tür. René lief zum Eingang, roch noch schnell unter den Achseln an seinem Shirt und befand es als annehmbar. Vor der Tür lächelte ihn eine Blondine mit Lederjacke und kurzem Rock an. Leider hatte sie seine Anweisungen nicht befolgt, wodurch er für einen Moment dazu verleitet war, die Tür vor ihrer Nase zuzuschlagen. Doch seine gespannte Hose sah das anders, denn diese hatte die einladende Oberweite und die Ansätze von halterlosen Strümpfen bereits vor ihm entdeckt.

„Komm rein", sagte er knapp und wies sie in sein privates Reich.

7 | Falsche Versuchung

„*I*ch glaub', mich tritt ein Pferd!", polterte es ungezügelt aus Selina heraus, als sie am Samstag im Gemeinschaftsraum ihren Gartensalat genoss und parallel dazu ihre Nachrichten am Handy durchging.

Rebecca saß neben ihr und spielte Mahjongg, was sie bereits auswendig können musste, so oft, wie sie es tat. Ohne ihre Nase vom Display zu nehmen, ließ sie nur ein beiläufiges „Mmmhhh?" fallen.

„Der Polizist! Ich glaub', das ist er!"

Rebeccas Hirn schien förmlich zu rattern, während ihre Finger wie elektrisiert die gleichen Bausteine des Puzzles auf dem Display zusammenführten. Sie waren so schnell, dass einem schwindelig beim Zusehen wurde. „Welcher Polizist? Wovon redest du?"

Selina wurde unrund, packte Rebeccas Handy und zog es ihr aus der Hand. „Hey!", protestierte diese und sah sie genervt an.

„Welcher Polizist? Erzähle ich denn so oft von welchen, die mich festgenommen und betatscht haben?", erwiderte Selina bissig.

Diesmal war Rebecca es, die Selina deren Handy aus den Fingern riss und mit offenem Mund verzückt die Fotos in der geöffneten Lovoo-Galerie betrachtete. Der Mann hatte etliche Privatfotos. Kein Einziges zeigte ihn jedoch in Polizeikluft. Dafür aber in Badehose beim Badeteich – leider war er nur seitlich sitzend von hinten abgelichtet, sodass man zwar die tollen Muskelstränge an den Schultern erahnte, aber nicht erkennen konnte, wie die Brust oder der Bauch definiert waren.

Dann das klassische Selfie vor dem Ausgehen beim Badezimmerspiegel mit charmantem Lächeln, ein Foto zum Dahinschmelzen mit Katzenbaby, das er im Arm kuschelte, und dann eines mit verschwitztem Trainingsshirt und Jogginghose im Gym. Also eigentlich sehr ansprechend und viel sympathischer, als Selina ihn in natura kennenlernen durfte. Und Selina konnte nun auch an der Mimik von Rebecca erkennen, wie sie den Mann gerade förmlich auszog.

„Der ist ja tatsächlich zum Anbeißen! Wow ... und ... ich fasse es nicht, er hat dir sogar geschrieben!"

„Ich weiß. Kann das wirklich ein Zufall sein oder stalkt er mich?" Selina knetete nervös ihre Finger, während sie über die Schulter ihrer Freundin hinweg die Bilder mitverfolgte.

Rebecca drehte ihren Kopf zu ihr und verzog ihr Gesicht. „Hä? Wie kommst du denn darauf? Er kann deine Fotos nicht sehen, also woher soll er wissen, dass ausgerechnet du hinter dem Profil steckst? Es steht weder der Nachname noch dein Geburtsdatum darin. Sofern er sich solche Details vom Führerschein überhaupt merkt, bei all den Groupies, die er täglich betatscht." Rebecca zwinkerte ihr frech zu und Selina konnte auf diese Meldung hin nur seufzen.

„Ich werde dir einfach die Arbeit abnehmen und ihm antworten, okay?", sagte sie schnippisch und ging zum Editor.

Selina bekam einen Rappel, setzte sich auf und wollte mit beiden Händen ihr Eigentum zurückerobern, aber Rebecca türmte auf die andere Seite des Tisches.

Mit drohendem Finger wurde Selina ernst: „Lass das sein! Das ist überhaupt nicht komisch, Becca! Der Abend war schon peinlich genug. Ich könnte ihm nicht mehr unter die Augen treten, so sehr schäme ich mich. Außerdem hat er das gar nicht verdient!"

„Na ja, dann treib doch du deine Spielchen mit ihm und räche dich", erklärte sie lapidar und Selina wurde ganz hibbelig, da sie nicht sah, ob Rebecca ihre Drohung wahrmachte oder das Tippen nur andeutete. Selina lehnte sich über den Tisch, um abermals nach dem Handy zu packen, doch ihre Freundin wich geschickt zurück. Gebannt hielt sie das Display im Auge und schrieb mit beiden Daumen gleichzeitig.

„Bitte, Becca! Tu mir das nicht an!"

Doch mit einem breiten Grinsen drückte sie offenbar auf Senden und reichte ihr dann mit einem zufriedenen Ausdruck das Handy. „Du kannst mir später danken, falls ihr nun dort weitermacht, wo er aufgehört hat. Denn du willst doch nicht leugnen, dass du ihn heiß findest und unter anderen Umständen angeschrieben hättest? Habe ich nicht recht?"

Selina konnte nur motzende Töne von sich geben, öffnete den Verlauf und las die Nachricht von Rebecca an Scharf87:

Hey, ich schätze, jetzt, wo du meine Fotos siehst, wirst du dort, wo du aufgehört hast, nicht weitermachen wollen. Lg Selina

„Oh, wie konntest du nur?", stöhnte Selina und ließ ihren Kopf nach vorne sacken.

„Es ist noch alles offen. Und ich hab' ja nicht viel geschrieben. Immerhin kannst du ihn jederzeit blockieren, also chill mal."

Selina saß wie auf glühenden Kohlen. Sie hatte vorgehabt, daheim einen gemütlichen Fernsehabend einzulegen, doch ihre Nerven lagen blank. Vor sich ließ sie eine Folge von ‚How to get away with murder‘ auf Netflix laufen und bekam nur die Hälfte mit. Sie malträtierte ihr Nagelbett, holte sich immer wieder Knabbernachschub aus der Küche und alle drei Minuten nahm sie ihr Handy in die Hand und überwachte, ob das Lovoo-Emblem als Nachrichtenmitteilung am Displayende erschienen war. Denn eines wusste sie gewiss: Herr Steger, oder besser gesagt René, hatte ihre Nachricht bereits gelesen, so viel verriet ihr die App. Die zweite Erkenntnis war, dass er sich noch nicht dazu entschieden hatte, sie zu blockieren. Was sie – sollte er es tatsächlich vor ihr tun – ärgern würde, da sie sich dann erneut völlig bescheuert vorkommen würde.

Aber wer weiß, vielleicht antwortet er ja auch nur nicht.

Doch Selina wusste nicht, ob sie sich das herbeisehnen oder eher verteufeln sollte.

Als nun ihr Handy piepste, fuhr sie zusammen, was völlig überzogen war, da sie eigentlich auf eine Rückmeldung eingestellt war. Und da war es … das herzförmige Lovoo-Symbol kündigte eine neue Nachricht an. Ihr Mund war so trocken, dass ihr das Schlucken schwerfiel. Dabei ging es hier nur um eine simple Meldung. Immerhin lag es in ihrer Macht, darüber zu entscheiden, ob und vor allem wann sie den Text lesen wollte. Sie könnte es auch einfach sein lassen.

Und gut ist’s!

Selinas Daumen rollte das Anzeigesymbol nach unten und hoffte, der App-Service würde ihr Einblick auf die ersten Zeilen der Nachricht oder des Senders geben, ohne zu offenbaren, dass sie seinen Text geöffnet hatte. Doch leider funktionierte dieser Modus bei Lovoo nicht.

Verdammt!

Selina zog die Beine auf das gemütliche, petrolfarbene Sofa und kuschelte sich in ihre flauschige Decke, dabei war ihr nicht einmal kalt. Es gab ihr nur einen Hauch von Schutz. Fragen türmten sich in ihrem Kopf: Sollte sie so rasch nachsehen? Würde sie da nicht verzweifelt wirken? Was wollte sie selbst eigentlich? Was, wenn sie ihm wieder unter die Augen treten würde? Wäre das Verhältnis zwischen ihnen dann anders oder gebe es nur das Muster ‚hörige Fahrsünderin gegen hartgesottenen Polizisten'?

Doch die Neugierde siegte. Selina öffnete die MItteilung und erkannte, dass ihr der Polizist tatsächlich geantwortet hatte.

Ich bin überrascht. Hast du nicht genug von mir bekommen? Oder gibt es noch Punkte auf deiner To-do-Liste zu klären, bei denen ich dir behilflich sein soll?

Überheblicher Großkotz!, war das Erste, was Selina in den Sinn kam, daher antwortete sie:

Sorry, war wohl ein Fehler von mir, zu antworten. Ich war nur verwundert, dich auch auf Lovoo zu sehen. Mir ist das Ganze ohnehin noch immer peinlich ohne Ende.

Nachdem sie diese Zeilen verschickt hatte, war sie mit diesem Text nicht zufrieden und ergänzte daher:

Aber es war ein lustiger Zufall, dass du ausgerechnet mich angeschrieben hast ;)!

Selina hielt den Atem an. Würde er antworten? Oder es sein lassen? Ihre Handflächen begannen zu schwitzen.

Es war kein Zufall. Du bist neu, deine Angaben klangen vielversprechend und ich hab' dir geschrieben. Also reine Willenssache ;). Nette Fotos übrigens. Du scheinst auf bunte Farben zu stehen. Und ich hoffe, deine Rückleuchten sind nun in guten Händen, damit ich dich nicht wieder aus dem Verkehr fischen muss.

Selina las absolute Abgeklärtheit heraus. Dieser René war keiner, der mit Süßholz raspelte oder seine kühnsten Flirtsprüche fallen ließ. Er sagte offenbar immer, was er dachte und sie war sich auch sicher, dass er sich nehmen würde, was er wollte. Keine Spielchen. Nur nüchterne Wahrheit und Direktheit. Wenn sie länger darüber nachdachte, war es sogar eine angenehme Abwechslung, nicht das Gefühl zu haben, jemand spielte mit gezinkten Karten oder passte sich den Gegebenheiten an, um ans Ziel zu gelangen.

Was soll's also? Schreiben tat ihr nicht weh, und solange er antwortete, könnte der Abend vielleicht noch interessant werden.

Ah, da war ja etwas ... Mein Mundwerk hat mir wohl eine Stange Geld gekostet, selbst wenn mir bewusst ist, dass es teurer geworden wäre, wenn du nicht ein Auge zugedrückt hättest. Zwar nehme ich dir das Spielchen in deinem Büro noch immer krumm, aber zumindest danke, dass ich ohne Anzeige und zusätzliche Strafe davongekommen bin.

Diesmal kam die Antwort schneller:

Welches Spielchen? Ich habe dir nur dabei geholfen, ein paar Häkchen auf deiner To-do-Liste setzen zu können, damit du bei der nächsten Straßenkontrolle keinem Beamten mehr zu nahe treten musst. Als Polizist ist es meine Pflicht, mich um das Wohlsein der Bürger und in diesem Fall meiner Mitkollegen zu sorgen ;)!

Okay … Sarkasmus hatte er also doch drauf. Selina musste schmunzeln. Vielleicht war er nicht so übel, wie sie ihn eingeschätzt hatte. Ein klein wenig war sie Rebecca nun auch dankbar, denn sie hätte nie den Mut gefasst, ihm zu antworten. Sie kuschelte sich noch weiter unter ihre Decke, lehnte den Kopf in ein Kissen und überlegte, ob ihre Freundin nicht recht hatte. Wenn sie René nicht bei der Polizeikontrolle kennengelernt hätte, wäre sie auf Lovoo auf eine Kontaktaufnahme eingegangen und hätte mit ihm geflirtet, was das Zeug hielt. Aber so hatte sie einen gesunden Sicherheitsabstand und einen Heidenrespekt vor ihm. Obwohl sie bereits in seinem Büro erkannt hatte, dass er auf ihre Reize reagiert hatte. Fakt war aber, er war noch online, bisher hatte sie also nichts falsch gemacht und entweder er interessierte sich tatsächlich für sie oder er würde sich nur wieder einen Spaß daraus machen. Doch sie wollte es darauf ankommen lassen:

Dann kann die Bevölkerung und vor allem die gesamte Polizeigarde nun ruhiger schlafen, da eine Gefahr ein für alle Mal abgewendet werden konnte. Danke, Herr Inspektor ;).

Würde er dies negativ aufnehmen? Ihre Finger trommelten nervös gegen den Rahmen ihres Handys und sie starrte bereits so lange auf das Display, dass ihre Augen trocken wurden.

Gut, dann habe ich auch etwas auf MEINER To-do-Liste abgehakt. Nun bist du wieder dran. Ich will wissen, was da noch auf deiner draufsteht …

Selina schluckte einen Kloß in die Flucht. Sollte sie ihm ihre geheimsten Wünsche wirklich anvertrauen? Sie könnte ganz einfach die harmlosen Punkte aufzählen ... Wobei sie nicht dumm war und genau erkannte, dass er nur auf die schmutzigen Fantasien abzielte. Das war das Merkwürdige an sozialen Medien und Dating-Apps. Wohlfühlbereiche wurden rasch überschritten, ein Kennenlernen schneller vollzogen und Grenzen kaum eingehalten. Beleidigungen, direkte Ansagen oder gar Angriffe unter der Gürtellinie wurden ohne mit der Wimper zu zucken getätigt, da man das Gegenüber nicht sah und wohl vergaß, dass es sich um ein reales Wesen mit Gefühlen handelte. Es fehlten dessen Gestik und Mimik, die eine Interpretation zulassen würden. Kommunikation in Netzwerken wurde einfacher, aber auch irgendwie schwieriger, denn insgesamt verlernte eine ganze Generation korrekte soziale Interaktionen, Feingefühl und Empathie.

Ich könnte dir erzählen, dass noch Schwimmen mit Mantas, Streicheln eines Tigers und Besichtigen eines rosafarbenen Strandes darauf steht, aber mein Instinkt sagt mir, dass das nicht deine eigentliche Frage war ...

Nope.

Es wäre sehr persönlich, dich in meine schmutzige Gedankenwelt einzulassen, findest du nicht?

Wem willst du sie denn dann lieber erzählen als einem Fremden und gleichzeitig Gesetzeshüter? Was soll dir passieren und wem soll ich es bitte weitersagen? Wen sollte das schon interessieren, mal ehrlich ;)?

Selina seufzte laut. Was hatte sie zu verlieren?

Na ja, da wäre zum Beispiel in heißen Dessous nur in einen Mantel eingehüllt vor der Tür eines Freundes anzuklopfen und ihn damit zu überraschen. Schon allein das verwunderte Gesicht zu sehen, wäre Gold wert.

Stille. Keine Antwort folgte.

Was denkt er bloß? Nervös knabberte Selina an ihrer Unterlippe herum.

Das klingt nach einem guten Plan. Ich gebe dir die Adresse und du kommst. Mit Sicherheit in zweierlei Hinsicht. Mit Garantie. Alles, was du nicht tun solltest, ist, Schmuck zu tragen, zu bunte Dessous auszuwählen oder zu stark geschminkt zu sein.

Selina poppte der Kiefer auf. War das sein Ernst? Sollte das etwa gerade eine Sexabsprache sein? Sie sprang vom Sofa und schmiss das Handy auf die Decke, als wäre es giftig. Hektisch begann sie mitten im Wohnzimmer auf und ab zu laufen, wobei nur wenige Sekunden später ihr Handy mit meckerndem Ton auf sich aufmerksam machte, wie ein Säugling, der Beachtung und Nähe suchte.

Selina hielt inne und zwang sich, nicht hinzuschauen, doch sie wusste, die Nachricht kam zweifelsohne von ihm. Veräppelte er sie und lachte sich nun aufgrund ihrer Stille ins Fäustchen, als würde sie mit lasziven, direkten Ansagen nicht klarkommen wie ein Schulmädchen? Oder war es bitterernst gemeint?

Selina wollte – NEIN, sie musste – diese Nachricht lesen.

Es handelte sich eindeutig um eine Adresse.

Und ja, es ist kein Scherz und meine private Adresse. Lass dir nicht zu lange Zeit. Ich warte.

Selina war fassungslos. *Wofür hält er mich?!*

Ähm, du weißt aber schon, dass ich keine vom horizontalen Gewerbe bin? Oder? Vielleicht machst du das auf Lovoo mit anderen und verwechselst da bei mir etwas. Vor allem, was nimmst du dir nur heraus? Mit Garantie? Findest du das nicht sehr überheblich?

Ich sage nur, wie es ist. Mir gefällt deine Fantasie, und wenn du vor meiner Türschwelle erscheinst, werde ich alles daran setzen, dass du mein Haus mit einem breiten Grinsen verlässt. Garantie deshalb, weil es eine Tatsache ist. Und ich weiß, dass du keine Prostituierte bist, mir wäre nicht im Traum eingefallen, dafür zu zahlen ;). Aber ich stufe dich als moderne Frau ein, du scheinst ein Auge auf mich geworfen zu haben und bist erwachsen. Was ist schon dabei, wenn wir uns gegenseitig Freude bereiten? Oder hast du etwa Angst?

Der letzte Satz rief bei ihr die Erinnerung an den uralten Film ‚Zurück in die Zukunft' hervor, wo der Widersacher den Wortlaut ‚feige Sau' bei Marty McFly nutzte, um ihn zu provozieren und exakt dieses Verhalten aus ihm rauszukitzeln, das er erreichen wollte. Denn das Ego anzukratzen, wirkte zumeist Wunder. Auch bei ihr …

Okay, was, wenn ich nur einmalig komme? Wie stehst du dafür gerade?

Sie formte ihre Augen angriffslustig zu Schlitzen, denn auch er hatte ein großes Ego, das war gewiss.

Such dir was aus, es ist mir egal.

Gut, wenn das so ist, möchte ich, dass du in einem Glitzerstring für mich strippst.

Okay, Deal, also zieh dir was Heißes an ;). Ach ja, PS: Fahr zur Abwechslung mal unauffällig, sodass du sicher hier ankommst ;).

8 | Spiel mit dem Feuer

ené amüsierte sich köstlich. Er hätte sich Popcorn machen, einen Stuhl direkt ans Fenster stellen und gewiss seit 15 Minuten lachen können, bis der Arzt kam. Denn immerhin kannte er Fräulein Krügers Auto zur Genüge und vor seinem Haus waren nur drei Wagen geparkt. Darunter auch ihres. Das Licht in der Fahrerkabine brannte. Zuerst konnte er miterleben, wie sie sich unnötigerweise nachschminkte, Selbstgespräche führte, um sich offenbar Mut zuzusprechen, und dann einen Tobsuchtsanfall bekam, weil sie hysterisch gegen das Lenkrad schlug. Ihr innerer Monolog musste eindeutig spannend sein. Sie konnte sich sichtlich nicht dazu überwinden, auszusteigen und hoch zum Treppenaufgang zu spazieren. Sie war nicht einmal auf die Idee gekommen, zu den Fenstern aufzuschauen, um ihn eventuell hinter den Vorhängen zu erkennen. Wahrscheinlich lag es auch daran, dass er nur das Vorzimmerlicht brennen hatte und den Fernseher, wodurch das Wohnzimmer, von wo aus er zu ihr hinaus spionierte, fast in Dunkelheit gehüllt war.

Doch René wurde ungeduldig, nahm sein Handy zur Hand und schrieb ihr eine Nachricht:

Na? Hast du vergessen, wo die Griffe im Auto sind, um es zu öffnen? Du weißt, die Polizei - dein Freund und Helfer - kommt im Notfall auch, um dir zur Hand zu gehen. Du musst es nur sagen ;).

Wie elektrisiert starrte sie nun aus dem Seitenfenster und schien zu erspähen wollen, ob sie etwas im Haus erkennen konnte. Ihr Gesichtsausdruck war einfach nur zum Schießen.

René ahnte, dass sich dieser Abend sehr spannend entwickeln könnte. Womöglich hatte er sich darin getäuscht, dass sie für ihn keine interessante Herausforderung darstellen würde. Als sie ihm auf Lovoo das erste Mal geantwortet hatte, hatte er noch gedacht, wie schlecht das Karma es mit ihm meinte und dass es doch da draußen so viele ansprechendere Frauen geben musste. Warum daher ausgerechnet sie? Doch aus einer Laune heraus hatte er sie auf die Probe gestellt, ob sie tatsächlich so dumm wäre, herzukommen. Eigentlich hätte er gewettet, dass sie sich zu gut dafür vorkam. Doch die Egomasche zog auch bei ihr. So wie bei den meisten ...

Als René sah, wie sie ausstieg, fiel sein Blick auf hohe, dunkle Rauledersstiefel. Sie waren sexy und hatten Klasse zugleich. Fräulein Krüger hatte schon einmal einen Pluspunkt bei ihm. Der feuerrote Trenchcoat hingegen war eindeutig eine Kampfansage an ihn, von wegen hier nicht zu bunt aufzukreuzen. Sie trug ihr schwarzes Haar leicht gewellt und offen und im Mondschein glänzte es förmlich. So weit er sehen konnte, hatte sie diesen verdammten leuchtenden Ton auch auf den Lippen aufgetragen, den er ihr als Erstes abwischen wollte, so sehr ärgerte es ihn, dass sie ihm nicht Folge leistete. Dafür wirkte aber der Rest ihres Gesichtes puppenhaft und natürlich. Die großen, blauen Augen waren nur von ihren dichten Wimpern umrandet und ihre Wangen wohl rot nach der peinlichen Aufforderung, die er vor wenigen Sekunden an sie gerichtet hatte.

Das Läuten kam zögerlich, René ließ sie zappeln, blieb einen Moment vor der Eingangstür stehen, bevor er sie mit hochgezogenen Augenbrauen aufschloss.

„Da sieh an, eine Frau von Welt öffnet jede Tür aus eigener Kraft." René schmunzelte sie an und erkannte, wie ihre Stirn sich runzelte und eine feine Zornesfalte entstand. Er fand das irgendwie niedlich an ihr. Wie ein junges Fohlen, das zum ersten Mal eingefangen und zugeritten wurde.

„Sehr witzig. Du machst mit deinen Beobachtungen auch privat keine Pause, oder wie?"

„Wir sind also beim Du, Lina?", warf er ein und sah sie von oben herab an.

Entrüstet starrte sie ihn daraufhin an und rang nach Luft.

„Keine Sorge, war nur Spaß", er zwinkerte ihr freundlich zu und scannte nun sehr bewusst ihre Statur ab. Wie versprochen trug sie weder Ohrringe noch eine Kette. Sogar das verhasste Nasenpiercing hatte sie herausgenommen, was ihm ein Gefühl von Macht über sie verlieh. Sie schien ihm hörig zu sein, obwohl sie sich überhaupt nicht kannten. Ihr Gürtel formte eine wunderschöne Taille und ihre stattlichen Brüste hatten sich ihm bereits in seinem Büro geradezu aufgedrängt. Er mochte kurvige Frauen in jeder Lebenslage und da Fräulein Krüger fröstelte, musste sie ihr Versprechen also gehalten haben und darunter halb nackt sein.

Und wie aufs Stichwort wurde sein Schritt hungrig, während ihre Augen nun verunsichert noch mal zum Auto und dann zu ihm zurückstarrten. Sie war sich womöglich nicht mehr sicher, ob sie das Treffen überhaupt wollte. Daher übergab René ihr das Zepter in dem Glauben, sie hätte die Macht darüber, zu bestimmen, wie dieser Abend weiterverlaufen würde. Er öffnete den Eingang, trat zurück und lud sie mit einer dezenten Handbewegung herein.

„Ich sehe in deinen Augen, dass du dir nicht sicher bist. Was legitim ist. Daher lasse ich dir die Wahl. Du kannst hereintreten oder gehen. Es steht dir in dem Zeitraum, in dem du in diesem Haus verweilst, frei, jederzeit zu gehen. Wann immer du willst. Ich werde dich nie daran hindern. Mir persönlich ist es gleich." Selbst wenn dem nun nicht so war, denn seine gierigen Finger wollten ihr liebend gerne diesen grellen Mantel einfach vom Leibe reißen, Selina über die Schulter werfen und in eine Position bringen, in der sie darum bettelte, dass er nie aufhören solle, sie zu berühren.

Selinas linkes Knie zeigte nervöse Zuckungen und ihr war schlecht. Warum noch mal hatte sie das getan? Weshalb war sie hier? Hatte sie es tatsächlich nötig, sich mit diesem eingebildeten Gesetzeshüter einzulassen? Gerade jetzt wurde ihr wieder bewusst, wie billig diese Situation eigentlich war. Ein Geruch von Verwerflichem oder Verbotenem hing in der Luft. Sie war aus Wien den langen Weg mit dem Auto nach Wiener Neustadt gefahren, um vor einer Wohnhaushälfte halb nackt zu erwarten, dass ein ihr beinahe Unbekannter die Tür öffnete und ihr offenbar an die Wäsche gehen würde. Im Geiste sah sie das enttäuschte Gesicht ihrer Mutter – welches hier keinen Platz hatte und sie es daher getrost wegschob. Immerhin hatte sie sich vorgenommen, nun die Harte zu spielen und sich zur

Abwechslung mal zu nehmen, was SIE wollte. Doch ihm allein gegenüberzustehen, verunsicherte sie, und sie fühlte sich alles andere als ebenbürtig. Und sie verstand einfach nicht, warum ausgerechnet dieser Mann jene Wirkung auf sie hatte.

„Ist das ein ‚Ja, ich komme rein'?", fragte er mit einem großen Fragezeichen im Gesicht. Er wirkte amüsiert und freundlich. Weniger brummig, als in jener Nacht, daher zwang sie ihre Beine, den Schritt durch den Eingang zu wagen und die Tür wie angeboten zu schließen.

Selina sah sich um. Das Vorzimmer war klein und nahtlos ordentlich. Beinahe steril und mit Lineal ausgerichtet standen die Schuhe in Reih und Glied, die Jacken hingen auf einer Seite der Garderobe, sein Barett, die Tellerkappe, eine Haube und ein Schal auf der anderen. Sogar die Handschuhe waren exakt übereinandergelegt.

Geradezu beängstigend!

Selinas Mund wurde trocken und das Schlucken fiel ihr schwer. Sie blickte wieder zu ihren Gegenüber, das sie kalkulierend, aber mit einem hochgezogenen Mundwinkel ansah. Trotz allem blieb ein Hauch Kälte in seinen Augen, als wäre er berechnend oder die Emotionen würden diese nicht erfassen.

„Soll ich die Schuhe hier ausziehen ... René?" Es war kleinlauter als geplant, denn sie konnte nicht von seinem Blick ablassen. Er hatte etwas Feuriges, Dunkles an sich. Dennoch fühlte sie sich nicht bedroht. Ganz tief in ihr drinnen war sie davon überzeugt, dass René durch und durch Polizist war und ihr niemals ein Haar krümmen oder sie verletzen würde.

Von ihrem Herzen einmal abgesehen …

„Sehr aufmerksam. Du hast dir wohl meine Diplome angesehen." Er lehnte sich lässig in den Türrahmen, der offenkundig in seinen Wohnbereich führte, und verschränkte seine Arme vor sich. Unweigerlich traten seine Armmuskeln hervor, die wohl ganze Melonen zum Bersten bringen konnten.

Sie rief sich wieder seine letzten Worte in Erinnerung und war kurz verwirrt. Bis es ihr dämmerte, dass Herr Steger sich bisher bei ihr noch nicht mit dem Vornamen vorgestellt hatte.

„Zwangsläufig. Aber da du mich Lina nennst, was eigentlich nur meinen engsten Freunden und meiner Familie zusteht, wirst du sicher nicht auf Herr Inspektor oder Herr Steger bestehen. Oder stehst du etwa darauf …?"

„Vielleicht, wer weiß?", unterbrach er sie flüsternd, bis er sich abwandte und aus dem Türrahmen tiefer in das Haus verschwand.

Selinas Herz raste und schlug fest gegen ihre Brust, bis es wehtat. Sie musste immer und immer wieder ihre Lippen benetzen. Sie war auf keinen Fall bereit dazu, ihren Trenchcoat hier aufzuhängen und nur in Dessous hinter ihm her zu dackeln. Auf einmal kam sie sich so klein in dem riesigen Haus vor und so dumm, tatsächlich nur mit Unterwäsche erschienen zu sein. Sie hätte doch etwas drüberziehen sollen und dann die Hüllen fallen lassen können, sobald sie sich absolut sicher war, dass sie das 100%ig wollte. Aber jetzt? Einfach weglaufen? Das ließ ihr Ego auch wieder nicht zu. Daher hob sie stolz ihr Kinn, straffte ihre Schultern und folgte ihm.

Das wäre ja noch schöner!

Sie beschloss, dem ungewöhnlichen Gastgeber in voller Montur zu folgen und gelangte in eine sehr moderne, aber kompakte Wohnküche. Sie war großzügig geschnitten und verfügte über eine kleine Bartheke mit zwei Stühlen und im Rücken über einen herrlichen Ausblick durch große Glasflächen.

Das kleine Wohnzimmer war mit einer einladenden Sitzlandschaft ausgestattet und der Couchtisch und die etlichen Verstaumöglichkeiten waren in sterilen Holztönen gehalten. Es wirkte alles ordentlich und gepflegt, was sie einem Singlemann gar nicht zugetraut hätte. Bei dem Gedanken hoffte sie, dass er es auch tatsächlich war ...

Plötzlich wurde Selina abgelenkt, da auf dem Fernseher ein sehr offenherziger Film lief. Eine Frau wand sich nackt auf einem Mann und wurde gleichzeitig von ihm und dem hinter ihr stehenden Lover durch heftige Stöße penetriert. Selina riss sich sofort davon los, da es sich offensichtlich um einen Porno handelte und ihr das Ganze unangenehm war. Der Ton war zwar auf ein Minimum runtergedreht, doch nun waren die stöhnenden ‚Ah' und ‚Oh' kaum mehr aus ihrem Geist zu verdrängen. Dennoch wollte sie sich ihre Verstörtheit nicht anmerken lassen.

Dient der Streifen als vorbereitendes oder anregendes Anschauungsmaterial für ihn? Bei diesem Gedanken drückte sich bereits aus jeder ihrer Poren Nervosität. Doch René nahm die Fernbedienung, schaltete den Film unkommentiert ab, wodurch der Raum schummrig wurde, da nur das Vorzimmerlicht hereinflutete. Selinas Sinnesnerven mussten sich erst wieder daran gewöhnen, als René schlagartig vor ihr stand.

„Fühl dich wie zu Hause. Darf ich dir etwas zu trinken anbieten?"

Sein Atem strich über ihr Gesicht und seine Präsenz war so verflucht einschüchternd, dass sie sich zusammenreißen musste, um nicht zurückzuweichen. Sie wollte keine Schwäche zeigen, selbst gemäß dem Fakt, dass sie trotz der Zehn-Zentimeter-Hacken zu ihm aufsehen musste. Ein Umstand, der ihr stets weiche Knie bereitete und es großen Männern daher immer leicht gemacht hatte, sie auf Touren zu bringen. Zudem war auch Renés Parfüm sehr intensiv und anregend, wodurch sie versucht war, die Augen zu schließen und den betörenden Duft tief einzuatmen. Aber sie durfte das nicht tun!

„Ich darf keinen Alkohol trinken, wie du weißt, bin ich mit dem Auto da", antwortete sie abgeklärt und war überrascht, zu hören: „Den hätte ich dir auch nicht angeboten. Ich muss doch sicherstellen, dass du nach Hause fahren kannst."

Autsch! Wenn das nicht eine unterschwellige Botschaft für ‚Ficken und dann raus!' war. Und aus irgendeinem Grund stach diese Erinnerung ihr in die Brust. Es war schon verrückt genug gewesen, einfach hierherzufahren, aber sie musste nicht ständig unter die Nase gerieben bekommen, was für einen billigen Touch dieses Treffen hatte. Was auch immer in den nächsten Minuten oder Stunden passieren würde.

Während sie ihn beobachtete, wie er ein Glas neben seines stellte, das bereits mit Eiswürfeln und einer nicht identifizierbaren Flüssigkeit gefüllt war, schien er auf eine Antwort zu warten.

Selina trat näher zur angrenzenden Bar, auf der er die Gläser abgestellt hatte. „Hast du vielleicht eine Apfelschorle oder so etwas Ähnliches?"

„Du hast Glück, damit kann ich dienen." Ein warmes Lächeln huschte über sein Gesicht. Selina erkannte, wie viele Facetten er aufsetzen konnte und dadurch nur schwer einzuschätzen war. Beiläufig neigte sie dann ihren Kopf über sein Glas und konnte auf jeden Fall Alkohol herausriechen, jedoch nicht erraten, um was es sich handelte. Renés Plan zielte also darauf ab, dass sie selbst bei der ganzen Sache nüchtern bleiben sollte, während er sich bereits mit ein paar Gläschen Ruhe reingezwitschert hatte? Dabei schien diese Situation doch für ihn gewohnt zu sein! Selina hätte nun gerne ein paar große Schlucke aus seinem Glas genommen, nur um das Nervenflattern zu stoppen. Aber dann fiel ihr etwas Wichtiges ein.

Sie griff in ihre Manteltasche und zog ein Stück Stoff hervor, um ihn René direkt auf die Bar zu legen. Ihm wurde diese Handlung jedoch erst bewusst, als er die nicht mehr benötigte Apfelschorle zurück in den Kühlschrank gestellt hatte.

Mit hochgezogenen Augenbrauen schritt er heran und sah zwischen dem Material und ihr fragend hin und her.

„Dein Wetteinsatz", erklärte Selina trocken. „Leider war es das Naheliegendste, was meine Unterwäschelade hergegeben hat. Und um diese Zeit hat kein Laden mehr offen."

Sein Schmunzeln wurde breiter, als er nun mit Zeigefinger und Daumen ihren weißen String mit einem rot-rosafarbenen Glitzerherz im Schambereich vom Holz hochhob. In der nächsten Sekunde tat er etwas Unerwartetes: Er nahm ihn komplett verknüllt in die Hand, schloss seine Augen und drückte ihn sich fest unter die Nase, um überaus tief zu inhalieren.

Selina war peinlich berührt, da er frisch gewaschen war und sie hoffte, dass ihr String keine anderen Informationen an sein Riechorgan weiterreichen würde als Waschmittel. Als er seine Lider wieder öffnete, wurde sein Blick eindringlich und Selina musste nervös von einem Bein auf das andere wechseln. Beinahe hatte sie das Gefühl, von ihm gerade mit Haut und Haar aufgefressen zu werden, wenn diese Bartheke nicht zwischen ihnen stünde.

Er kann doch unmöglich etwas gerochen haben. Oder?

Dann wurde sein Lächeln süffisant. Mit seinem Zeigefinger hielt er den dünnen Riemen der Hose vor ihre Augen und lehnte sich nun näher zu ihr. „Ein interessanter Gedanke, was für Unterwäsche du sonst noch trägst. Aber ich kann dir versichern, das lächerliche Bild, wie meine Eier da neben dem Höschen raushängen und herumbaumeln, während ich für dich tanze, wird nie und nimmer Realität." Sein Blick war bitterernst.

„Na, wenn du das sagst ...", provozierte sie ihn, klimperte mit den Wimpern und näherte sich ihm nun auch über den schmalen Holzbereich hinweg.

„Ich nehme an, durch dein Mitbringsel hast du dich eindeutig dazu deklariert, intim mit mir werden zu wollen."

Selina war überrascht und richtete sich wieder auf. *War das also nie als Sexabsprache gedacht gewesen?*

Doch sie kam nicht dazu, weiter darüber zu spekulieren, denn René schritt mit seinem Glas an der Theke vorbei und hielt es ihr hin zum Anstoßen. Selina langte nach ihrem und ihre Finger zitterten deutlich, da er nun so dicht an sie herangetreten war, dass seine Wärme sich auf sie übertrug. Sie konnte nicht anders, als ihren Blick nun über seine prallen Jeans und sein schwarzes, eng anliegendes Shirt wandern zu lassen. Sie musste für sich entscheiden, ob diese geballte Ladung an Muskelmasse bereits too much war oder sie sie noch als absolut sexy empfand. Ihr war ohnehin schleierhaft, wie so breite Schultern wieder zu solch einer schlanken Taille zusammenschrumpfen konnten. Dieses V war schon anbetungswürdig und widernatürlich zugleich. Und diese starken Schulterpartien und erst die Brustmuskeln ließen sie am ganzen Körper hibbelig werden. Zu sehr wollte ihr Instinkt ihren lästigen Verstand beiseite räumen und ihre Finger über diese Bauchmuskeln streichen lassen, um dann tiefer zu gleiten. Denn diesmal könnte sie schwören, eine große Beule ...

Oh mein Gott! Sieh ihm in die Augen! Geht es noch offensichtlicher?

Ein sattes Lachen kam aus seinem Rachen, als hätte er ihre Gedanken ertappt. Es war nicht mehr zu leugnen, dass sie ihn attraktiv fand und bei so einem eingebildeten Gockel auch noch Bestätigungen zu verstreuen, ärgerte Selina. Daher war Ablenkung alles, was ihr blieb, sodass sie das Glas ihrerseits erhob und gegen seines schwenkte. Mit einem ‚Klirr' setzten beide ihre Gläser gleichzeitig an, um sie auf Anhieb leer zu trinken, doch hielten dabei den Blickkontakt aufrecht. Die Spannung in der Luft war geradezu erdrückend. Selina wollte einen Schritt zurücksetzen, doch die Bar lag schon in ihrem Rücken. Mehr ging nicht. Echt nicht.

Wie benommen musste sie mit ansehen, wie René ihr Glas einfach so aus ihrer Hand nahm und mit seinen Fingern in sein eigenes Glas fasste, um einen Eiswürfel vorsichtig herauszufischen. Wie gebannt hörte sie nur, wie er auch sein Glas hinter ihr abstellte, als er den letzten Abstand zu ihr überwand. Selina konnte einen Hauch seines Oberschenkels an ihrer Hüfte spüren und es schien förmlich Strom auf sie überzugleiten. Doch sie konnte nur auf diesen Eiswürfel zwischen seinen Fingern starren, den er nun unaufgefordert in Richtung ihrer Lippen führte. Nur wenige Millimeter davor hielt er inne und versank wahrhaft in ihren Augen. „Was hatte ich bezüglich zu viel Make-up gesagt?" Der stechende Blick sprach Bände und sie wusste nicht, was diese scheinbare Verfehlung nun für Folgen für sie haben würde. Doch er wechselte das Thema: „Ich habe gesehen, wie neugierig du auf mein Getränk warst. Es ist Gin Tonic."

Selina spürte die Aufregung in sich aufsteigen, während sie das Gefühl hatte, dieser Mann bestand aus purer Kontrolle.

„Magst du Gin?", flüsterte er, als er begann, mit dem Eiswürfel über ihre bebenden Lippen zu streicheln. Die Gefühlsknospen zogen sich schlagartig zusammen. Ihre Zunge glitt automatisch zu den nässenden Stellen, um davon zu kosten und sie war nur noch dazu imstande, wie blöd zu nicken. Die

Wacholdernote und der bittere Nachgeschmack des Tonics schrien geradezu nach mehr.

„Mmmhh. Wie schön. Die meisten Frauen mögen keinen Gin." Sein tiefer Bariton ließ Gänsehaut auf ihrem Nacken entstehen, als er sein Gesicht nun seitlich an ihrem vorbeiführte, um ihr ins Ohr zu flüstern. „Öffne die ersten Knöpfe für mich, Lina." Es war eine Mischung aus Befehlston und Bitte, doch sie war gehemmt. Sie hatte plötzlich die Befürchtung, ihm könne vielleicht nicht gefallen, was sich unter dem Mantel verbarg. Ja, sie hatte eine Figur, die mehr als in Ordnung war, aber dennoch nicht perfekt. Und sie hatte das Gefühl, ein Mann wie er gab sich ausschließlich mit Perfektion zufrieden. Allein sein Vorzimmer konnte ein Liedchen davon trällern!

„Ich, ich …", rutschte nur ein verfluchtes Stammeln aus ihr heraus. Zu mehr war sie nicht in der Lage, als er sie nun ansah und ihr so nahe war, dass ihre Nasenspitzen sich beinahe berührten. Ihre Augen blieben an seinen leicht geöffneten Lippen haften und die unweigerliche Frage entstand, wie sie sich wohl auf den ihren anfühlen würden. Sie musste nun offen zugeben, dass er verdammt gut war, mit dem, was er da mit ihr trieb. Und zwar schon wieder!

„Ich, was?", flüsterte er und sah nun hinab in ihren Ausschnitt, als wäre der Mantel der Störenfried des Jahrhunderts.

9 | Flammendes Eis

„*I*ch habe ... Angst davor ... dass dir vielleicht nicht gefallen könnte, was du siehst." Es war mehr ein Hauch einer Stimme und ihr Körper bebte vor Verunsicherung. Einerseits sehnte sich bereits jede Faser nach seinen Händen an jedem Millimeter ihres Leibes, andererseits sah sie im Augenwinkel den String, den er nicht ernst zu nehmen schien. Wie gerne würde sie ihm beweisen, dass sie selbst unter seinen besten Verführungskünsten nicht kommen würde. Dabei war sie jetzt schon feucht, obwohl er kaum etwas getan hatte, als lasziv, sexy mit ihr zu flirten, verdammt heiß zu riechen und sich dezent gegen sie zu lehnen.

Moment, da war noch was!

Plötzlich landete der halb geschmolzene Eiswürfel wieder auf ihren Lippen und wie ein Künstler ließ René ihn wie einen Pinsel ihr Abbild nachzeichnen. Zuerst ging der kalte Schauer über ihre Lippen, dann hinab über ihr Kinn, nur um in der nächsten Sekunde über ihren Kieferknochen hoch und den Hals in Zeitlupe hinabzulaufen. Kalte feuchte Spuren blieben zurück, immer näher in Richtung ihres Nackens und Selina musste scharf die Luft einsaugen und in ihre Unterlippe beißen. Denn er näherte sich ihrem ganz persönlichen Schwachpunkt. Die erogenste Zone schlechthin, um sie willensschwach zu machen. Immerhin war ihr Genick so anfällig für Streicheleinheiten und Liebkosungen, dass sogar ihr Ex genau gewusst hatte, wenn sie sauer war und er ihr über den Nacken massierte oder sie dort streichelte, sie sofort vergaß, um was es überhaupt gegangen war.

Also Alarmstufe rot!

Als sie zögerlich seine linke Hand in ihrem Kreuz fühlte, die langsam von ihr Besitz ergriff – wie eine Venusfalle die betörte Fliege –, entfloh ihr ein Seufzen, was ihr schon beinahe peinlich war. Doch er ließ sich seinen errungenen Sieg nicht anmerken, stattdessen arbeitete er sich weiter konzentriert zu ihrem Nacken vor, während seine Pupillen fasziniert an ihrem Gesicht hingen. Sie schienen alles aufzunehmen, wie ein Super-computer, der errechnete, welche Züge ihn nun ans Ziel befördern würden.

„Ah, wie ich sehe, wirst du deinen Slip nicht nur wieder mitnehmen, sondern auch verbrennen und entsorgen", kam ihr ein zufriedenes Flüstern entgegengesprungen. Das verhalf Selina sogleich, standhaft zu bleiben. Sie ließ bewusst ihre Lider offen, denn sie zu schließen, würde das Fallenlassen nicht mehr bremsen. Und dabei wollte sie es René zumindest nicht so leicht machen, selbst wenn ihr Zweifel wuchs, überhaupt irgendeine Chance gegen ihn zu haben. Absolut. Keine! Gegen diese Art Mann und dieses verteufelte Spiel war kein Kraut gewachsen!

„So siegessicher?", frotzelte sie. Doch ausgerechnet in dieser Sekunde erreichte er ihren Nacken und glitt tiefer und tiefer hinab, so weit es der breite Kragen des Mantels zuließ. Die empfindliche Haut zog sich zusammen und eine Gänsehaut tanzte darüber, als Renés Wange sich nun gegen ihre lehnte, sie seine Brust auf der ihren spürte und ihn nur noch fest packen und nicht mehr loslassen wollte. Ihr Atem wurde rascher, flacher und ihre Gedanken streuten in alle Winde, so wie ihr Sträuben.

„Ich habe mir sagen lassen, dass heiße Küsse auf eiskalter Haut besonders prickelnd sind. Wollen wir es herausfinden?", testete er sie und Selina hatte überhaupt nicht mitbekommen, wie seine geschickten Finger bereits die ersten zwei Knöpfe ihres Mantels von oben hinab geöffnet hatten. Doch als er sich plötzlich einen halben Schritt von ihr entfernte, um die letzten Reste seines Eiswürfels von ihrem Hals abwärts ins Dekolleté laufen zu lassen, wurde es ihr bewusst.

Gott, ist das heiß!

„Wenn du flüchten willst, solltest du es JETZT tun ...", raunte er diabolisch. Selinas Atem beschleunigte sich noch mehr, als sie sah, wie er nun Knopf für Knopf weiter öffnete. Seine Augen hielten ihre gefangen, bis er den letzten gelöst hatte und er seine Hand nun auf dem einmal verknoteten Gürtel auflegte, um abzuwarten. Es war die letzte stille Abfrage, ob sie wollte, was er mit ihr geplant hatte. Und Selinas Pläne und Vernunft hatten sich genauso in Luft aufgelöst wie der geschmolzene Eiswürfel.

Ihre Hände glitten nun selbst zum Gürtel, um ihn zu öffnen. *Jetzt oder nie!*, sprach sie sich Mut zu, breitete den Mantel auf, um ihn über ihre Arme zu Boden gleiten zu lassen.

Renés Erektion machte einen Sprung in der zu eng gewordenen Hose, denn was er geboten bekam, war mehr als er zu Träumen gewagt hatte. Dieses Frauenzimmer hatte einen Hang für sehr extravagante, feine Lingerie. Und dadurch, dass sie eine schwarze, transparente Lösung gewählt hatte, wurde er schwach. Der Spitzen-BH hielt nur das Nötigste verborgen und die filigranen Strümpfe mit Spitzenbesatz waren durch Strapse in Position gehalten. Ein dazu passender Hüftgürtel – oder wie auch immer dieses Zeug hieß – war ebenfalls so edel gefertigt, dass jeder hochgeile Mann Angst haben musste, nur beim bloßen Hinsehen alles in 1.000 Einzelstücke zu zerfetzen. Der String war alles andere als keusch, da der Ansatz der Schamlippen zu erkennen war, da er im Schritt offen zu sein schien. Ein Festmahl für jeden hungrigen Kerl, der nicht mehr auf das Entkleiden warten konnte! Der Damm war gebrochen und es war ihm unmöglich, nicht über sie herzufallen.

„Ich wusste, dass deine Angst unberechtigt war. Das einzige Verbrechen, das du begangen hast, war, diesen Körper zu lange hinter dem grässlichen Mantel zu verbergen."

Ein erleichtertes Aufblitzen war in ihrem Gesicht zu erkennen, als er nun an sie herantrat, seine Arme um sie schlang und sie im Nacken zu küssen begann.

Selina war vor solch einer geballten Ladung Mann nicht gewappnet gewesen. Renés große Hände zeichneten gierig ihren Körper nach, seine Finger gruben sich verlangend in ihren Po, um ihre Hüfte fest gegen die unausweichliche Beule zu drücken. Als seine Lippen sich wie glühende Lava über ihren Hals hermachten, konnte sie nur ein Stöhnen als Antwort zurückgeben und ihre Hände im Gegenzug auf Entdeckungsreise schicken. Und schon allein unter seinen Armen vom Kreuz aus hoch zu wandern, war der reinste Genuss. Er war die schiere Kraft und sie nahm den Punkt ‚Er ist pure Kontrolle' wieder zurück, denn er presste sich so fest gegen sie, dass ihr die Holzplatte der Bar in ihrem Rücken bereits Schmerzen verursachte. Doch dieses sensationelle Gefühl, von ihm erkundet und begehrt zu werden, erfüllte sie, sodass sie ihn auf keinen Fall dabei stören wollte.

Selina krallte sich in seine Haut und es war ihr egal, dass seine Muskeln sich kurz verkrampften und er in ihren Nacken ächzte. Aber noch viel mehr hungerte sie nach seinen Lippen auf den ihren. Sie wollte um jeden Preis wissen, wie er küsste.

Scheiß auf den doofen Glitzerstring!

Im Rücken fühlte sie nun Erleichterung, als René sich offenbar mit seinen Fingern zum BH-Verschluss hoch arbeitete und ihn innerhalb eines einzigen Wimpernschlages öffnete.

Verflucht, er hat mehr Übung als ich! Denn Selina kämpfte noch heute mit den Dingern.

Ungeduldig ließ er von ihrem Hals ab, um ihr den Hauch Stoff vorn runterzuziehen und die blanken Brüste freizulegen. Selina genoss die aufgerissenen Augen, die bereits verschlangen, was sie sahen. Diesmal musste sie ihn schelmisch angrinsen. „Na, Herr Inspektor? Geht die Leibesvisitation jetzt weiter?"

Er sah sie an und musste auch grinsen.

„Tja, diesmal hast du leider zu viel in deinem Höschen versteckt, das muss ich alles rausholen." Seine Zungenspitze strich kurz über seine Unterlippe, was gezielt geschah und Selina ihre Oberschenkel fest zusammenpressen ließ. Sie befürchtete, noch vor seinen Augen auszulaufen, als er plötzlich anfing, sich sein Shirt aus dem Hosenbund zu ziehen und von hinten über seinen Kopf zu zerren. Sein Haar wirkte dadurch zerzaust und verwegen, aber so verflucht sexy, dass sie eigentlich sofort mit den Fingern hindurchkämmen wollte. René hielt ihrem Blick in jeder Sekunde stand, in der kein Stoff zwischen ihnen stand, doch für Selina war es unmöglich, danach nicht auf diesen muskulösen Torso zu starren. Sie konnte nur hoffen, dass sie keine primitive Mimik aufsetzte oder gar zu sabbern anfangen würde. Denn dieser Mann war so eitel, dass er sich sogar den gesamten Oberkörper glatt rasiert hatte. Seine geschwollene Brust bewegte sich bei jeder kleinsten Bewegung seiner Hände, als diese nun den Ledergürtel seiner Hose in Angriff nahmen. Zu spät erkannte sie, dass ihr Mund offen stand, und schloss ihn abrupt. Zumal er seine Bauchmuskeln anspannte und sie hatte ihre Finger noch nie in ihrem ganzen Leben auf solch eine Wellenlandschaft gelegt. Das musste sich daher unbedingt ändern.

Dies war auch der Augenblick gewesen, in dem sie sich einredete, es war ihr egal, ob das hier und heute eine einmalige Sache werden und bleiben würde, solange es einfach nur geschah!

„Wenn du willst, kannst du dir nun gerne die Stiefel ausziehen. Du brauchst sie dort nicht mehr, wo ich dich haben will", kündigte er mit erhobenem Haupt an und seine Augen funkelten. Selina konnte nur wie aufs Wort Folge leisten, während er sich nun die Jeans zeitgleich mit seinen Pants runterzog. Sie verlor kurz das Gleichgewicht auf einem Bein und wusste, sie wirkte gerade alles andere als sexy. Doch diese Erektion zeigte genau in ihre Richtung, als hätte sein Schwanz sie als seine nächste Eroberung auserkoren und der Körper dazu hatte kein Mitspracherecht mehr. In Selinas Mitte zog sich alles hungrig zusammen, als René erneut auf sie zuschritt und den zweiten Stiefel aus ihren Händen riss, um ihn wegzuwerfen wie ein lästiges Insekt. Willig wollte sie ihre Lippen auf seine legen, doch stattdessen nahm er sie bei der Hüfte, hob sie hoch, um sein Gesicht auf ihre Brust zu legen. Sein geschickter Mund saugte einen harten Nippel ein und zog so fest daran, dass sie aufkeuchte. Ihre Finger vergruben sich in seinem kurzen Haar und sie roch sein Shampoo, als sie nur noch den Kopf nach hinten sacken lassen konnte, um sich ihm vollends hinzugeben. Seine Lippen ließen dieselbe Tortur auch dem anderen Nippel zukommen. Auf dem Weg dahin küsste er rau über ihre weiche Haut, da sein Dreitagebart sich einmischte. Um den Halt zu bewahren, schlang sie ihre Beine nun eng um seine Hüfte, denn sie wollte keine Sekunde seines Werbens verpassen. Ihr war bewusst, dass ihre feuchten Schamlippen nun direkt an seiner prallen Erektion rieben, aber es war ihr nur recht. Zu sehr wollte sie ihn willkommen heißen, aber viel mehr noch musste sie René endlich küssen.

„René, bitte, ich möchte, dass du mich auf die Lippen küsst. Ich sehne mich so sehr danach", bettelte sie, obwohl sie sich geschworen hatte, nicht so tief zu sinken. Doch sie brauchte ihn so sehr. In sich, auf sich und um sich. Was auch immer oder wie auch immer er dies in so kurzer Zeit vollbracht hatte.

Selina konnte aber nicht damit rechnen, dass er sie nun absetzte und mit unlesbarem Ausdruck anstarrte.

Hab' ich etwas Falsches gesagt?, rätselte sie und verfluchte sich im selben Moment, da sie die Wärme und die gierigen Finger wieder zurückhaben wollte. Die Zeit zwischen ihnen schien still zu stehen und nur der rasche Atem war zu hören. Selina entschloss, die Initiative zu ergreifen, fädelte ihre Hand um seinen Nacken, um ihn zu sich hinabzuziehen. Jedoch stemmte er sich dagegen, sah sie ernst – beängstigend ernst – an und zog ihre Finger von seinem Hals. Noch bevor sie ihn zur Rede stellen konnte, packte er sie an der Hüfte, um sie wie Freiwild über die Schulter zu werfen und durch das Wohnzimmer zum Treppenaufgang am Ende des Raumes zu schleppen. Mit Leichtigkeit stürmte er samt ihr über die Stufen und sie bekam jede Bewegung schmerzlich an ihren Hüftknochen mit, denn seine Schultern waren stahlhart.

Als er sich zur ersten Tür zu seiner Linken orientierte und diese offen stand, erkannte Selina auch kopfüber, dass es sich um sein Schlafzimmer handelte und er auf ein riesiges Boxspringbett zusteuerte. Mit Schwung landete sie dort weich auf ihrem Rücken, unweigerlich mit geöffneten Oberschenkeln. Als er ohne eine Atempause nun ihre Beine zu sich an die Kante der Schlafstatt heranzog, wurde ihr mulmig zumute. Sie wollte sich hochstemmen und protestieren, doch nur beiläufig stieß er sie mit der ausgestreckten Hand zurück aufs Bett.

„Du wolltest doch, dass ich deine Lippen küsse."

Und plötzlich erahnte sie, was er vorhatte. Dabei hätte sie ihm dies bei einem ziemlich wahrscheinlichen One-Night-Stand gar nicht zugetraut.

René benetzte seine Lippen und hockte sich zu Boden, sein Blick war gierig und vielversprechend, sodass Selina nur den Atem anhalten konnte vor Anspannung. Der Gesetzeshüter wollte tatsächlich aus ihrem Höschen herausholen, wonach es ihm dürstete …

10 | Weiße Fahne

Er folterte sie. Und folterte sie. Selinas Körper bebte und sehnte sich nach Erlösung, doch sie verbot es sich. Stattdessen krallte sie ihre Finger in die Matratze neben sich, biss sich auf die Unterlippe und hielt Ausschau nach einem Kissen zur Unterstützung. Sie wollte ihre Zähne darin versenken und verhindern, dass er ihre Verzweiflung ablesen konnte. Doch René war erbarmungslos und stieß alles für sie Erreichbare vom Bett.

„Ich will dich sehen, Lina. Und viel besser noch hören. Immerhin meintest du, ich würde dich nicht zum Kommen bringen."

Dann spielte seine geschickte Zunge weiter mit ihrer Klitoris und ihren Schamlippen. Selina hätte alles dafür gegeben, wenn er sie zur Abwechslung nur eine Sekunde über tief in ihr versenkt hätte. Sie konnte einfach nicht mehr. Das Prickeln sendete Gänsehaut und elektrische Schübe über ihren gesamten Körper, sie hielt zu oft den Atem an, nur um beim nächsten qualvollen Necken ihrer Klitoris laut Luft auszustoßen. Es wurde mehr zu einem Wimmern und Stöhnen. Langsam begannen auch ihre Beine zu strampeln und sich von ihm weg zu robben. Aber René behielt seine Hände eisern um ihre Oberschenkel gespannt, spreizte sie weiter, als nun erlösenderweise seine Zunge eintauchte.

„Oh mein Gott!", entfuhr es ihr und sie bereute diese Schwäche zugleich, als sie hörte: „Dankeschön." Sie rollte mit den Augen und war versucht, nach unten zu blinzeln, als er sie dabei ertappte und mit einem animalischen Blick strafte, sodass sie sofort wieder zur Decke starrte und beim nächsten Zungenspiel die Lider schloss.

„Du bist so ein …", begann sie und biss sich auf die Lippe, um die Worte festzuhalten, als er plötzlich von ihr abließ, sich aufrichtete, um seinen linken Ellenbogen neben ihrem Kopf abzulegen und sie zu betrachten.

„Was bin ich?", forderte er, zu erfahren, als er sie blind überraschte und einen Finger seiner rechten Hand tief in sie stieß. Ihr Becken hob sich automatisch, ihre inneren Muskeln schlossen sich fest um ihn, um ihn nicht mehr gehen zu lassen. Und Selina musste dieses gehässige Grinsen und das leichte Nicken von René über sich ergehen lassen. Als sie das Wort an ihn richten wollte, zog er den Finger schnell heraus, nur um ihn ein weiteres Mal in ihr zu versenken, sodass ihr die Luft wegblieb. Ihr ganzer Körper wurde davon erfasst und ihre Augen wurden feucht, da dieses Kribbeln so unglaublich intensiv wurde, dass sie nahe dran war, zu betteln. Sie würde nicht mehr lange durchhalten, ohne sich zu ergeben. Als er es nun auch noch wagte, einen zweiten Finger nachzuschieben und mit kreisenden Bewegungen ihr Innerstes zu erforschen. Natürlich musste er sofort diesen einen besagten, verfluchten Punkt finden, was sie laut aufschreien ließ.

Selina drückte ihr Kreuz durch und in der nächsten Sekunde krallten sich ihre Hände um René, um ihn verlangend auf sich zu ziehen. Es langte ihr! Sie musste ihn in sich spüren! Doch er bewegte sich keinen Millimeter und blieb nun exakt an diesem

Punkt in ihrer Scheide, um sie durchgehend mit zarten Anstupsern zu malträtieren.

„Ahhhhh!", schrie sie.

„Mmmmmh. Da habe ich wohl ein lautes Kaliber erwischt. Ich stehe drauf."

Nur schwer konnte sie ihre lustverhangenen Lider öffnen und ihn verzweifelt anstarren. Als er sich plötzlich halb auf sie legte und seine Hand den Venushügel fest drückte, während ein Teil der zwei Finger in ihr ruhte, um noch mal seinen Standpunkt zu unterstreichen, wer hier die Kontrolle hatte.

„Es liegt nun an dir. Ich kann dich jetzt zum Orgasmus bringen. Wenn du es wünschst, auch noch zu einem zweiten und dritten. Dann müsstest du wohl oder übel aber auf deine Vorstellung mit dem Glitzerstring verzichten." Sein Gesicht kam so nahe und seine Finger stoppten das Kreisen augenblicklich. Selina hörte ihren raschen Atem und in ihrem Körper begann ein Kampf zu wüten. Alles verkrampfte sich und schrie. Es war so qualvoll, so kurz davor gewesen zu sein und die süße Frucht nicht zu bekommen.

„Ich hasse dich!", fauchte sie ihn mit nassen Augen an, während er seine Hand nun grob um ihr Geschlecht drückte, sodass es fast schmerzte.

„Du hast die Wahl, aber ich will es laut und deutlich aus deinem Mund hören, Lina." Seine Lippen berührten sanft die ihren und sie roch seinen Duft. Es war nicht das Parfüm, Aftershave oder eine Mundspülung. Es war ein dunkler, bösartiger Geruch, der wie ein Aphrodisiakum auf sie wirkte. Sie wurde geradezu süchtig und hob den Kopf, da sie ihre

Chance witterte, ihn zu küssen. Doch mit jedem Millimeter, dem sie sich ihm näherte, wich er mit einem zynischen Lächeln zurück. Ihre Hände waren eindeutig zu schwach und ihre Verführungskünste offenbar lahm, um ihren Willen durchzusetzen.

„Sag es!", forderte er nun ungeduldig und Selina setzte ihren reumütigsten Gesichtsausdruck auf, doch es zog kein bisschen. Dann ließ sie ihre linke Hand hinab zu seiner Hüfte gleiten und wollte sein Glied erreichen, aber es lag gefangen zwischen ihren beiden Körpern. Ihn zu stimulieren, hätte womöglich noch ihr Trumpf werden können, doch René war vorbereitet gewesen.

Das ist so frustrierend!

„Bitte, René …", flüsterte Selina wimmernd, als seine Finger sie von Neuem erbarmungslos zu necken begannen und ihr Körper sich leicht entspannte vor Zufriedenheit. Seine Augenbrauen hoben sich wartend, als würde er sofort stoppen, wenn sie die Zauberworte nicht aussprach. „Bitte lass mich kommen", piepste sie und hasste sich bereits dafür.

Es war demütigend und erlösend zugleich, als er ihrem Wunsch entsprach und nun in sie abtauchte, die Finger wieder hinauszog und schneller wurde, bis ihr Körper explodierte und sie laut aufschrie. Die prickelnde Welle glitt über sie und machte sie blind für ihre Umgebung. Zu stark war dieses Gefühl, das sie mitriss. Selina verkrampfte, als dieser berauschende Zustand über sie hinwegzog und abflaute. Sie war so dankbar für diesen einkehrenden, inneren Frieden, konnte es sich jedoch verkneifen, es laut kundzutun.

Ihr Kopf war schwer, als er sich aus ihr zurückzog und seinen Körper nun direkt zu ihr hochbeförderte. Diesmal lag er mit dem kompletten stahlharten Leib auf ihr und sein pochendes Glied drückte fest gegen ihren Oberschenkel. Das Gefühl war so intensiv, da er es nun ausnutzte, dass sie hypersensibel war. Seine Finger gingen seitlich ihres Körpers auf Streifzug und lockten weitere zitternde Schübe hervor. Sie kam sich so hilflos und ausgeliefert vor. Ihr Leib war der schlimmste Verräter, da er nun von René bespielt wurde und nicht mehr von ihr selbst. Sie hatte keine Kontrolle mehr darüber.

„Mmmmhh, du riechst und schmeckst so verdammt gut, Lina."

Dann positionierte er seine Eichel direkt vor ihrem Eingang und drückte dagegen. „Wenn du noch mal kommen willst, brauchst du es nur zu sagen. Ich besorge es dir die ganze Nacht, wenn du willst."

Selina sah ihn erschöpft an. Sie konnte nicht anders, als ihre rechte Hand über seine Wange streicheln zu lassen. Bei dieser Berührung veränderte sich etwas in seinem Ausdruck. Wurde weicher, sehnsüchtig und nachdenklich. René nahm den Druck aus ihrem Schritt und sah sie weiter auf diese unerklärliche Art und Weise an, als würde da etwas in ihm ‚Klick' machen. Doch sie wollte ihn nicht verlieren: „Bitte lass mich noch mal kommen."

René schüttelte offenbar den Gedanken ab und der hochgezogene Mundwinkel kam wieder zum Vorschein. „Dein

Wunsch ist mir Befehl und da du sehr gelenkig zu sein scheinst, werde ich dich auf ganz besondere Art ficken."

Selina war überfordert, als René von ihr runter robbte und ihr einladend die Hand reichte.

Was soll das werden?

Seine Finger wurden ungeduldig und wippten, um anzukündigen, dass Selina Folge leisten sollte, was sie misstrauisch tat. In ihrem Schritt pochte es noch immer und ihr Körper schien sich erneut auf dieses überwältigende Gefühl einzustellen.

„Das Bett ist zu weich und instabil dafür", erklärte er sein Tun und sie ließ sich auf seine Anweisungen ein, bis sie ein paar Sekunden später auf dem Teppich neben dem Bett am Rücken lag und ihr Po samt Beinen nach oben gehalten wurde. Sie hatte alle Mühe, diese merkwürdige Position zu beherrschen und presste ihre Hände zur Stabilisierung gegen ihre Hüftknochen. Sie hörte über sich ein raschelndes Geräusch von Kunststoff, was von einer Kondompackung herrühren musste. Sie konnte zwischen ihren angewinkelten Beinen hindurchblinzeln und sehen, wie René das Kondom geschmeidig über sein erigiertes Glied streifte. Die Art und Weise, wie er sich selbst dabei auf und ab streichelte, war enorm sexy und sie hätte alles gegeben, ihm diese Aufgabe abnehmen zu dürfen. Sie hatte noch nie so starkes Verlangen gehegt, einen Schwanz zu streicheln und zu liebkosen, wie es bei René der Fall war.

„Vertrau mir, so tief hast du einen Mann noch nie gespürt", erklärte er dann und näherte sich ihr.

Selina war das Ganze nicht geheuer, als sie sah, wie René sich halb auf ihren Po setzte und sein Glied geradewegs unnatürlich nach unten drückte, um in sie einzudringen. Sie riss ungläubig die Augen auf, als sie spürte, was er meinte. Noch dazu war sein Schwanz sehr dick und lang beschaffen, sodass sie viel auf einmal aufnehmen musste. Zum Glück verharrte er kurz in Anschlagposition, damit ihr Körper sich dehnen und daran gewöhnen konnte. Und es bedurfte keines Zeichens von Selina, ihn wissen zu lassen, wann sie so weit war, denn Sekunden später begann er sich aus ihr zurückzuziehen, nur um sich erneut tief in ihr zu versenken. Eine elektrische Flut schwappte über ihre Nervenzellen und verbreitete sich in jeden Winkel ihres Körpers. Es war so intensiv, dass sie heulen wollte und fast den Eindruck gewann, wenn sie sich nicht zusammenriss, würde sie René und sich selbst von oben bis unten anpinkeln. Selina versuchte, sich zu kontrollieren und sich auf diese starke Gemütsregung zu konzentrieren, als René sie von oben herab anstierte. Sein Blick war beherrschend, aber auch getrieben vor Lust. Es törnte sie an, so dicht am Geschehen zu sein und zu erkennen, wie sein Schwanz in ihr verschwand und glänzend wieder herausgezogen wurde. Es war ein mächtiges Gefühl, zu wissen, sie allein löste dieses Verlangen gerade in ihm aus. Doch der Druck stieg an und sie wusste nicht genau, woher das kam. *Es soll bloß nicht die Blase sein!*

„Lass es zu, Lina. Es kann nichts passieren", flüsterte er, als könne er ihre Ängste ablesen. Daher ließ sie sich treiben, als der Reiz in ihrem Schritt so verdammt stark wurde, dass sie René am liebsten von sich geworfen hätte. Aber er nahm sie schneller und härter, bis der Orgasmus sie fortschwemmte und sie schlagartig die Kraft über ihre Glieder verlor. Ihre Finger stemmten sich so fest gegen ihre schwere Hüfte, dass es wehtat, sie schrie aus voller Ektase, als ihr Körper sich ein letztes Mal verkrampfte und in sich zusammenzustürzen drohte. Doch zum Glück hatte René es erkannt und hielt ihre Beine fest, um sie dann langsam nach hinten abzusenken. Nur wie in Watte gepackt hörte sie seinen raschen Atem an ihrem Ohr, denn sie konnte ihre Lider nicht mehr offen halten.

„Willst du noch mal?", fragte er gierig und Selina fühlte bereits seine Finger an ihrer Haut. Zärtlich strichen sie über ihre Wange und ihr Gesicht, wodurch dieses von ihrem Haar befreit wurde. Sie musste unweigerlich bei dieser Berührung zufrieden grinsen und spürte, wie ihr die Tränen über die Haut liefen.

„Ist alles in Ordnung?", fragte er nun vorsichtig und Selina sah ihn glücklich an und nickte. Sie hatte keine Kraft, ihm zu beichten, dass die besten Orgasmen sie immer zum Weinen brachten und es nichts mit Schmerz, sondern lediglich mit Glückseligkeit zu tun hatte. René hatte bereits zu viel Lob von ihrem Leib erhalten. Das langte.

„Gut, wenn du erlaubst, nehme ich mir nun, was ich brauche."

Selinas Kopf fühlte sich wie Brei an und sie verstand nicht, was er meinte. Auch ihr Körper war wie Wachs in seinen Händen, als René sie unter den Achseln hochzog und ihren Oberkörper brustseitig auf das Bett legte. In dieser Position hingen ihre Beine hinab und ihr Po wurde einladend präsentiert. Erst als er sich grob von hinten in ihre Muschi schob, eine Hand fest an ihrer Hüfte klebte und die andere an ihrer Schulter, um sie bei jedem Stoß fest gegen sich zu pressen, wurde ihr bewusst, was er brauchte: Er wollte Dampf ablassen.

Seine Stöße wurden wilder, energischer, sodass ihr ganzer Unterleib schmerzte und diesmal auf andere Weise um Gnade winselte. Das gesamte Bett unter ihr knarzte, ihre Oberschenkel wurden gegen die Matratze gepresst, und wenn diese Wand nicht hinter dem Möbelstück gestanden hätte, würde René sie gewiss durch den ganzen Raum vögeln. Doch Selina biss tapfer die Zähne zusammen, da die Reibung ihren letzten Orgasmus nachhallen ließ. Sie hörte, wie sein Atem lauter wurde und es beinahe als Stöhnen durchging. Renés Finger bohrten sich dabei so besitzergreifend in ihr Fleisch, dass sie schrie, als seine rechte Hand nun von der Schulter in ihr langes Haar fasste und fest daran zog. Ihre Kopfhaut brannte so stark, dass sie dem Druck nachgab und sich mit den Armen hochdrückte. Im nächsten Augenblick fuhr seine rechte Hand verlangend über ihre Brust und knetete und drückte sie, als würde sie sein Eigentum sein. Doch als Selina protestieren wollte, stieß er sie zurück in die Matratze wie ein Spielzeug, zog seinen Schwanz heraus und sie hörte ihn das Kondom abstreifen. Nur eine Sekunde später ergoss sich heiße Flüssigkeit über ihren gesamten Körper. Der Druck musste so enorm gewesen sein, dass er sein Sperma sogar bis in ihr Haar gespritzt hatte.

Selina war außer Atem und unsicher, was nun passieren würde. Sie lugte vorsichtig über ihre linke Schulter und sah René, dessen Brust sich stark hob und senkte. Seine Haut glänzte vor Schweiß, was ihn verflucht heiß aussehen ließ, doch sein Blick war desinteressiert, als er sich abwandte. „Du kannst duschen, wenn du willst. Das Bad ist gleich nebenan, etwas zum Abtrocknen findest du im Schrank."

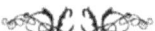

Mit weichen Knien in ein Handtuch gehüllt stand sie nun im Wohnzimmer und starrte René fragend an. Er hatte vor ihr geduscht und saß nun in Pants im Schneidersitz auf dem Sofa und zog sich einen Film rein. Er beachtete sie kein bisschen.

Echt jetzt? Und so soll ich nun mit breitem Grinsen das Haus verlassen?, ärgerte sich Selina.

„Entweder du ziehst dich an und gehst oder du machst dich hier nützlich, aber einfach dastehen nervt."

Sich nützlich machen? Soll ich vielleicht nun nackt den Boden putzen? Selina sah ihn wie ein Fisch auf dem Trockenen an. Sie hatte nun verstanden, dass die letzte Glocke geschlagen hatte und sie wollte sich nicht auch noch von ihm zur Tür weisen lassen.

Sie holte ihr zusammengewühltes Dessousknäuel, stopfte es in den Mantel und zog diesen direkt über die blanke Haut. Dann lief sie zur Theke, wo ihre Stiefel verstreut in alle Himmelsrichtungen dalagen und zog sie mürrisch an. Hin und wieder lugte sie im Seitenwinkel zu ihm, doch René hatte wie gewohnt diesen brummigen Gesichtsausdruck aufgesetzt und konzentrierte sich nur auf den Fernseher. Sie hätte Gift und Galle spucken können. Wäre nicht wenigstens Kuscheln drinnen gewesen oder liebe Worte zum Abschied? Bis zuletzt hatte er sie nicht geküsst gehabt, was dem Ganzen einen noch billigeren Touch verlieh, als die Nacht ohnehin schon anklingen ließ.

Selina zippte sich die Stiefel hoch, knöpfte ihren Mantel zu, als sie auf dem Weg zur Eingangstüre noch René nachrufen hörte: „Hast du nicht etwas vergessen?"

Nur widerwillig wandte sie sich abermals um, um durch den Türrahmen des Wohnzimmers zu blicken.

Er hatte den Nerv sie nicht einmal anzusehen, als er mit dem Finger zum Glitzerstring auf der Bar deutete.

„Tst!", entfuhr es ihr nur, sie stampfte protestierend hin, um ihn zu ergreifen. „Von wegen mit breitem Grinsen dein Haus verlassen!", moserte sie lautstark, um sich dann in Richtung Ausgang aufzumachen.

„Na ja, wenn es dich glücklich stimmt, ich wäre gerne bereit, mich für weitere Fantasien auf deiner To-do-Liste zu begeistern. Diese Gefälligkeit erhalten andere Frauen fast nie."

Selina wollte sich nicht umdrehen und wieder in dieses selbstgefällige Grinsen blicken, zu aufgewühlt und wütend war sie. Stattdessen lief sie aus dem Haus, zum Wagen und trat – darin Platz genommen – noch fest das Gaspedal durch, um mit quietschenden Reifen zu verschwinden.

11 | Verschwommene Realität

René wollte seinen Augen nicht trauen. Als sie die 80-Quadratmeter-Wohnung aufgebrochen hatten, waren sie zwar darauf vorbereitet gewesen, dass eine Flüchtlingsfamilie sich darin verschanzen würde, aber dass es sich als zugemülltes Lager mit über zwölf Bewohnern entpuppen würde, ließ sie alle sprachlos zurück. Die Kleidungsstücke waren übereinander wie Regale entlang der Wände gestapelt, da die passenden Möbel dazu fehlten. Es stank bestialisch, der Lärmpegel war haarsträubend, da mit Ankunft von fünf vermummten Polizisten in Schutzausrüstung sofort Panik ausgebrochen war. Kinder liefen wild durch die Räume, warfen die Kleiderstapel um, an den Wänden und Böden klebten Essensreste. Fliegen zogen an Renés Kopf vorbei, als sich ihnen auch schon zwei brüllende und gestikulierende Männer in den Weg stellten und sich furchtbar aufregten. Als wäre es ein Eingriff in ihre Privatsphäre, doch dieser Flüchtlingsring hatte sich unerlaubt Zugriff auf diese Räumlichkeiten verschafft, sich verschanzt und beim ersten netten Versuch, die Wohnung zu räumen, mit Waffengewalt gedroht. Sie waren mit Messern und Pistolen auf dem Balkon gestanden und hatten in ihrer Sprache wissen lassen, dass sie vorbereitet waren.

Aber all die wehrlosen Kinder und Frauen? Sie als Schutz da mit reinzuziehen, da sie dachten, die Polizei würde dann gemäßigter mit ihnen umgehen? *Weit gefehlt!*

René türmte hinter Volker tiefer in die Wohnung, während hinter ihm die Polizisten die ersten Personen aus dem Eingang zerrten. Draußen warteten zusätzliche Beamte, die sie abführten und in einen großen Polizeibus begleiten sollten, im Anschluss geradewegs zum Revier. Plötzlich bekam René von der Seite eins übergezogen und langte nach der Waffe, die sich als Bratpfanne entpuppte. Zum Glück trug er einen Schutzhelm mit Visier, denn eine wütende Frau mit drei vergilbten Zähnen im Maul beschimpfte ihn wüst und spuckte ihm dann mitten ins Gesicht.

René musste sich fassen, um ihr keine zu scheuern. Denn Frauen zu schlagen, kam für ihn auf keinen Fall infrage, egal wie primitiv und aggressiv sie sich gebärdeten. Daher packte er sie nur bei den Schultern und bugsierte sie zum Wohnungseingang, wo ein anderer Polizist sie mit einem Nicken und genervten Ausdruck übernahm.

„Wird wohl eine anstrengende Nacht", gab er bekannt und er sprach René aus der Seele. Dabei hatte er bereits eine furchtbare Nacht hinter sich gehabt, bevor der Anruf für den spontanen Einsatz gekommen war. Er hatte wie stets diese enorm realistischen Albträume durchlebt. Wieder hatte er sich als kleinen, wehrlosen Jungen gesehen, der blutüberströmt und plärrend seinen Vater angefleht hatte, nicht noch einmal mit dem Ledergürtel auszuholen.

René schüttelte den Gedanken ab, der ihm steife Gliedmaßen verursachte. Er konnte dieses Gefühl bei einem Einsatz nicht gebrauchen. Dann kam ihm unverhofft der Gesichtsausdruck von dieser Selina in den Sinn. Dieser eine Monent hatte sich in seinem Kopf festgetackert, als sie ihn mit diesem sehnsüchtigen und vertrauensvollen Blick angesehen hatte. Diese tiefgehende Berührung, als sie ihm über die Wange geglitten war, hatte etwas in ihm ausgelöst: Trauer und nüchterne Realität. Realität im Hinblick auf die harte Tatsache, wie allein er in Wahrheit war. Auch die Art und Weise, wie sie sich fallengelassen und durch seine Hand zum Orgasmus gekommen war, bis sie sogar vor Erregung zu weinen begonnen hatte, hatte ihn geflasht. Da er noch nie eine Frau unter sich begraben hatte, die so intensiv abgegangen war wie sie. Es war ihm daher schwerer als gewöhnlich gefallen, sie wie Dreck zu behandeln, um sie auf Abstand zu halten. Sie hatte, so wie jede andere Frau in seinem Leben, keinen Platz. René meinte es also gut mit ihr, indem er die Grenzen fest und rechtzeitig zog, bevor sie Gefühle für ihn entwickeln und anhänglich werden konnte. Außerdem bezweifelte er ohnehin, sie wiederzusehen, denn ihre Laune war nicht die beste, als sie entschieden hatte, fluchtartig das Haus zu verlassen.

Plötzlich hörte er einen Schrei von Volker. René wandte sich in die Richtung, aus der der Hilferuf gekommen war und lief gezielt durch die Räume. Er stieg über Ansammlungen von Unrat am Boden und musste alarmiert feststellen, dass ein Flüchtling offenkundig ein Messer gezogen und Volker in den Oberarm gerammt hatte. Sein Kollege konnte nur mit verzerrter Fratze seinen blutenden Arm festhalten.

„Verfluchter Mistkerl!", schrie René, zog seinen Schlagstock aus der Halterung am Gürtel und schlug auf den gebrechlich wirkenden Angreifer ein, dessen Hand sich noch immer um den

Messergriff klammerte. Mit einem Knacks war das Brechen von Knochen zu erahnen, als René erneut von hinten angefallen wurde. Jemand war ihm auf den Rücken gesprungen und prügelte mit Fäusten auf ihn ein. Vollgepumpt mit Adrenalin packte er fest nach einer der geballten Hände und zog den Angreifer von sich. Er wollte ihn mit einem Schlag ins Gesicht ausknocken, als ihn ein circa zwölfjähriger Junge mit glasigen Augen ängstlich anstierte. Er schrie vor Angst, als René sich gerade noch einbremsen konnte.

Von der Seite her wurde er plötzlich ruppig verdrängt und eine Polizistin zog ihm den Jungen aus dem fesselnden Griff. Sie blickte ihn vorwurfsvoll an, dabei war er immerhin von dem Balg zuerst angegriffen worden und er hatte ihn von hinten nicht sehen können. Dennoch ging ihm dieser Blick des Teenagers durch Mark und Bein, da er sich fragte, ob sein panischer Ausdruck damals auch so ausgesehen hatte.

Selina war zwiegespalten und sie musste um jeden Preis ihre Gedanken klären. Dafür hatte sie am freien Montag extra Rebecca zu sich heim geladen, um ihr von der Nacht mit René zu erzählen. Zuerst hatte sie es für sich behalten wollen, da sie nicht unbedingt stolz auf ihre Leistung war, andererseits hatte sie es immerhin Rebecca zu verdanken, dass sie wundgevögelt worden war.

Als es sich die beiden Freundinnen auf dem Sofa gemütlich gemacht hatten, die von Selina vorbereiteten Brötchen genüsslich über den Rachen geglitten waren, platzte es aus ihr heraus. Selina hatte nichts von den Annäherungsversuchen, dem Vorspiel oder den zynischen Bemerkungen ausgelassen. Beim Stichwort ‚Eiswürfel' hatte Rebecca sogar freudig mit den Augenbrauen gewackelt. Als Selina dann bei dieser sexuellen Verrenkung – sie musste unbedingt noch im Kamasutra nachschlagen, wie diese Position hieß – angekommen war, blieb ihrer Freundin sogar fast die Spucke weg. Ihre Augen wurden immer größer und sie rutschte hibbelig auf ihrem Po hin und her, als würde sie versuchen, nachzuvollziehen, wie es sich wohl angefühlt hatte.

„Das ist ja unglaublich! Er scheint eine Art Sexgott zu sein!", erklärte sie dann mit belegter Stimme und brachte Selina zum Grinsen, denn in diesem Punkt waren sie sich einig.

„Ich würde sagen, ja. Es ist nicht abzustreiten, dass ich mit ihm den weitaus heißesten und intensivsten Sex meines Lebens hatte und so verdammt viel von ihm lernen könnte …"

Rebecca sah sie verwirrt an und hob verständnislos die Arme. „Aber? Du möchtest da tatsächlich noch ein ABER dranhängen? Bist du verrückt geworden? Was willst du denn mehr?"

Selina schluckte einen Kloß in die Flucht und blickte dann verlegen in ihren Schoß. Sie wusste nicht, wie sie es anders ausdrücken sollte, stand daher zögerlich auf, um sich die engen, knallbunten Leggins ein paar Zentimeter über die Hüfte zu schieben. Was Rebecca da zu sehen bekam, waren eindeutige blaue Flecken an ihrem Gesäß und den Hüftknochen.

Rebecca sprang hoch, hielt sich fassungslos die Hand vor den Mund: „Verflucht noch einmal, Lina! War er das etwa? Hat er dich vergewaltigt? Da sind ja sogar seine Würstelfinger tief im Fleisch abzulesen! Das ist nicht normal!" Fürsorglich wollte sie mit ihren Fingerkuppen darüberstreichen, doch Selina war es peinlich. Stattdessen zog sie den Stoff an seinen Platz, um sich wieder im Schneidersitz auf das Sofa zu setzen. Sie brachte es jedoch nicht fertig, ihre Freundin direkt anzusehen und spielte stattdessen nervös mit ihren Fingern.

„Mach den Mund auf, Lina! Das kannst du nicht durchgehen lassen, wenn er dir Gewalt angetan hat. War es gegen deinen Willen?" Rebeccas warme Hand strich nun an Selinas Oberarm tröstend auf und ab. Selina war froh, dass sie sie hatte, doch sie verneinte rasch mit dem Kopf und starrte sie nun ratlos an. „Nein. Er hat mich weder vergewaltigt noch mir Gewalt angetan. Aber er wurde enorm grob. Es schien fast, als würde er Dampf ablassen, um etwas abzubauen oder zu verarbeiten. Ich bin mir sicher, falls ich Stopp geschrien hätte, hätte er sich eingekriegt." Selina presste die Lippen fest aufeinander, denn um ehrlich zu sein, war sie nicht wirklich davon überzeugt, selbst wenn sie es behauptete. Doch Rebecca konnte es deuten und legte verärgert den Kopf schief.

„Hör mal Lina, glaubst du das echt? Ich möchte nur sichergehen, ob du die haarscharfe Grenze zwischen rauem Sex und brutalem Übergriff herausfiltern kannst. Ich habe keine Lust, in dir die Sorte Frau zu erkennen, die irgendwann von ihrem Partner grün und blau geschlagen wird und ihn anschließend in Schutz nimmt à la ‚Er hat es nicht so gemeint und konnte sich nur nicht anders ausdrücken'. Es gibt so viele blinde Frauen dieser Sorte da draußen. Also bitte sei vor allem ehrlich zu dir selbst, wenn du es mir gegenüber schon nicht bist."

Selina seufzte und ging in sich. Sie wusste es selbst nicht so genau. „Weißt du, die Art und Weise, wie er mich nach dem Sex abgefertigt hat, war einfach eine absolute Frechheit. Der harte Akt kam unerwartet, das gebe ich auch zu, aber da war dieser eine Moment, weißt du? Ich habe ihn angesehen, ich meine, so richtig, als hätte ich bis tief in seine Seele blicken können. Da habe ich erkannt, dass das alles nur eine harte Schale ist und irgendwo ein weicher Kern in ihm verborgen liegt."

Rebecca verzog das Gesicht: „Mir wird schlecht, Lina! Also wirklich, bitte bleib am Boden. Ihr kennt euch kaum und hattet eine Nacht mit unverbindlichem – und wie ich sagen muss – zwar außergewöhnlichem, aber auch hartm Sex. Reim dir da bitte nicht mehr zusammen, als es war. Das könnte böse für dich enden! Hast du denn vor, ihn trotzdem wiederzusehen, obwohl er dich anschließend wie einen Stück Dreck behandelt hat?"

Eine gute Frage, sinnierte Selina. Sie wusste es selbst nicht. Einerseits hatte sie sich im Kopf bereits ausgemalt, wie sie andere sexuelle Fantasien, die sie sich nie mit anderen Partner zu träumen gewagt hatte, mit René erleben würde. Immerhin gebe es keinen besseren Zeitpunkt dafür. Sie war jung, ledig und ungebunden. Andererseits hatte sie für sich das Gefühl, dass René ein Mann war, in den sie sich nicht vergucken konnte. Das reine Sexanliegen bot also keine Gefahr, sich auf etwas einzulassen, was sie später bereute. Unweigerlich musste sie daran denken, wie sie ihren Ex in den hungrigen Armen von ihrer damals besten Freundin hatte vorfinden müssen. Wie es sich angefühlt hatte, als würde er ihr mit einem glühenden Dolch das Herz rausschneiden. Nein, von dieser Art Männer, die ihr ins Gesicht logen, hatte sie ein für alle Mal genug, während René sich zwar als hart, unerbittlich und nicht gerade ein Charmebolzen zeigte, wusste sie aber zumindest, woran sie bei ihm war. Jedenfalls wollte sie sich das so schönreden. Selina wollte mehr Zeit zwischen seinen Händen erleben, seine Lippen auch endlich auf den ihren spüren und sich von ihm ausfüllen lassen, wie er es bereits so wundervoll vollbracht hatte. Bei dem Gedanken daran, wie die Sexabsprache dann in die andere Richtung gekippt war, verknotete sich allerdings ihr Magen. Es war ernüchternd, unverschämt und beleidigend zugleich gewesen. Selina wusste, dass sie solch ein Verhalten nicht dulden sollte und es auch nicht verdient hatte, obwohl ... In Anbetracht dessen, wie sie die emotionale letzte Bindung zu ihrem Ex beendet hatte, hatte sie nichts anderes als harte Strafe verdient, um niemals zu vergessen, solch einen Fehler weiß Gott nie wieder zu begehen. Sie bereute es jede Sekunde ihres Lebens und würde es sich wohl niemals verzeihen.

„Lina? Willst du den Drecksack wirklich erneut daten?"

In Gedanken versunken nickte sie. Sofern René den ersten Schritt wagen und sich halbwegs freundlich verhalten würde, würde sie ihn noch mal ranlassen. „Aber wenn er mir nachher wieder so kommt, werde ich ihm gehörig die Meinung geigen."

Rebecca schüttelte nur verständnislos den Kopf und verschränkte die Arme vor sich. „Als ob ihn das beeindrucken würde ..."

12 | Verstecktes Herz

ey ;) Hast du dich von deinem Orgasmustriathlon erholt?

Selina seufzte und ließ sich diesmal bewusst Zeit, bevor sie ihm antwortete. Immerhin hatte René sich seit ihrem Treffen am Samstag nicht mehr gemeldet – und siehe da, es war Freitag und morgen ihr freier Tag ... als hätte er es gerochen. Daher nahm sie sich zuerst in aller Ruhe ihre Pflanzen vor, goss sie und zupfte vertrocknete Blätter weg. Anschließend holte sie die frisch gewaschene Wäsche aus der Maschine, um sie mit einem Summen ihres aktuellen Lieblingsliedes aufzuhängen. Ihre gesamte Wohnung duftete nun nach Lotusblüten und sie genoss ihre Erholungsoase, die sie sich in fünf Jahren harter Arbeit eingerichtet hatte. Selbst wenn es nur eine Mietwohnung war, fühlte sie sich mit ihr verbunden und war stolz darauf, was sie darin vollbracht hatte. Danach beseitigte sie noch die gröbste Unordnung in ihrem Wohnzimmer und brachte den Müll hinaus.

Nach getaner Arbeit breitete Selina sich bei ihrem kleinen Esstisch aus, hatte ihre Beine überschlagen am gegenüberstehenden Stuhl abgelegt und starrte das Handy hypnotisierend an. Was sollte man auch wieder auf so eine überhebliche Meldung antworten?

Tja, mein Lieber. Zählen dürfte nicht deine Stärke sein. Vielleicht könntest du da noch ein Diplom gebrauchen. Es war eher ein sehr einprägsamer Diathlon ;).

Selina grinste in sich hinein und malte sich einen kurz beleidigten Gesichtsausdruck am anderen Ende aus.

Mit Betonung auf ‚sehr einprägsam'. Ein gehörntes Smiley klebte an dem Satz. Lese ich da etwa heraus, dass ich mich noch steigern sollte und du eine weitere Fantasie von deiner Liste mit mir teilen willst?

Aus irgendeinem Grund fühlte Selina sich beflügelt. Es war offensichtlich, dass er den Abend mit ihr genossen hatte, sonst würde er sie nicht anschreiben. Zudem schien er Sexabenteuer auf ihre Vorschläge hin anzupassen, selbst wenn es für ihn nur eine Herausforderung oder einfachen Sport darstellte. Unterm Strich jedoch lag es in ihrer Macht, ob sie ihn wiedersah und wie sie sich näherkommen würden und irgendwie gefiel ihr diese Vorstellung.

Nervös knabberte sie an ihren Nägeln und überlegte, welche sexuelle Fantasie weit oben auf ihrer Liste rangierte und womöglich nicht so leicht umzusetzen war. Selina wurde sofort fündig:

Ich könnte dir noch eine Chance geben, wenn du nachher dein Benehmen etwas zügelst. Denn das war unangebracht ;p. Und du hast auf jeden Fall recht, dass du deine Leistung noch steigern solltest. Immerhin schienst du im Anschluss noch zu viel Energie übrig gehabt zu haben. Daran müssen wir eindeutig arbeiten.

Selina schmunzelte und fühlte bereits ein angenehmes Kribbeln in ihrer Mitte bei dem Gedanken daran, dass diese geschickten Hände wieder über ihre blanke Haut gleiten würden und sie seinen Geruch in sich und auf sich vernehmen könnte. Es wirkte geradezu, als würde René sie markiert haben, denn sein Duft hatte noch sehr lange in ihrer Nase gelegen.

Ich gelobe zwar keine Besserung, aber ich nehme es zur Kenntnis. Wie kann ich dich also zum Schreien, Stöhnen und Betteln bringen, denn ich muss gestehen, das gefiel mir besonders gut ;)?

Da du ein Faible für meine Dessous hast, wie wäre es, wenn du mich in ein sündhaft teures Dessousetablissement begleitest? Du könntest höchstpersönlich die Wäsche für mich aussuchen. Etwas nach deinem Geschmack, um sie mir dann in der Kabine leidenschaftlich vom Leibe zu reißen. Wagst du es an einem öffentlichen Ort?

Diesmal zog sie die Egokarte und klopfte sich stolz auf die Schulter. Selina hatte nämlich vor, ihn zu biegen und ihm das Zusammensein mit ihr so schmackhaft zu machen, dass er womöglich von seinem Egotrip runterkam und den wahren René hervortreten ließe. Sie wollte ihn kennenlernen. Genau ihn – und sie war sich sicher, mit Geduld und tiefem Graben lägen da Schätze verborgen.

Ich nagle dich auch ohne Kabine in der Öffentlichkeit, wenn dich das antörnt, meine Liebe.

Selina musste hart schlucken, denn sie glaubte ihm aufs Wort. Und auch ihr Slip war bereits feucht bei dieser Vorstellung.

Gut, ich hätte morgen Vormittag Zeit. Wann und wo soll ich dich beim Einkauf begleiten?, textete er.

Selina tippte die Antwort und lief anschließend ins Bad. Das Verschönerungsprogramm würde schon heute starten!

„Bist du fertig?", fragte er ungeduldig als Selina hinter den schweren, dunklen Samtvorhängen von Agent Provocateur in der Innenstadt die von ihm ausgewählten Dessous anprobierte. Sie musste gestehen, dass ihr seine Wahl durchaus zusagte. René hatte dunkelblaue Seide mit schwarzer Spitze gewählt. Eine edle Korsage, halterlose passende Strümpfe und einen Push-up, wobei ihre Oberweite das gar nicht nötig hatte. Offenbar stand er auf große Brüste. Doch letztendlich fiel ihr auf, dass er den Slip vergessen hatte. Daher öffnete sie den Vorhang gerade so weit, um mit dem Kopf zu ihm aufzusehen und ihn mit klimpernden Wimpern darauf hinzuweisen: „Hast du da nicht etwas Essenzielles vergessen?" Der raunende Ton war bewusst gewählt und sie mochte es, dass seine Augen den Spalt des Vorhanges entlangfuhren, um einen Blick auf ihr Outfit zu erhaschen, sofern der bewegende Stoff es zuließ. René benetzte hungrig seine Lippen und trat so dicht an sie heran, dass sich wieder beinahe ihre Nasen berührten.

„Das war weise Voraussicht bei den Preisen. Ich würde den Slip gewiss ruinieren, wenn ich jetzt reinkomme und mit dir mache, was ich will."

René sah Verwunderung in ihren Augen aufblitzen, dann aber leicht rote Wangen, die aufzogen, als sie sich neckisch zurück hinter den Vorhang versteckte. Er blickte sich um, weit und breit war keine Bedienung zu sehen, daher wagte er es, den Samt zu teilen und sich mit Selina dahinter einzuschließen.

Die Kabine befand er mit circa vier Quadratmetern als angenehm groß und die schwarzen Wände und der große

Rückspiegel wirkten sehr einladend für ein Schäferstündchen. Und René gefiel auch, was er da vor sich sah. Seine Lenden übten bereits Druck gegen die Hose aus und er wollte diesen Anblick mit allen Sinnen auskosten. Mit seinen Fingern zeichnete er einen Kreis in die Luft. „Dreh dich, ich will dich ansehen, Lina." Kurz veränderte sich etwas in ihrem Blick, sie wurde verunsichert, doch ein böser Ausdruck reichte, um sie Folgen leisten zu lassen. Als er plötzlich blaue Flecken, die langsam in Grün- und Gelbtöne ausliefen, auf ihrem Gesäß und an der Seite erkannte, stoppte er ihre Drehung, indem er sie am Oberarm festhielt. Er wurde nervös. „Was ist da passiert?", wollte er wissen, denn ihm schwante Böses. Nur ein zögerlicher Blick über ihre Schulter reichte aus und die Gewissheit schlug zu. „Stammt das von unserem Fick letzten Samstag?"

René ließ sie augenblicklich los, raufte sich das Haar und schritt so weit von ihr weg, wie die Kabine es zuließ, als er sie zögerlich nicken sah. Sie drehte sich wieder um, sodass er das Desaster nicht länger anstarren konnte. René wollte am liebsten vor Wut die gesamte Kabine kurz und klein schlagen.

Ich will nicht so sein! Nicht wie mein Vater! Ich verprügle und malträtiere doch keine Frauen!

„Scheiße!", zischte er und hockte sich auf den Boden. Er musste sich das Gesicht fest massieren und sich der Wahrheit stellen. Offenbar war es unumgänglich, ihm unter die Nase zu reiben, was für ein Scheusal er war! Dann blickte er zu Selina, die ihn wehleidig ansah und das bekam René nicht gebacken.

„Dreh dich um!", forderte er sauer.

„Bitte, René, es sieht schlimmer aus, als es tatsächlich ist. Ich habe während dem Sex an sich nichts davon mitbekommen." Doch ihre Augen logen, was ihn zur Weißglut trieb. „Ich sagte … Dreh. Dich. Um."

Selina zitterte, hielt sich selbst im Arm, als sie sich ihm erneut präsentierte. Als René seine Fingerabdrücke an ihrer weichen Haut erkannte, wurden seine Augen glasig. Er lehnte sich nun auf seine Knie und näherte sich ehrfürchtig der Blessur, um mit seinen Fingern vorsichtig über die Stellen zu streicheln. Es tat ihm so furchtbar leid. Unweigerlich musste er an seine blauen Flecken als Kind denken, die sein Vater immer nur schweigend gewürdigt hatte, als wäre es selbstverständlich und er habe es nicht anders verdient gehabt. Diese Male mochten vergehen, aber die Erinnerungen daran niemals. Niemand konnte das so sehr nachvollziehen wie er selbst.

„Das darf nicht passieren, hörst du?", flüsterte er und meinte es aus tiefster Seele, denn dieser Anblick brannte sich ein.

Selina lugte verunsichert über ihre Schulter zu ihm hin, als er einfach nicht anders konnte, als seine Lippen auf die Stellen zu legen und zärtlich einen Kuss abzusetzen. Dann stand er auf, drehte sie langsam zu sich und hob den Zeigefinger unter ihre Nase: „Ich meine es ernst! Wenn du dich auf Zweisamkeiten mit mir einlässt, musst du es mir sagen, sobald dir etwas wehtut oder es dir zu weit geht! Denn ich vergesse mich! Du gehörst mir in dem Moment, wenn du zwischen meine Finger gerätst. Und das darf einfach nicht noch mal geschehen!"

Und da war es wieder. Sie sah ihn so eindringlich an, dass sein Magen sich verknotete und er einen Hauch von Verunsicherung in sich aufkeimen spürte. Ein Gefühl, das ihm überhaupt nicht schmeckte. Ihre Finger wollten sich nach seinem Gesicht ausstrecken, doch noch bevor sie ihm wiederholt über die Wange streichen würde, wechselte er das Thema: „Wir haben einen Grund, hier zu sein. Schon vergessen?"

Ihre Gesichtszüge arbeiteten, da sie ihn studierte. „Ich weiß, dass du es nicht absichtlich gemacht hast, okay? Du warst in Fahrt und aus irgendeinem Grund wolltest du Dampf ablassen ..."

„Stopp! Lass es sein, oder ich gehe", drohte er, bevor es eskalieren würde. Um sich abzulenken, sah er ihr auf die Möpse, hinab in den nackten Schritt und beschloss, das wäre Ablenkung genug. Und René wusste, wenn er Selina nun mehrfach zum Orgasmus bringen wollte, musste er gezielter vorgehen und vor allem verhindern, dass sie zu laut wurde. Das würde alles zerstören, ehe er sich in ihr ergießen könnte.

Rasch nahm er ein Kondompäckchen aus seinem Hosensack und trat an sie heran. Ohne ihre Pumps war sie noch viel kleiner und zerbrechlicher. Ihm war danach, Selina wie eine Raubkatze anzuknurren, als sie ihre Hände auch schon um sein Genick wickelte und sich mit geöffneten Lippen auf ihn zu bewegte.

„Heute habe ich extra deine Anweisungen befolgt und keinen Lippenstift aufgetragen, sodass du mich endlich küssen kannst", hauchte sie verführerisch, während ihre Hände ihn fordernd heranzogen. Ihre Nägel wurden besitzergreifend, was seinen Schwanz in der Hose erwartungsvoll zucken ließ. René spielte daher das Spiel mit, näherte sich, bis sie ihre Lider schloss, um ihr dann das Kondompäckchen direkt in den Mund zu schieben. Sie reagierte mit einem kurzen Würgereflex und sah ihn wütend an.

„Hier, damit du dich darauf konzentrierst, leise zu sein. Selbst wenn es mir in der Seele wehtut, meine Kunst nicht akustisch begleitet zu wissen", witzelte er und bekam einen überraschten Ausdruck zurück, als sie das Päckchen ausspucken wollte. Doch er legte seinen Zeigefinger auf ihre Lippen, um es zu verhindern. Er hielt ihren Blick gefangen, während er seine zweite Hand direkt über ihren Busen hinab zu ihrem freien Schritt gleiten ließ. Ein zartes Beben wurde dadurch in ihrem Körper ausgelöst, was ihm enorm getörnte. Er könnte dies den lieben langen Tag mit ihr tun und würde sich dabei nie langweilen.

Als er zärtlich ihre Schamlippen teilte, schloss sie ihre Lider und ließ sich treiben. René studierte fasziniert jede ihrer Bewegungen, um ihren Leib zu verstehen. Er wollte herausfinden, welche Stellen die sensibelsten waren. Denn er wusste, die Kunst der besten Orgasmen war es, eine Frau immer wieder kurz vor dem Höhepunkt abzubremsen, abzuwarten, bis sie am Platzen war, nur um dann fortzufahren und das Spiel weiter hinauszuzögern. Erst wenn sie daraufhin wütend, gierig oder gar tobsüchtig wurde, war exakt der Moment gekommen, sie explodieren zu lassen. Und in seinen Augen war es eine Fertigkeit durch Hingabe und jedes Mal ein erhebendes Gefühl, es geschafft zu haben. Es war fast so gut, wie selbst zu ejakulieren.

Seine Finger tanzten entlang ihrer Spalte vor und zurück. Er sah, wie sie zuerst ihre Lippen benetzte und dann an der unteren nervös zu knabbern begann. Die ersten Zeichen also.

Und René spürte das Ergebnis feucht auf seine Haut fließen und musste hämisch grinsen. Es törnte ihn so an. Vor allem, da die zarte Haut an der Innenseite der Oberschenkel nun eine Gänsehaut bekam, Selina leicht zitterte vor Erregung und sich offenkundig zusammenriss, um es ihm nicht unter die Nase zu reiben. Sie wollte noch immer die Starke spielen, die er von Neuem brechen musste. Doch das war für ihn ohnehin ein unendliches Vergnügen.

„Ich steh' auf dich in dieser Korsage", flüsterte er, als sie die Augen wieder öffnete und ihn lustverhangen anblickte. René strich zart über das erhabene, gestickte Muster hinauf zu den Wölbungen ihrer Brüste, die sich sofort rascher hoben und senkten. „Ich gebe zu, dass ich es nicht fertigbringe, sie dir vom Leibe zu reißen. Aber ich verspreche dir, das Erlebnis wird sich für dich nicht schmälern."

René drängte Selina nun langsam gegen die Wand und wollte sie diesmal mit Zärtlichkeiten quälen. Denn jetzt, wo sie fühlbar auslief, würde sie es hassen, noch länger zu warten. Und sie machte dies auch sofort sichtbar, als ihre Finger ungeduldig an seinem Hosenstall werkten. Doch er ließ sie gewähren. Viel zu stark war bereits der Druck in ihm, sodass sein Schwanz frische Luft und Entfaltungsmöglichkeiten freudig genießen würde. Selina lehnte sich nun näher an ihn und sah ihn verrucht an: „Ich will dich in mir spüren, René. Fick mich!"

Mmmmhhhh, kleine Raubkatze!

René gefiel es, dass sie bei dem gemeinsamen Spiel auftaute, mehr aus sich herauskam und es wagte, sich hinsichtlich des Tempos einzumischen. Trotzdem gab er den Ton an. Daher packte er sie am Genick, drückte ihren Kopf gegen die Wand und legte ihn zügig zur Seite. Dann begann er, mit seiner Zunge über ihre stark pochende Halsader zu lecken und zauberte ihr dabei eine Gänsehaut.

„Das wirst du, meine Liebe. Mehr als dir lieb ist", hauchte er gegen ihre Haut und brachte sie zum Frösteln. Er liebte ihren Geruch und diesen zarten, hellen Teint. Es war ihm kaum möglich, sie nicht als Gesamtkunstwerk verschlingen zu wollen. Und René wurde auch bewusst, dass es für ihn wohl besser wäre, es nach dem heutigen gemeinsamen Tänzchen darauf beruhen zu lassen. Denn seine Gier, speziell ihre Vorzüge zu genießen, war bereits jetzt schon unnatürlich stark ausgeprägt. Und er durfte sich Abhängigkeiten auf keinen Fall leisten. Er wollte sich lediglich auf sich konzentrieren, da er mit dieser Aufgabe ausgelastet genug war.

René biss ihr nun zart in die Schulter, sodass er ein gedämpftes Stöhnen aus ihrem verbarrikadierten Mund hören konnte. Er ließ seine Lippen fordernder über ihre Halskehle laufen, saugte so fest und intensiv an einer Stelle, dass er Blut schmeckte. Sie würde nun sein Mal zur Schau tragen wie gebrandmarktes Vieh und dieser Gedanke fühlte sich episch an. Zufrieden merkte er, wie ihre Finger sich gieriger in seine Schulterblätter gruben, sie rascher atmete und immer wieder die Luft anhielt, so überwältigt war sie von dem inneren Sturm, der sich gerade aufbaute. Es ging also los!

René trat einen Schritt zurück und genoss, wie Selina jede seiner Bewegungen festhielt. Er beendete ihren Versuch, ihn untenrum zu befreien und zog seinen harten Schwanz aus den

Pants. Vorsorglich schob er den Gummibund weit unter seine Hoden, um mehr Bewegungsfreiheit zu haben, während ihre Augen hungrig zu glänzen begannen. Sie drückte nun langsam das feuchte Kondompäckchen zwischen ihren Lippen hindurch und erzeugte somit ein Bild in seinem Kopf, wo Selina sein Glied bis zum Anschlag damit aufnahm. Er sog rasch die Luft ein, da er versucht war, sie sofort dazu zu zwingen. Aber dann würde er zwar schnell kommen, hingegen allerdings keinen Druck in sich abbauen. Daher fischte er ihr das Kondompäckchen aus dem Mund, riss es auf, um es sich überzustülpen. Ihre Finger langten gierig nach seinem Penis und wollten helfen, doch er ließ es nicht zu. Das Zappeln-Lassen war seine Spezialität!

„So, muss ich dir nun das leere Päckchen wieder reinstopfen, oder bleibst du artig, damit wir nicht vorzeitig überrascht werden?", flüsterte er bedrohlich und näherte sich ihr, bis sich sein steifes Glied gegen ihren Bauch bohrte und sie dadurch erschauderte. Er genoss jede kleinste ihrer Reaktionen und wurde von einem Gefühl der Erhabenheit und Macht durchflutet. Selina zu fühlen, zu schmecken, zu riechen, aber vor allem zu hören, was er aus ihrer puren Leidenschaft an Tönen herauslockte, war anbetungswürdig. Selbst wenn er es ihr niemals offenbaren würde, da es ihn schwach dastehen ließ – und das war das Letzte, wie er einer Frau in Erinnerung bleiben wollte. Schwach, abhängig oder gar anhänglich aus Sucht?

Never ever!

Selina nickte auf seine Frage hin, ob sie auch lautlos ihre Lust zum Ausdruck bringen könne, nur hastig mit dem Kopf und wollte sich ihm aufdrängen. Doch René schob sie fordernd zurück gegen die Mauer, packte sie bei den Hüften, um sie in die passende Höhe zu heben, in der er gut in sie eindringen konnte. Sie strahlte glückselig, hielt sich an seinen Schultern fest und beobachtete mit Argusaugen, wie er seine Eichel nur ein Stück in sie gleiten ließ, um sicherzugehen, den korrekten Winkel getroffen zu haben. Zudem funktionierte es trotz ihrer Feuchtigkeit nicht so rasch wie erhofft. Sie war verdammt eng gebaut, wodurch René sich nicht länger zügeln konnte. Zu sehr wollte er diese warme, starke Ummantelung an sich reiben spüren, daher stieß er gnadenlos bis zum Anschlag zu. Nicht jedoch, ohne ihr dabei in die Augen zu blicken und zu sehen, wie hart sie mit sich kämpfte, um nicht laut loszuschreien. Ihre Stirn verspannte sich, einen kehligen Laut verschluckte sie und ihre Krallen tauchten tief in seine Haut, was ihn noch mehr dazu anstachelte, sofort loszulegen.

Selinas Beine waren eng um seine Taille gewickelt, während René sie gegen die Wand nagelte und sie mit jedem Stoß heißen Atem an seinem Hals ausstieß. Er war bedacht, seine Finger nicht zu fest in ihre Hüfte zu bohren, denn er traute es ihr nicht zu, rechtzeitig einzulenken, wenn es zu hart wurde. Milchige Schlieren ihres Schweißes bildeten sich bereits auf dem Spiegel auf der Rückwand und René war froh, dass die Kabine keine Aufstellwand war, sonst hätte es schon ein böses Missgeschick gegeben. Aber so hielt sie seinem erzeugten Druck stand.

Als das erste Stöhnen begann und Selina sich nicht einkriegen konnte, nahm er eine Hand von ihren Hüften, stabilisierte sie mit seinen Oberschenkeln, um ihr bestimmend den Mund zuzuhalten. „Beiß zu, wenn es sein muss, aber sei still!", zischte er, während sich ihre Muskeln rhythmisch um seinen Schwanz zusammenzogen und wieder lösten. Sie konzentrierte sich mehr darauf, ihn zu stimulieren und ihm Freude zu bereiten, als sich fallen zu lassen. René wusste, ein schneller Quickie wäre so schwer umsetzbar, als plötzlich vor der Kabine eilige Schritte zu vernehmen waren.

René stoppte, presste sich so fest als möglich gegen Selina, obwohl er wusste, diese Pause würde ihr Verlangen noch steigern. Gerade, wo es besonders ungünstig war.

„Hallo? Sie sind verdächtig lange in der Kabine. Brauchen Sie vielleicht Hilfe?", erklang eine zögerliche Frauenstimme und René hätte allzu gerne geantwortet: ‚Wenn Sie eine Hand frei hätten oder für einen Dreier zur Verfügung stünden, nur hereinspaziert!' Doch er verkniff es sich bewusst.

„Keine Sorge, wir haben alles im Griff."

Wie zweideutig!, musste er belustigt feststellen.

Zu spät erkannte er, dass sein rascher Atem ihn unruhig reden ließ, wodurch er nun ein leises Kichern unter seiner Hand hörte. René sah Selina tief in die Augen und sie amüsierte sich köstlich. Daher zog er seinen Schwanz so weit hinaus, dass sie nur noch die Eichelspitze spürte. Ihre Stirn lag in Falten, sie sah ihn zuerst wütend, dann verzweifelt an. Ihre Nägel bohrten sich fester in sein Fleisch, doch er zog nur gelassen einen Mundwinkel hinauf. Er konnte dieses Spiel länger durchhalten als sie.

„Entschuldigen Sie, aber ich hege den Verdacht, dass Sie unsere Kabine für unsittliche Tätigkeiten zweckentfremden. Daher sehe ich mich gezwungen, die Polizei zu rufen, wenn Sie nicht augenblicklich das Geschäft verlassen!" Diesmal war es eine andere, sehr herrische Stimme. Es musste sich wohl um die Ladenbesitzerin handeln.

„Dabei ist die Polizei ja schon da", flüsterte René, sodass es nur Selina hören konnte. Dann zog er sich komplett aus ihr zurück und bemühte sich, seinen pochenden Schwanz wieder in die Hose zu pferchen, was unglaublich schmerzhaft war.

„Zieh dich an", wisperte er Selina zu, die sofort reagierte, während er seinen Kopf durch den Vorhang steckte. „Nur weil ich als Mann keine Ahnung habe, wie eine Korsage zu schnüren ist, müssen Sie bei meinem Ächzen nicht unentspannt werden. Aus Erfahrung kann ich Ihnen versichern, dass die Polizei nicht erfreut wäre, wegen solch eine Lappalie ausrücken zu müssen. Die haben weiß Gott Wichtigeres zu tun." Er zwinkerte der Dame zu, die mit verschränkten Armen und Mundwinkeln bis zum Kinn gezogen mehr als nur grimmig wirkte. Der strenge Dutt und die zarte Lesebrille auf ihrer Nasenspitze erfüllten eindeutig alle Klischees. Vielmehr noch fragte René sich, wie so eine Zicke reizende Dessous verkörpern wollte.

Plötzlich schob Selina den Vorhang zur Seite und erklärte mit zerzauster Frisur und großen Augen: „Tja, leider passt mir der Schnitt nicht." Sie hob entschuldigend die Schultern und spazierte seelenruhig an der rot angelaufenen Verkäuferin und der verärgerten Chefin vorbei.

René riss Selina beim Vorbeigehen die Kleidung aus der Hand und ergänzte: „Von wegen, wir nehmen sie."

13 | Dampfende Einblicke

Selina war fassungslos. René hatte die Dessous für geschlagene 350 Euro tatsächlich einfach so gekauft. Sie war bei der Kasse zu sprachlos und überfordert gewesen, um ihn zu bremsen. Denn dass er sie bei dem Kauf überging, kam für sie überhaupt nicht infrage. Und nun lief er mit großen Schritten direkt vor ihr und sie kam beinahe nicht hinterher.

Sie gingen in die gepflasterten Einkaufsstraßen des Ersten Bezirks in Wien entlang, wo sich strahlende Touristen mit ausgestreckten Zeigefingern und blitzenden Handys ihren Weg bahnten. Das Geräusch der klackernden Pferdehufe der Fiaker durchbrach das Ambiente und die historischen Gebäude erstrahlten in gotischem und imperialem Charme. Wenn man sich auf seine Nase konzentrierte, waren Kräuter und spätherbstliche Blumen aus dem angrenzenden öffentlichen Park zu riechen und das Klima war mild für einen Herbsttag, was wohl an den übereifrigen Sonnenstrahlen lag.

„Hey!", rief Selina ihm nach, steuerte auf seine rechte schwingende Hand zu, um diese zu fassen zu kriegen. René blieb abrupt stehen und starrte perplex auf diese Geste, bei der Selina nun ihre Finger um die seinen legte. Dann sah er entgeistert zu ihr hinab: „Was soll das werden?"

Diese Reaktion stach in der Magengrube, sodass sie wie elektrisiert losließ. Als er sich auch schon auf den Fersen umdrehte und auf der gut besuchten Straße weiter seines Weges zog. Nur wenige Meter später blickte er jedoch hinter sich, kehrte mit mürrischem Gesichtsausdruck zurück, um sie unter dem Arm zu packen und wie ein trotziges Kleinkind mit sich zu schleifen. „Ich bin nicht fertig mit dir", kündigte er an und Selina stemmte sich vehement dagegen.

„Geht das auch anders, du Großkotz?! Wie wäre es mit einem ‚Liebe Selina, ich würde noch gerne dort weitermachen, wo wir aufgehört haben. Ich sehne mich nach dir!'?" Sie verschränkte ihre Arme resolut vor sich und hob aufmüpfig ihr Kinn.

Er zog einen Mundwinkel nach oben: „Wie wäre es mit ‚Danke, lieber René, dass du mich mit schicken Dessous überrascht hast!'?" Diesmal wurde er ungeduldig und schnappte nach ihrer Hand, um sie mit sich zu schleifen. Doch Selina war zumindest ein bisschen stolz, dass sie mit ihren Wünschen zum Teil zu ihm durchgedrungen war. Denn immerhin deklarierte er sich durch diese Geste offen zu ihr.

„Du hast recht. Ich sollte dir das Geld zurückgeben, obwohl ich mir so teure Klamotten generell nicht leisten kann. Aber ich möchte dir nichts schuldig sein."

Sie drückte seine Hand fester, um ein klein wenig in Erinnerung zu rufen, dass sie einen Sieg davongetragen hatte. Doch es kam nur ein Brummendes: „Lass es stecken. Es stand dir einfach zu gut und wir haben es wahrscheinlich schon ein wenig vollgesaut, so konnten wir es nicht zurücklassen. Es ist belanglos." Und dann kam ein genervter Seitenblick. „Und bilde dir nichts darauf ein, das hat nichts zu bedeuten!"

Selina musste zufrieden lächeln. „Danke. Das ist wirklich sehr großzügig von dir." Noch bevor sie ihn weiter bearbeiten konnte, etwas sozialfähiger zu werden, kamen sie ums Eck bei einem Auto an, welches offenbar seines war. Zumindest das BMW-Logo war ihr ein Begriff, sodass sie annahm, dass es nicht gerade billig gewesen war. Die Polizeiarbeit schien sich offensichtlich für ihn bezahlt zu machen.

„Steig ein!", kam wieder dieser gelangweilte Befehlston.

„Wo fahren wir denn hin?", wollte sie wissen, als sie die Beifahrertür öffnete, bekam jedoch keine Antwort.

„Wir sind in einer Parkgarage", nuschelte Selina ungläubig, als sie sich umsah. Sie befanden sich im vierten Stock und standen hinter einem dicken, grauen Pfeiler, sodass weit und breit kein anderes Auto zu sehen war. Das Ambiente wirkte kühl und schmuddelig, wodurch sie eine Gänsehaut erfasste.

„Gut erkannt. Und ich schulde dir noch mehrfache Orgasmen, nicht wahr? Zu mir nach Wiener Neustadt zu fahren, hätte zu lang gedauert." René wandte sich zu ihr und hatte diesen hungrigen Schlafzimmerblick aufgesetzt. Durch einen Hebel an der Seite ließ er die Lehne seines Sitzes fast horizontal nach hinten kippen, als würde ihre Meinung in Bezug auf den sexuellen Spielplatz außer Frage stehen.

„Hier?", fragte Selina ungläubig und konnte nicht verhindern, dass sie zweifelnd klang. Sie konnte sich bei Gott einen romantischeren Ort vorstellen.

„Ja, genau hier. Du hast einen öffentlichen Ort vorgeschlagen. Voilà, das ist ein Ersatz und ich habe sogar noch eine Überraschung für dich."

„Ach ja?" Selina wurde neugierig und bemühte sich, den Gedanken an die Garage zu verdrängen. Denn wenn René sich extra für den Sex mit ihr etwas Spezielles überlegt hatte, machte er sich gar außerhalb dieser Treffen Gedanken um sie. Diese Idee setzte sich in ihrem Herzen fest und schlug warme Wellen. Selbst wenn sie wusste, dass es töricht war, dies zu vermuten. Noch mehr sogar, als zu glauben, für René zum heiligen Samariter zu werden, der ihn von seiner sozialen Inkompetenz heilen würde. Oder unter was auch immer er litt.

Selina beobachtete, wie René nun seinen Sitz so weit wie möglich vom Lenkrad wegschob, folgend in seine Hosentasche fasste, um zwei Kondompackungen rauszufischen. Sie hob nachdenklich eine Augenbraue.

Warum ausgerechnet gleich zwei?

„Holst du mir bitte die Tüte aus dem Handschuhfach?", bat er beiläufig, während er beide Kondompackungen mit den Zähnen aufriss und dann den Reißverschluss seiner Hose öffnete.

Er hatte es offensichtlich entweder sehr eilig oder stand unter Druck, seinen Soll zu erfüllen. Doch Selina folgte der Anweisung und fand eine weiße unbeschriftete Tüte mit leichtem Inhalt vor. Noch bevor sie ihre Neugier stillen und reinsehen konnte, schnappte René sie ihr aus der Hand.

„Nicht erschrecken. Womöglich wirst du beim ersten Gedanken Nein sagen, aber ich verspreche dir, es wird sich lohnen."

Selina wurde mulmig zumute und blickte sich erneut in der kühl wirkenden Umgebung um. Sie war sich nicht mehr sicher, ob ihr sein Vorschlag nach dieser Ankündigung gefallen würde, als er ihr eine längliche Kunststoffkugel an einem Stromkabel mit Fernbedienung präsentierte. Der Gegenstand war gerade einmal vier Zentimeter lang und zwei Zentimeter dick und löste Unbehagen bei Selina aus.

Fein säuberlich stopfte René den runden Teil in das feuchte Kondom und hielt ihr das Ergebnis unter die Nase. Der Latexgeruch breitete sich automatisch in der Fahrerkabine aus und auch der Anblick war nicht gerade anregend.

„Ich nehme an, du kennst das."

Selina hob aufgebend die Schultern, versuchte es aber mit einer Vermutung, die ihr als Erstes in den Sinn kam: „Vielleicht eine mit Batterien betriebene Liebeskugel?"

Sein breites Lächeln war wieder zurück, als er bestätigte: „Jap!" Dann legte René ihr das verhüllte Sexspielzeug vertrauensvoll in die Hände und zog sich beschwerlich die Jeans bis zu den Knien hinunter. Was bei seiner Größe und der engen des Autos nicht so einfach zu bewältigen war. Er brachte dadurch sogar den Wagen leicht ins Wanken und die erste Sicht auf seine Erektion rief in Erinnerung, dass sie zuletzt beim Sexspiel auseinandergetrieben wurden. Denn sein Schwanz steckte noch im verknitterten ersten Kondom und schrie laut um Hilfe.

„Ach ja, da du es erkannt hast und mit Sicherheit weißt, wie sie anzuwenden ist, wollte ich dich nur darauf hinweisen, dass ich sie dir hinten reinschieben werde." Er sagte es mit solch einer Gelassenheit, dass ihr der Mund aufsprang. Noch bevor sie protestieren konnte, ergänzte er: „Ich hoffe, das ist kein Problem für eine moderne Frau wie dich? Ich werde auch ganz behutsam vorgehen." Seine Augen musterten sie neugierig und in ihr tobte ein Orkan.

Schon wieder dieser manipulative Seitenhieb!

Selina beobachtete seine Vorbereitungen, als René nun das alte Kondom gegen das neue wechselte und es sich im Sitz bequem einrichtete. Wie hypnotisiert blickte sie auf sein Glied, das stand wie ein Versprechen. Sie musste zugeben, dass sie das männliche Geschlecht das erste Mal als ausgesprochen attraktiv beschrieben hätte. Der Sitz ächzte, als René sich tiefer hinabsinken ließ und sie erwartungsvoll ansah. Es war offensichtlich, dass er sich auf einen Ritt einstellte.

„Ist das vielleicht der Moment, wo ich erkläre, dass es mir zu weit geht?", fiepste Selina leise und es war ihr peinlich, dass ihre hohe Stimme ihre Verunsicherung verriet.

Doch René verneinte gnadenlos: „Nope." Dann breitete er seine Arme aus und deutete mit seinen Händen an, dass sie zu ihm hinübersteigen sollte. „Gut, dass du einen Rock anhast, somit musst du nur deinen Schlüpfer loswerden."

Ein kalter Schauer huschte ihr über den Nacken und sie bekam Schnappatmung. „Sei mir bitte nicht böse, aber fühlt sich das nicht wie ein Einlauf oder ein medizinisches Zäpfchen an?" Selina verzog das Gesicht, als er nun überrascht eine Augenbraue hob.

„Soll das heißen, du bist anal gesehen eine Jungfrau?" Selina spürte das Blut in ihren Kopf steigen.

Was war schon dabei?, wollte sie sich verteidigen, doch immerhin war sie 28 Jahre alt, und wie René stets betonte, eine moderne Frau. Sie rang um Worte, als er seine Hand sachte auf die ihre legte.

„Okay. Kein Ding. Ich zwinge dich zu nichts. Ich lasse dich auch so auf mir reiten." Er zwinkerte ihr vertrauensvoll zu und irgendetwas in ihr bäumte sich auf. Sie hörte die Stimme von Rebecca mehrfach wiederholend ‚Verklemmt!' aussprechen und es ärgerte sie maßlos. Warum sollte sie es nicht einmal probieren? Wenn es ihr nicht gefiel, konnte sie beim nächsten Mal einfach Nein sagen, da sie wusste, wovon sie sprach. Bei Lebensmitteln probierte man sich auch durch, um zu testen, was einem schmeckte und was nicht. Und weshalb nicht gleich Renés augenscheinliche Erfahrung dafür nutzen, in diese Praktik – hoffentlich schonend – eingeführt zu werden? Im wahrsten Sinne des Wortes!

Daher war Selina wild entschlossen, über ihre Grenzen zu steigen und das Unbekannte zu erforschen. Sie wollte nicht verklemmt sein und vor allem auch nicht so auf René wirken. Sie wollte viel lieber als hemmungslos und ungezügelt gelten.

Unbeirrt legte sie das feucht verhüllte Sextoy zurück in Renés Hand und stemmte sich im Beifahrersitz hoch, um ihren Slip abzustreifen. Bewusst wedelte sie mit dem Stofffetzen vor seinen Augen herum, um ihn dann wie eine Kampfansage ins Eck des Wagens zu schleudern. René zog einen imponierenden Ausdruck auf. „War das nicht eben dein Glitzerslip?", lachte er vergnügt.

Sie nickte nur beiläufig, kletterte nun rittlings über seine Hüfte, wo seine Erektion bereits gierig auf sie wartete. Selina behielt eine aufrechte Stellung bei, um René besseren Zugang zu ihrem Schritt zu gewähren. „Gut, ich möchte es versuchen", äußerte sie und deutete auf seine gefüllte Hand. Überrascht hob er eine Augenbraue. „Bist du dir absolut sicher?"

„Ganz sicher", entgegnete sie stolz und konnte dennoch nicht verhindern, dass ihr Knie nervös zu zittern begann.

„Okay ... ich werde sanft vorgehen", flüsterte er und streichelte ihr mit der linken Hand beruhigend den Oberschenkel hoch in Richtung Hüfte. Dann führte er seine Rechte unter ihren Rock und hielt ihren Blick gefangen. Als Selina seine kühlen Finger an ihrer Scheide nach hinten tasten spürte, schloss sie die Lider. Ihr Herz raste und ihr ganzer Körper schien zu einem Muskel zusammenzuwachsen. Innerlich bettelte sie sich selbst an, sich nicht unnötig zu verkrampfen und es dadurch unangenehmer oder schmerzhafter zu gestalten.

„Entspann dich. Denk nicht darüber nach, was da gerade passiert. Es ist nichts Unnatürliches. Fakt ist, dass man im Mund dreckiger ist als da hinten."

Okay ... diese Information wollte ich gewiss nicht hören. Selina zwang sich, langsam und tief ein- und auszuatmen, während sie nun an ihrer Rosette den Gegenstand spürte, dessen abgerundete Spitze zart andrückte. René beließ den Druck bestehen und wartete offenbar ab. Plötzlich fühlte sie, wie das Ding sich langsam seinen Weg in ihr Inneres bahnte. Sie riss ungläubig die Augen auf, als er ihre linke Hand zur Beruhigung in seine nahm, was sie als herzliche Geste empfand. Er schien also nicht lernresistent und komplett sozialunfähig zu sein.

Das dehnende und leicht prickelnde Gefühl in ihren Eingeweiden hielt an, als ihr bewusst wurde, dass sich sein Finger nun nachschob und in ihr drinnen war. Peinlich berührt presste sie ihre Pobacken zusammen, als er sie anschmunzelte. „Schon okay. Alles gut."

Dann zog er seinen Finger heraus, lehnte sich zurück und fischte nach der Fernbedienung, die zwischen ihren Beinen hervor verlief und auf seinem Bauch lag.

„Die Bühne gehört dir", sagte René keck und deutete Selina an, sich auf seinen wartenden Ständer zu setzen. Dabei war sie nicht sicher, ob gleich zwei Sensationen auf einmal nicht zu viel für sie werden könnten. Denn der Start mit dem Sextoy allein bedeutete gewiss eine sanftere Einführung in diese Liebespraxis. Fraglich war es nach der Aufregung für sie auch, ob sie noch feucht genug war.

Selina lehnte sich über sein pralles Glied und überlegte, sich noch mehr Anregung zu holen, indem sie ihn erneut dazu einlud, sie zu küssen. Doch als sich ihre Hände auf dieser stahlharten, glatten Brust platzierten und sie sich seinem Gesicht näherte, betätigte er plötzlich die Fernbedienung und Selina verkrampfte. Das Gefühl war so merkwürdig, dass sie noch nicht einordnen konnte, ob sie es gut fand oder nicht, als René es zusätzlich wagte, den Intensitätspegel hochzuschieben.

Selina musste unweigerlich mit den Augen rollen und ihren Kopf ins Genick fallen lassen. Dieses Empfinden war so intensiv, so unbeschreiblich, dass sie aufkeuchen musste. René schob ihre Hüfte verlangend über seinen Schwanz und suchte sich in Eigeninitiative Zugang. Zum Glück diesmal langsamer als beim letzten Mal, indem er in kleinen Schüben ihre Hüfte hob und senkte.

„Ich sagte doch, du bist bei mir in guten Händen", flüsterte er selbstgerecht und sie wusste, wenn sie ihn ansehen würde, hätte er wieder diesen unverschämten Ausdruck parat, den sie ihm so gerne einmal aus dem Gesicht gewischt hätte.

Selina beschloss hingegen, die Zügel zu übernehmen. Sie öffnete die Augen, überwand die letzten Zentimeter des Wartens, indem sie sich Renés langsamen Schüben widersetzte und sich auf ihn presste. Ein kurzer Schmerz durchzog sie, sie hielt inne, um es sich nicht anmerken zu lassen. René starrte sie mit offenem Mund an und blockierte ihre Hüfte scheinbar so lange, bis er sich sicher war, dass sie nicht über die Schmerzgrenze hinausgehen würde. Dann ließ er sie treiben.

Selina krallte ihre Finger in seine Brust und schob ihre Hüfte vor und zurück. Zuerst war das Gefühl des Kabels unter ihrem Oberschenkel ablenkend, doch irgendwann merkte sie es nicht mehr. Vielmehr wurde ihr bewusst, dass der Druck ihr so rasch in den Kopf stieg und ihre Scheide anfing zu verkrampfen, sodass ihr die Empfindung bereits zu intensiv wurde. Heiße Schauerwellen liefen über ihren Körper, als nun René die Geschwindigkeit gegen ihren Willen beschleunigte und ihre Hüfte kreisen ließ. Er stöhnte und sie starrte ihn an. Wie in Ektase biss er sich in die Unterlippe und hatte die Lider geschlossen. Auf seiner Stirn entstanden Schweißperlen und das erste Mal gab er tatsächlich die Kontrolle ab. Die aktive Fernbedienung lag ohne Führung zwischen ihnen und Selina beließ es so. Die Luft wurde durch ihre heißen Körper angezündet, feucht und stickig, sodass die Scheiben anliefen und ein natürlicher Sichtschutz entstand. Sie genoss es so, René anzusehen, die Lust in ihm zu steigern, wenn sie ihre Muskeln in sich zusammenpresste und ihre Nägel fester in seine Brust trieb. Er schien es wirklich hart zu wollen.

„Fuck, fühlst du dich gut an!", entfuhr es ihm und er schenkte ihr damit so ein Glücksgefühl, dass sie ihn um jeden Preis zum Kommen bringen wollte. Selina beschleunigte den Ritt und konzentrierte sich auf seine Mimik, als er die Augen nun öffnete und verneinte. „Nein, komm bloß nicht auf die Idee." Er bremste sie ab und hob sie leicht hoch. Selina spürte, wie sich ihre Mitte hungrig und enttäuscht zusammenzog. Sie nahm das Lenkrad hinter sich zu Hilfe, um sich gewaltsam das komplette Glied erneut reinzurammen, doch mit einem breiten Grinsen ließ er es nicht zu. Sie vernahm nur noch dieses zarte Vibrieren in ihrem Hintern, welches sich nun nach oben arbeitete und ihr Schweiß an die Schläfen trieb. Diese leichte, starre Berührung seines Schwanzes in ihrer Scheide machte sie wahnsinnig, da es immer mehr prickelte, pochte und sie das Gefühl hatte, sie MUSSTE ihn unbedingt komplett in sich fühlen. Sie wusste, wie bettelnd und flehend ihr Gesichtsausdruck gerade wurde, denn sie erkannte es in seinen angetörnten, feurigen Augen.

„Bitte", flüsterte sie, als der Druck stärker in ihr anwuchs.

„Was war das? Ich kann dich nicht hören?", fragte er mit einem gehässigen Grinsen.

„Verflucht noch mal! Bitte!!!", fuhr sie ihn an, als er sie nun in Zeitlupe wieder komplett absenkte und dennoch keine Anstalten machte, ihrer Hüfte Freiraum zum Schieben zu geben.

„Lina, denk nicht zu viel nach. Ich will, dass du mehrfach kommst. Halte dich nicht zurück und vor allem belaste dich vor allem nicht mit dem Gedanken, es mir zu besorgen. Ich hab' schon meinen Spaß, keine Sorge." Er zwinkerte ihr zu und sie glaubte dem Mistkerl aufs Wort. Dann schob er sie fest und rasch über seine Erektion und der Orgasmus rollte so intensiv heran, dass sie erneut das Gefühl hatte, sich anzupissen. Sie verkrampfte, klopfte ihm gegen die Hände. „Es ist zu stark. Das ist zu viel", doch er beschleunigte weiterhin rigoros, sodass ihr bereits die Tränen über die Wangen liefen. Plötzlich packte er sie an der Gurgel. Er drückte nicht zu, aber es war bestimmend und … unverständlicherweise sexy, als die Gänsehaut sich ausbreitete und ihr Körper zu beben begann. „Lass es raus!", forderte er, als er sie nun mit der Hand hochhob, gegen das Lenkrad presste und in sie reinpumpte.

Selina schrie auf, als sie kam und sich nun über René ergoss. Die Schübe wollten nicht mehr aufhören. Ein Beben nach dem anderen geißelte ihren Leib. Sie konnte nur hilflos dabei zusehen, während es ihr peinlich war, dass sie ihn nun besudelt hatte. René setzte sie wieder ab, quälte sie noch weiter, indem er ihre harten Nippel durch ihr Shirt hindurch zwirbelte und mit der anderen Hand über ihre zitternde Haut strich. Jede seiner noch so zarten Berührungen erzeugte abermals Reizwellen, die durch sie hindurch schossen und sie zum Erzittern brachten. Selina hatte keine Kontrolle darüber.

„Du bist so wunderschön, wenn du kommst, Lina", flüsterte René, während er sie weiter neckte und streichelte, bis sie erschöpft in sich zusammenfiel.

14 | Hingabe

 r konnte nicht aufhören, jede ihrer Bewegungen einzusaugen wie ein feuchter Schwamm. Allein die kleinsten Berührungen reichten aus, um ihr einen Orgasmus nach dem anderen zu bereiten. Ihre Wangen strahlten rosig, Tränen liefen ihr über die zarte Haut und ihr Grinsen war so unnatürlich breit vor Glück, dass es schon fast beängstigend war. Ihre Glieder hatten keine Kraft mehr, sodass sie wie ein Embryo auf ihm eingerollt dalag, während sein Schwanz wehtat, solch einen Druck hatte der bloße Anblick ihrer Erleichterung ausgelöst. Zu gerne hätte er sie augenblicklich über das Lenkrad geschoben und von hinten fest und hart genommen, bis ihr Gesicht an der Windschutzscheibe klebte. Doch die blauen Erinnerungen an ihrem Po hielten ihn davon ab.

Ein leises Wimmern kam aus ihrem Mund, während sie ihre Lider geschlossen hielt und mit ihren Fingern zarte Kreise auf seiner Brust zeichnete.

„Bitte sag mir nicht, dass ich dich angepinkelt habe", flüsterte sie, ohne ihren zerzausten Kopf zu heben. René musste herzhaft lachen. „Was? Wie kommst du denn darauf? Das ist anatomisch gesehen beim Sex gar nicht möglich! Du hast einfach nur abgespritzt, was bei Frauen nicht so häufig vorkommt. Und ich finde das mega geil." Stolz klopfte er sich mental auf die Schulter.

Schwerfällig hob Selina ihren Schädel und war rot angelaufen. „Wirklich? Das gibt es?"

René war fassungslos. Hatte sie sich nie mit ihrer eigenen Sexualität auseinandergesetzt? Doch um sie nicht bloßzustellen, nickte er nur, während ihre Finger nun weiter über seine Haut streichelten und sie erneut einen verträumten Blick aufsetzte.

Kein gutes Zeichen! René wusste, dass er diese innige Zweisamkeit nicht gutheißen durfte und Selina bremsen musste, bevor sie es zu nahe an sich rankommen ließ. Es war ein Beweis dafür, dass es ihr letztes Treffen sein würde, wodurch sein Ego ihn daran erinnerte, dass es nun er war, der Befriedigung finden musste. Er spannte sein Glied mehrmals an, damit sie es im Schritt als stille Erinnerung fühlen konnte – und es wirkte. Müde hob sie ihren Oberkörper und sah ihn mit verschmierter Wimperntusche an. Mit ein Grund, warum er das Zeug hasste.

„Ich hoffe, ich habe nun zu deiner Zufriedenheit gearbeitet und jegliche Freveltaten der Vergangenheit dadurch vergessen lassen. Für meinen Freund ist hier aber noch lang nicht Schluss." Erneut ließ er besagten Muskel in ihr tanzen.

Ihre Finger streichelten mit diesem beängstigenden, glückseligen Lächeln über seine Bauchmuskeln, bis sie bei seiner gekürzten Schambehaarung angekommen war.

„Soll ich zwischen deinen Brüsten kommen oder kriegen wir das von hinten hin, ohne dass es Druckstellen gibt?", fragte er ungeduldig. Selbst wenn er es nicht genervt ausdrücken wollte, musste er es jetzt hinter sich bringen. Die Art, wie Selina ihn ansah, ging zu tief, ihr Geruch an seiner Haut hatte sich eingebrannt und er hatte das Gefühl, daran zu ersticken. René musste ständig auf ihre Lippen starren, wie sie sie benetzte, und fragte sich, ob sie so schmeckten wie ihre Pussi. Süß, weich, sodass man nicht genug davon bekam und am liebsten hätte er sich diese Gedanken selbst aus dem Kopf geschlagen. Das war nicht gut für ihn und er wollte das nicht.

„Das war so unfassbar schön", erklärte sie mit belegter Stimme und strahlte ihn dusslig an, sodass er gezwungen war, an dem Stromkabel zu ziehen, um sie in die Realität zurück zu zwingen. Peinlich berührt fuhr sie hoch und ließ seinen Schwanz entgleiten, während er das nun lautere Summen abstellte.

„Freut mich, könntest du mir nun bei diesem Problem helfen, oder muss ich es selbst erledigen?", René wurde zornig, als sie ihn nun überrascht ansah. Etwas war offenbar soeben in ihr zerbrochen. Wahrscheinlich die Illusion, um was es hier tatsächlich ging. Nämlich um eine sexuelle Abmachung.

Als Selina sich nun das Shirt auszog, den blanken Busen präsentierte und sich zwischen seinen Beinen auf den Boden hinkniete, ahnte er, welchen Vorschlag sie als Gegenleistung bieten wollte. Doch war das eine gute Idee? Das war SEIN wunder Punkt.

Ihre Hände langten nach seiner Erektion, rollten das Kondom ab und dabei sah sie ihn verheißungsvoll an. „Ich kann sehen, dass dir das gefallen könnte."

René schluckte hart, als er auf diese leicht geöffneten, prallen Lippen schielen musste.

Das ist so unfair. Wie soll ein gestandener Mann da Nein sagen?

Selina begann seinen Schaft sanft auf und ab zu streichen, als er seinen Kopf mit letztem Willen wiegelte. „Das ist keine gute

Idee", kam es heiser aus seinem Mund. Also alles andere als überzeugend für sie. Sie streckte ihre Zunge heraus und tippte seine Eichel kurz an der Spitze an und sandte dadurch Strom durch seinen gesamten Körper. Schweiß stieß durch seine Poren, da er nun ohnmächtig zusah, wie ihre Lippen zärtlich um sein Glied kreisten.

Scheiße!

René verkrampfte, ballte seine Hände zu Fäusten, als sie ohne Vorwarnung nun ihren Mund öffnete und sich über seinem Schwanz positionierte. Wie ein Idiot wippte er mit seinen Lippen, als würde er es selbst machen, so sehr wollte – nein, brauchte er es.

„Bist du sicher, dass es keine gute Idee ist? Soll ich aufhören?" Sie zog einen Mundwinkel in die Höhe und sah ihn verrucht an und er hasste sie dafür. Er hatte nie wieder unter der Gewalt eines anderen Menschen stehen wollen und sie übertrat diese Grenze eindeutig. Daher blieb ihm nichts anderes übrig, als seine linke Hand auf ihren Kopf zu legen und Druck auszuüben als Antwort. Zuerst leistete Selina Gegenwehr, nahm ihn dann aber komplett auf und René konnte nur noch den Schädel gegen die Lehne sacken lassen und laut ausatmen.

„Verflucht, du treibst es zu weit!", schimpfte er, als er spürte, wie sie nun mit der Zunge und ihrer Hand rhythmisch seinen Schaft massierte und benetzte. Dennoch war sie ihm zu zimperlich und offenbar darab gewohnt, andere Schwänze zu verhätscheln. Daher fasste er zu den arbeitenden Fingern hin und umschloss damit sein Glied energischer. Überrascht blickte sie zu ihm auf. René hoffte einfach, er müsse es nicht aussprechen, dass er es so brauchte und Selina nickte ihm zu, griff ihn härter, ruppiger an, sodass der Druck nun stärker in ihm anstieg. Diese warmen, feuchten Lippen, dieses Saugen, Ziehen, Massieren, Lecken und Knabbern brachte ihn um den Verstand.

René stöhnte laut, als Selina das Wort an ihn richtete. „Ich möchte aber weder, dass du in meinem Mund kommst, noch in meinem Gesicht. Einverstanden?"

„WWWASSS?", entfuhr es René in schrillem Ton, denn nichts anderes wollte und brauchte er. „Scheiße, warum erzählst du mir von deinen Ticks nicht vorher, verdammt!?"

Doch als sie ungebrochen weiter an ihm lutschte und nun plötzlich auch seine Eier miteinbezog, sog er fest die Luft ein und grub seine Finger in den Sitz. Er hatte schlagartig vergessen, was er sagen wollte.

Gott, ist das fantastisch!

René konnte nicht anders, als nun weich über ihren Kopf zu streichen, so intensiv und schön war es, als Selina fest zupackte und an seiner Erektion zog. Er liebte es einfach. Doch als sich in ihm nun der Drang abzuspritzen einstellte, nahm er bestimmend sein Glied aus ihrem Mund, zwang Selina in eine aufrechte Position, um seinen glühenden Schwanz zwischen ihre Brüste zu quetschen. Geistesgegenwärtig half sie nach, presste ihre Möpse von außen zusammen, um den Druck zu verstärken, als er endlich erleichtert abspritzen konnte.

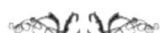

Wortlos waren sie zu ihrer Wohnung gefahren und Selina fühlte sich klebrig. Obwohl sie sich mit Taschentüchern gereinigt hatte, lief ihr die Pampe aus dem Schritt und ihr Shirt hatte es sich mit den Spermaresten auf ihrem Busen bequem gemacht. Nicht unbedingt ein Anblick, wie sie möglicherweise kreuzenden Passanten am späteren Nachmittag in Erinnerung bleiben wollte. Im Nachhinein betrachtet hatten auch die edlen Alcantarasitze unter ihrem Techtelmechtel leiden müssen, was René offenbar nicht juckte, da er kein Wort darüber verlor. Selbst der Umstand, dass er nun wusste, wo sie in Wien wohnte und wie ihr Umfeld hier aussah, schien ihn kaltzulassen. Und das, obwohl die Wohnanlage relativ neu war und die Verwaltung sich einen sehr kreativen Gärtner für die minimalistischen Grünanlagen und Randstreifen rund um das Gebäude geleistet hatte. Das Bild gab wirklich etwas her und für gewöhnlich hatten Besucher und Freunde immer lobende Worte für die Pracht gefunden. Selbst wenn es nicht unbedingt notwendig war. Es war nur einer dieser Fakten, der Selina augenblicklich bei Renés Verhalten klar wurde und sie wieder in die kalte Realität zurückstieß.

An seinem mürrischen Ausdruck im Gesicht ahnte sie, dass auch die heutige Verabschiedung nicht so verlaufen würde, wie sie es sich erträumte. War sie vielleicht doch zu blauäugig und naiv? War bei René letztendlich nichts zu retten und es gab diese weiche, sensible Art überhaupt nicht, die sie zu sehen geglaubt hatte? Dabei konnte sie nicht vergessen, wie schockiert er reagiert hatte, als ihm bewusst geworden war, sie verletzt zu haben. Diese zärtlichen und gefühlvollen Küsse an ihrem Po waren wie Balsam auf der Seele gewesen, sodass Selina ihm alles verziehen hatte, was er sich bislang Negatives geleistet hatte. Ihr Instinkt bereitete sie aber bereits darauf vor, dass auf diesem Konto weitere Minuspunkte folgen würden. Und zwar exakt jetzt, als sie mit laufendem Motor vor ihrer Wohnung standen.

„Warum habe ich das Gefühl, dass du mich nun wieder mit verletzenden Worten abfertigen wirst? Habe ich etwas falsch gemacht?", murmelte Selina und konnte nur nervös auf ihre Finger blicken, die sich in ihrem Schoß verknoteten.

Ein lautes Seufzen kam von links. „Vielleicht verhinderst du es, indem du keine Erwartungen in mich steckst, aussteigst und einfach dankbar für die gemeinsame Erfahrung bist." Es klang nicht zynisch und auch nicht komplett kalt, aber schonungslos offen und ehrlich.

Selina blickte zu ihm, doch René starrte nur geradeaus und hatte beide Hände auf dem Lenkrad geparkt. An den Scheiben war noch sein wüster Versuch abzulesen, die Glasfläche mit dem Ellenbogen wieder sichtfrei zu bekommen und der Geruch von Sex hing wie ein hitziges Memorandum in der Luft. Und genau deshalb tat es umso mehr weh, dass es so enden sollte.

„Liege ich richtig, dass du mich nicht mehr sehen willst?" Ja, es klang verdammt traurig, selbst wenn sie nicht wusste, warum.

„Glaub mir. Es ist besser so. Ich bin vielleicht ein Jackpot, was Sexuelles anbelangt, aber ansonsten bin ich ein emotionales Wrack. Also sei froh, dass du nichts mehr mit mir zu schaffen hast." Seine Stimme wurde leiser und im Augenwinkel hatte sie den Eindruck, dass seine Augen feucht waren. Sein Kieferknochen mahlte energisch, so ein Kampf tobte in ihm. Allem Anschein nach war seinem Druck durch den Blowjob nicht ausreichend entgegengewirkt worden. Womöglich brauchte er diese Gewalt, um Gewalt im alltäglichen Job oder aus seiner Vergangenheit abzubauen. Aber was wusste sie schon? Sie war kein Seelenklempner.

„Darf ich dir noch eine Frage stellen? Ich möchte dir wirklich nicht zur Last fallen oder dich nerven." Selina hielt inne, doch René hatte nichts dazu zu sagen. Sie wandte sich nun mehr in seine Richtung und nahm allen Mut zusammen. „Was steht denn auf deiner To-do-Liste, was du bisher nicht ausleben konntest?"

„Ha!", prustete er wie aus der Pistole geschossen heraus, ließ sich nach hinten sacken und starrte sie nun diabolisch an, sodass sie Gänsehaut bekam. „Glaub mir, das willst du nicht wissen. Vor allem DARF es niemand wissen."

Selina schluckte einen Kloß in die Flucht und stammelte: „Was, wenn ich dir anbiete, diese Fantasie mit dir umzusetzen? Sofern es sich realisieren lässt. Ich bin doch ein Niemand für dich und kann es daher nicht weitererzählen. Was meinst du?"

Nur ein Brummen sprang ihr entgegen, als René sich nun über sie lehnte, um ihr die Autotür zu öffnen. Wieder eine zwingende Einladung, den Wagen zu verlassen. Es fühlte sich beinahe so an, als würde als Nächstes ein Bein nach ihr treten, sodass ihr zum Heulen zumute war.

„Ich denke darüber nach", bellte er genervt und würdigte sie keines Blickes mehr.

Hoffnung sah eindeutig anders aus.

15 | Ein Tick zu weit?

elina beugte den Kopf über ihren Laptop und ging im Internet Begriffe wie Traumata und psychische Belastung der Polizeiarbeit durch. Es ließ ihr keine Ruhe. Sie glaubte langsam nicht mehr daran, dass René ihr antworten würde. Seit zehn Tagen hatte sie nichts von ihm gehört oder gelesen. Vor zwei Tagen hatte sie sich sogar dazu hinreißen lassen, ihm auf Lovoo eine Nachricht zu schreiben, welche er nicht einmal als wert befunden hatte, sie zu lesen. Es kränkte sie, dabei wusste sie, dass ihr Verhalten krankhaft war. Es war geradezu Besessenheit, da sie sich ständig einredete, dass René ein feinfühliger, toller Mann wäre, wenn er sich nicht hinter diesem ruppigen Panzer verstecken würde. Doch womöglich war dies in seinem Job nicht anders zu bewältigen? Was sie da im Zuge ihrer Recherche herausfabd, erklärte die sehr hohe Belastung und dass es nur wenige schafften, ohne psychologische Hilfe das Gesehene und Erlebte zu verarbeiten. Ob sich so jemand wie René überhaupt helfen oder von außen etwas sagen ließe?

Irgendwie vermisste sie nun seine grummelige Art. Aber vor allem fühlte sie noch immer diese beherrschende Hand an ihrer Kehle, hörte sein erregtes Stöhnen, roch seinen Schweiß, sein Sperma … Auch diese eindeutige Ansage ‚Du gehörst mir, in dem Moment, wenn du zwischen meine Finger gerätst‘ hallte in ihrem Verstand wider und jede Faser ihres Körpers WOLLTE ihm gehören.

Das ist doch verrückt! Und genau deshalb erzählte sie Rebecca nichts davon. Ihre Freundin würde Selina einweisen lassen, weil ihr Verhalten alles andere als nachvollziehbar oder gar gesund war. Denn Selina hätte sich René hier und jetzt sofort hingegeben, selbst wenn es von hinten und schnell gehen müsste, sofern sie nur die Gelegenheit bekam. So stark war ihre Sehnsucht nach ihm.

Plötzlich vibrierte ihr Handy und sie schielte neugierig darauf. Es war eine Nachricht von ihm!

Aufgeregt richtete sie sich auf und blickte aus dem Küchenfenster, wo ein atemberaubender Sonnenuntergang sogleich ihr Gemüt beruhigte. Dann ließ sie die Zeilen auf sich wirken.

Gut. Wenn du es ernst meinst, komm jetzt. Falls nicht, lass es bleiben.

Ihr Herz vollführte einen Salto, denn sie würde alles stehen und liegen lassen, das war sonnenklar. Selbst das ohrenbetäubende Schimpfen ihres Egos und ihr gekränktes Selbstbewusstsein stieß sie zur Seite, bevor sie es sich anders überlegen konnte. Wenn dies nicht eindeutig einem Suchtverhalten glich, was dann?

Selina lief in ihr Schlafzimmer, um sich für einen unklaren Verlauf des Abends eisern zu wappnen.

Zum ersten Mal bemerkte Nervosität an ihm. René trug wieder eine enge, sexy Jeans und darüber ein graues V-Shirt. Er hatte sie auf seinem beigefarbenen Sofa im Wohnzimmer platziert, sie mit einem Glas Apfelschorle abgespeist und lief nun Furchen vor ihr in den Boden. Dennoch wagte sie es nicht, ihn dabei zu unterbrechen. Vielmehr nahm sie jeden Geruch und jedes Geräusch um sich herum auf, so wie die zarte Note von Holzpolitur und das leise Knarzen seiner Schritte.

„Okay. Es gibt da tatsächlich etwas auf meiner To-do-Liste", begann er schlussendlich und hielt inne. René stand komplett neben sich, wuselte sich durchs Haar, als würden ihm die Worte fehlen. Selina war so überrascht, da sie ihn nie so eingeschätzt hätte. Taktvoll versuchte sie das Eis für ihn zu brechen: „Handelt es sich auch um eine sexuelle Fantasie?"

Er starrte sie verdattert an und riss die Augen dabei auf. „Ich würde das persönlich nicht so nennen. Eher einen inneren Drang … einen unnatürlichen, kranken Drang", spie er heraus, während sein Kiefer nervös mahlte.

„Und wer sagt das? Ich meine, dass er unnatürlich und krank sein soll?" Es kam nur zögerlich, da Selina das Gefühl nicht loswurde, René wäre nahe am Explodieren. Und sofern das passierte, wollte sie lieber einen Sicherheitsabstand bewahren.

Nun schritt er am Tisch vorbei und lehnte sich direkt über sie, sodass sie dem Impuls nachgab, sich tief in die weiche Lehne zu pressen. Er machte sie mit dieser herrischen Art nervös.

„Du musst eines verstehen: In meinem Job darf man keine Schwäche zeigen. Man muss stets funktionieren, widernatürlichen Wünschen widerstehen und diese vor allem auch für sich behalten. Denn wenn das, was ich dir nun offenbare, jemals nach außen dringt, bin ich ein für alle Mal geliefert! Hast du verstanden?" Mit drohendem Zeigefinger fuchtelte er unter ihrer Nase herum und sie konnte nur hektisch nicken.

Dann richtete er sich auf und fischte einen Karton mit Amazon-Emblem unter dem Tisch hervor. Er war bereits geöffnet worden. Kurz wollte er ihn Selina reichen, entzog ihn aber ihren neugierigen Händen wieder. „Ich weiß, dass du mich verurteilen wirst, also: Willst du das tatsächlich tun? Wenn du es jetzt öffnest, gibt es keinen Rückzieher mehr. Hörst du?"

Erneut hielt René ihn ihr entgegen und nun war sie sich nicht mehr sicher, ob sie den heiligen Samariter weiterhin mimen wollte. Es klang wirklich überaus pervers. Musste Selina ihn womöglich anpinkeln oder mit Fäkalien bewerfen, weil ihm dadurch einer abging? Was konnte es sonst noch Abartiges geben? Fetischklamotten? Lack und Leder? Bondage? Fesseln, Knebel? Wollte er geschlagen werden? Sie zögerte, doch als sie René wieder ansah, war da ein Hauch Hoffnung in seinen Augen abzulesen, die sie nicht enttäuschen wollte. Daher öffnete sie den Karton und staunte nicht schlecht. Auf diese Fantasie wäre sie von allen zur Verfügung stehenden Möglichkeiten niemals gekommen. Ein heterosexueller, voller Testosteron strotzender Muskelprotz, der seine Frauen am liebsten hörig nahm, hatte sich einen Umschnalldildo bestellt? Als sich die Einsatzvarianten wie ein Puzzle in ihrem Kopf zusammenfügten, klappte ihr der Kiefer auf. Fassungslos zeigte sie auf das eingepackte Ding. „Du meinst allen Ernstes, dass ich mir das umschnalle und ... ich kann es gar nicht aussprechen."

„Mich knallst. Wenn sich das nicht reimt", sagte er trocken. Selina wollte nur aufspringen und flüchten. Sie hätte viel umsetzen können, doch die dominante Rolle einzunehmen, um René von seinen innersten Dämonen zu befreien? Dafür kannte sie ihn und seinen Ballast viel zu wenig! Das ging eindeutig zu weit!

Doch dann passierte Folgendes: „Bitte. Diese Demütigung möchte ich nur ein einziges Mal zulassen und danach nie wieder. Dir würde ich vertrauen, so bescheuert es auch klingt."

Selina war baff. Eine Bitte vom überheblichen, eingebildeten Sexgott höchstpersönlich? Aber konnte sie ihn danach überhaupt noch als Mann anerkennen? Wollte sie ihn in dieser gebückten Haltung erleben? Ihre Gedanken liefen im Kreis und sie hatte Angst. Angst davor, was das Ganze aus ihr und aus ihm machen würde. Sie wiegelte den Kopf: „Ich bin mir nicht sicher, ob ich das tun kann. Willst du mir nicht erklären, warum du so eine Fantasie hast?" Selina erwartete inständig, dass seine Sicht der Dinge es leichter für sie machte.

René lief wieder wie gerädert auf und ab. „Wenn ich das nur selbst wüsste. Ich weiß nicht, ob ich es beschreiben kann. Vor allem wäre es mir unangenehm, dass du es hörst."

Selina stand auf und wollte zu ihm gehen, doch er deutete ihr an, es sein zu lassen. Er war so geladen, dass jeder seiner Muskeln angeschwollen wirkte.

„Du hast bereits deinen Finger in meinem Po gehabt. Das war auch nicht gerade etwas, worüber ich sprechen würde, aber ich habe dir vertraut. Und du hast eben behauptet, du würdest mir vertrauen. Also komm von deinem hohen Ross runter und sprich es offen aus. Sonst nimmst du doch auch kein Blatt vor den Mund." Das hatte gesessen und Selina konnte sehen, wie sich seine schokobraunen Pupillen weiteten.

„Okay! Du willst es wirklich wissen!", forderte er sie heraus. Selina verschränkte bestimmt die Arme vor sich und nickte.

„Ich bin stets von Gewalt umgeben. Ich stehe unter Druck, Spannung und habe ständig das Gefühl, funktionieren zu müssen. Wachsam zu sein, nie die Deckung fallen zu lassen und niemanden an mich ranzulassen. Mir sind als Kind Dinge widerfahren, die mich glauben ließen, dass Gewalt eine Form ist, seine Liebe auszudrücken. Und fang mir jetzt nicht davon an, dass ich mir Hilfe suchen muss! Das weiß ich auch von selbst!", wütete er vor sich hin und bekam eine feuchte Aussprache. Doch Selina bemühte sich, keine Schwäche zu zeigen und offen für das zu sein, was er zu sagen hatte. Vor allem wollte sie nicht wertend dastehen.

„Und ich möchte mich ein einziges Mal hingeben und fallen lassen. Darauf vertrauen, dass mir sogar in dieser Situation nichts passieren kann und ich die Stärke habe, das zu durchleben. Ich glaube, wenn ich einmal diese Position einnehme, wachse ich daran und kann bestimmte Ängste und Beklemmungen ein für alle Mal ablegen."

Selina war überwältigt und es fiel ihr wie Schuppen von den Augen: René bat sie gerade um Hilfe.

Ausgerechnet von ihm seine Schwächen offengelegt zu bekommen und um Unterstützung gebeten zu werden, musste ihn all seinen Mut gekostet haben. Und es imponierte ihr enorm.

„Gut, ich setze das mit dir um. Ich bemühe mich zumindest."

Ich kann nicht fassen, was ich da tue!

Mit zitternden Fingern tastete Selina noch mal den mit Gleitgel benetzten Dildo an ihrem Schambein ab. Dann prüfte sie, ob die vier Schnallen an ihrer Hüfte fest saßen, als wäre es das Natürlichste auf der Welt. Was es absolut nicht war! Sie kannte sich mit solchem Spielzeug nicht aus, aber ihre Vorstellungskraft machte deutlich, dass es verflucht gut sitzen musste. Der Gedanke, den Akt so durchzuführen, war widernatürlich, sodass alles in ihr rebellierte. Ihr war kotzübel zumute, ihre Knie zitterten wie Espenlaub und sie wusste nicht, wie sie den Mut dafür aufbringen sollte, zu tun, was er sich erhoffte. Doch für ihn wollte sie stark sein. Einerseits war es nicht ihr Ziel, diesen Mann zu brechen! Andererseits hatte er ihr das Zepter in die Hände gelegt und erwartete von ihr, zu funktionieren. Einmal sollte sie funktionieren und nicht er.

Bitte helft mir da oben!, betete Selina still in sich hinein, als sie sich René näherte, der ihr sein blankes Gesäß verkrampft entgegenstreckte. Sie musste offen zugeben, dass sie streng genommen nie erfahren wollte, wie ein männlicher After aussah. So prickelnd war der Gedanke nicht gerade. Es kam ihr geradezu wie Doktorspiele vor oder wie ein widerlicher Porno, bei dem sie sofort umschalten würde.

Vielleicht bin ich die Falsche?

Oder prüde und verklemmt?, hörte sie wieder Rebeccas Stimme, doch diesmal war es ihr egal.

„Du kannst das", flüsterte René und riss Selina dadurch aus ihren Gedanken. Er wagte es jedoch nicht, sie über seine Schulter hinweg anzusehen.

Selina nickte für sich selbst, rutschte mit ihren Knien ganz dicht an seine Oberschenkel heran und schloss die Augen, in der Hoffnung, es würde die Sache einfacher machen. Das erste Problem entstand, da sie aufgrund ihrer geringen Körpergröße zu niedrig dahockte. Daher stand sie auf, nahm ein Kissen von seinem Bett, neben dem sie sich niedergelassen hatten, und stützte sich nun darauf.

Zweiter Versuch. Mit ihren zitternden Fingerkuppen tastete Selina zwischen seinen Pobacken entlang, wodurch René zusammenzuckte.

Kann er das wirklich wollen?, rätselte sie, strich mechanisch etwas von dem Gleitgel auf dem Spielzeug auf seine Rosette und betete erneut. Dann sah sie zur Decke und vertraute darauf, die richtige Position auch ohne männliche Intuition und Übung zu treffen. Der erste Widerstand ließ sie zweifeln, doch ein kurzer Seitenblick bestätigte die Korrektheit.

„Sorry, wenn ich das jetzt sage, aber diesmal musst du locker lassen." Selina wollte es weder wertend noch überheblich rüberbringen, dennoch fühlte es sich, einmal ausgesprochen, falsch an.

Sie presste weiter gegen sein Gesäß, als der Gegendruck nun nachließ und sie tatsächlich vorankam. Es war ein merkwürdiges Gefühl, als sie ihre Hände nun an Renés Hüften platzierte, um sich tiefer in ihm zu versenken. Es war eine verkehrte Welt und ihr war diese Rolle nicht ganz geheuer.

Obwohl ... es beschlich sie eine Form von Machtgefühl und Überlegenheit. Als Selina sich nicht weiter in ihn schieben konnte, aber noch gute sechs Zentimeter Spielraum auf dem Dildo abzulesen waren, stoppte sie und streichelte René sanft über den Rücken.

„Lass das gefälligst sein!", schien er durch verkrampfte Zähne zu zischen.

Okay! Muss ich das jetzt verstehen?

Dann übte sie sachte mehr Druck aus. „Alles in Ordnung?"

„Ja, verdammt. Konzentriere dich!", fuhr er sie an, so maßgeschneidert passte ihm diese devote Rolle. Nicht.

So schlecht dürfte es ihm also nicht gehen, entschied sie und wurde daher mutiger. Mit einem festen Stoß füllte sie René komplett aus und es war ein erschreckender Anblick, als er seinen Kopf nach oben warf und Luft ausstieß. Doch irgendwie war es auch faszinierend, einmal am anderen Ende zu stehen. Selina hielt gespannt den Atem an und beobachtete misstrauisch seine Reaktion. Dann folgte Selina ihrem Instinkt und schlug ihm etwas herzhafter mit der flachen Hand auf den Hintern, wodurch ihm ein Seufzen entglitt.

Aber kein Meckern oder Zucken.

Wahnsinn! Ich werde doch nicht etwa auf den Geschmack kommen? Beinahe hätte sie vergnügt gegluckst, da sie so überrascht von sich selbst und dieser kranken Szene war.

Als René nun sichtlich die Muskeln weniger verkrampfte, begann sie sich wie ein Mann zu verhalten und den Dildo langsam herauszuziehen. Nur um ihn dann rasch wieder mithilfe ihrer Hüfte hineinzustoßen. Zuerst zögerlich, als es jedoch flüssiger ging, intensiver, da sie René auch endlich spüren lassen wollte, was er mit ihr tat, wenn er die Kontrolle verlor. Selina war wie getrieben, fühlte sich angespornt und aufgeregt. Einmal nicht verunsichert und eingeschüchtert und offen gestanden gefiel es ihr, je länger es andauerte.

Als sie nun merkwürdige Geräusche aus Renés Rachen vernahm, wurde ihr jedoch flau im Magen.

Irgendetwas stimmt nicht.

Sie stoppte, doch so schnell konnte sie gar nicht reagieren, wie René sich von ihr löste, sich umdrehte und ihr direkt an die Kehle ging. Mit beiden Händen drückte er zu. Selina bekam Panik, da ihr die Luft abgesperrt wurde. Sie blickte in eine wütende Fratze und hatte das Gefühl, René sah durch sie hindurch oder erkannte etwas oder jemand anderes.

„Re-né", spie sie gequält heraus, als er sie nun hochzog wie eine Puppe und gegen seinen dunklen Kleiderschrank presste. Mit ihren Fingern versuchte sie, zwischen ihren Hals und die klammen Klauen zu gelangen, doch der Griff war eisern. Plötzlich schrie er aus voller Brust, sodass die Panik sich in ihr ausbreitete. Selina schlug ihm mit dem Knie in die Weichteile. Dann erneut mit voller Kraft, und als er reflexartig losließ, um sich an den Sack zu greifen, schlug sie ihm mit der Handkante zusätzlich in die Gurgel, sodass er krächzend umkippte und nicht wusste, wo er sich zuerst hingreifen sollte.

Mit hochrotem Schädel, zugekniffenen Augen und röchelnd wand er sich am Boden, während Selina den ekligen Dildo abschnallte, nach ihrem Rock am Bett langte und flüchten wollte.

„Bi-tte, warte. Lina, es tut mir so leid", krächzte und hustete er. Er schien furchtbare Schmerzen zu haben – *verdienterweise!* Das Ganze war aus dem Ufer gelaufen, doch womöglich hatte sie diese mentale Ohrschelle auch gebraucht, um endlich aufzuwachen. René hatte Recht damit, dass er ein emotionales Wrack war – und ja, er benötigte dringend Hilfe! Aber Selina schien die Letzte zu sein, die ihm helfen konnte. Das war nun klar.

Alarmiert packte sie nach der Dekovase auf seinem dunklen Hochschrank und holte aus, als René sich langsam aufrappelte und mit einer erhobenen Hand zurücktrat, um ihr keinen Anlass dafür zu geben, sie zu benutzen.

„Du bist absolut gestört, weißt du das?!" Selina war außer sich, als der Schock bei ihr einsetzte und sie am ganzen Körper zu zittern begann. Ihr war eiskalt und sie fragte sich, warum sie immer noch hier stand.

„Du hast recht", flüsterte René, setzte sich auf sein Bett und hielt sich seinen Schritt. „Perfekter Schlag. Das muss ich dir lassen." Und ihm brach die Stimme. Diesem Prachtstück von Mann brach allgegenwärtig die Stimme!

Selina hatte keinen Bock mehr, stellte die Vase ab und beschloss zu gehen.

„Eines noch … Willst du dich diesmal nützlich machen?" Sie erlitt gerade ein Déjà-vu, nur dass es nach dem eben Geschehenen einfach nur grotesk war, dass René sie das fragte. Zuerst wollte sie ihm die Meinung geigen, als sein Ausdruck traurig und leer wurde. Wie ein junger Welpe drehte er sich auf der Matratze zusammen, fasste nach der Fernbedienung neben sich und schaltete das erstbeste Programm beim Fernseher auf dem Hochschrank ein. René wirkte apathisch und zurückgezogen wie ein traumatisiertes Kleinkind. Für Selina wurde die Szene immer skurriler, als er ihr nun mit der flachen Hand andeutete, sich neben ihn zu setzen.

Für wie blöd hält er mich? Ausnutzen bis zuletzt?

„Wenn du willst, werde ich Selbstanzeige erstatten. Du musst es nur sagen."

Wieder hatte er ihr unerwartet den Wind aus den Segeln genommen. Selina seufzte und zweifelte an ihrem Verstand. „Du bist brandgefährlich. Wortwörtlich ein Pulverfass kurz vor der Detonation!", fiel ihr dazu nur ein, während er erneut über die Matratze strich. Zögerlich trat sie näher, lugte ein letztes Mal zur Vase und überlegte, ob sie sie nicht mitnehmen sollte. Doch von ihm schien keine Gefahr mehr auszugehen.

Falls man das bei ihm überhaupt sagen kann!

Wohlweislich ließ sie sich mit rasendem Herzen einen halben Meter von ihm entfernt vorsichtig nieder. Selina war gefasst darauf, lossprinten zu müssen, als René plötzlich zu ihr hin robbte, seinen Kopf einfach in ihren Schoß legte und unbekümmert fernsah.

Das meinte er also mit ‚sich nützlich machen'? Was ist mit ihm nur geschehen? Was hatte einen Mann so aus der Bahn werfen können? Und dann sickerten seine Worte langsam bei ihr durch: *Mir sind als Kind Dinge widerfahren, die mich glauben ließen, dass Gewalt eine Form ist, seine Liebe auszudrücken.*

Instinktiv hob sie ihre rechte Hand und streichelte ihm durchs Haar, wodurch er sich noch dichter an sie schmiegte wie eine Katze. Sie stoppte kurz, als er ihre Finger nahm und wieder an Ort und Stelle in Bewegung setzte. „Bitte nicht aufhören", flüsterte er.

Es war die zerbrechliche Seite, die sie immer erahnt hatte und sie war den Tränen nahe. Sie konnte nicht anders, als ihm weiter durchs Haar zu streichen und für ihn zu hoffen, dass er sich die Hilfe suchte, die er so bitter nötig hatte.

16 | Kalte Zweifel

enn du ihn nicht anzeigst, dann mach' ich das!", fuhr Rebecca sie wütend an und schlug auf den Tisch. Ihre Augen waren zu gefährlichen Waffen angespitzt und Selina glaubte ihr aufs Wort. Selina schielte kurz aus dem Gemeinschaftsraum, wo der Lehrling gerade eine Zwischenreinigung einlegte, während ihre Tante eine geschwätzige Kundin nicht loswurde. Dabei hatte sie bereits zwanzig Minuten überzogen. Zum Glück war heute weniger los gewesen, da der erste Wetterumschwung seinen Tribut gezollt hatte und dadurch Kundinnen wegen Erkältung kurzfristig abgesagt hatten.

„Lass es sein, Becca. Es ist ohnehin aus. Und damit du es weißt, er hat sogar angeboten, sich selbst anzuzeigen. Aber mir ist nun bewusst, dass ich nur einen Helferkomplex in Bezug auf ihn entwickelt hatte. Und ihm ist womöglich nicht zu helfen. Auch wenn es schade ist ... Ich mochte ihn ein wenig", gab sie beschämt zu und wusste, dass diese Meldung Rebecca noch mehr zum Toben bringen würde.

„Er ist gewalttätig, durchgeknallt, aggressiv und – um es mit deinen Worten auszudrücken – sozial inkompetent. Und selbst wenn dir dieser klitzekleine Gedanke nicht gekommen ist, du bist gewiss nicht sein einziges Fickhäschen. Also hoffe ich für dich, du meinst es ernst und hältst dich künftig von ihm fern. Egal, wie verdammt genial der Sex mit ihm war!"

Selina atmete gedehnt aus und lehnte sich zurück. „Ja, und falls dich das beruhigt: Ich habe auch schon ein neues Date am

Start. Der Typ scheint seriös zu sein und ich traue ihm sogar zu, dass er mehr als Freundschaft Plus sucht."

„Na Halleluja", kam es erleichtert von Rebecca, die sich die Hände über dem Kopf zusammenschlug und beschwingt auf der gelederten Sitzbank Platz nahm. „Gut, das aus deinem Mund zu hören. Denn in fünf Minuten kommt meine nächste Kundin und ich möchte mich nicht weiter darüber ärgern, sonst kann die Frisur nur in einem Desaster enden."

Selina musste daran denken, dass Rebecca dies tatsächlich einmal passiert war, als sie so aufgebracht und unkonzentriert gewesen war, dass die Kundin einen Gratis-Neuschnitt nach ihrem Service benötigte. Wohlgemerkt von einer anderen Kollegin. Daher grinste Selina breit vor sich hin und es war schön, wieder wie in alten Zeiten miteinander rumzualbern.

„Herr Steger! Was für eine nette Überraschung, sie hier zu sehen", erklärte Doc Mühsam viel zu überschwänglich, sodass René jetzt schon wusste, dieser Termin würde ihm den letzten Nerv rauben. Doch es war nötig. Es war unumgänglich und je mehr er darüber nachdachte, kam er zu dem Schluss, dass alle Wege zu diesem Therapeuten, der vor ihm saß, führen mussten.

„Kann ich von meiner Seite aus nicht gerade behaupten, aber aus gegebenem Anlass schätze ich, sollte ich Ihre Vertraulichkeit ernst nehmen und Punkte in meinem Leben abarbeiten."

Doc Mühsam rollte seine Unterlippe nach außen und wurde nun seriös. Er drehte sich um, um aus einem Karteischrank einen Akt zu holen und vor sich auszubreiten. Ohne ihn anzusehen, jedoch mit sehr verständnisvoller Stimme, fragte er: „Wollen Sie mir von dem Anlass erzählen?"

Was hatte er erwartet? Dass Selina auf ihn warten würde, er ihr beichten könnte, dass er sich nun zu einer regelmäßigen Therapie durchgerungen hatte und wieder mit ihr Sexfantasien ausleben wollte, ohne dass sie Angst vor ihm haben müsse? Es war vier Wochen her, sie hatte ihm weder geschrieben noch ihn angerufen. Wozu auch? Er hatte sie gewürgt! René presste die Augen zusammen, da er diese Bilder nicht aus dem Kopf bekam. Jenen Moment, als er ausgerastet war, nur weil sie seinem Wunsch, ihn mit dem Umschnallteufelswerk von hinten zu nehmen, Folge geleistet hatte. Sie hatte sich erniedrigt ohne Ende. Er hatte sie bereits gedemütigt, sie wie den letzten Dreck behandelt und ausgenutzt ... War noch etwas an negativen Eigenschaften, die in ihm wohnten, übrig, die er ihr noch nicht feierlich offenbart hatte? Und selbst diese verrückte Aktion, sich von hinten beherrschen zu lassen, hatte diesen inneren Dämon nicht besänftigen können, wodurch einmal mehr verdeutlicht worden war, dass nur noch professionelle Hilfe Erleichterung verschaffen konnte.

Warum konnte er sie nun also nicht endlich in Ruhe lassen und ihr die Chance auf eine zukunftsträchtige Beziehung geben? Immerhin wollte sie Freundschaft Plus und er hatte ihr nur Plus gegeben. Oder besser gesagt Plus, Plus, Plus. Aber sie verdiente mehr, dessen war er sich bewusst. Diese Frau hatte so viel Geduld und Herz für seine Person an den Tag gelegt, während er sich ihr gegenüber wie ein Tyrann verhalten hatte. Letztendlich hatte er exakt die Rolle seines Vaters eingenommen, die er stets so verachtet und verurteilt hatte. Und Selina spiegelte das Kleinkind wider, so wie René damals, als er alle Demütigungen in gutem Glauben über sich ergehen hatte lassen, weil er so überzeugt davon gewesen war, irgendwann Liebe als Preis zurückzuerhalten. Und ihm war nach den Gesprächen mit dem Therapeuten klar geworden, dass sie das auch bei ihm gesucht hatte: Geborgenheit, Schutz, Liebe und Aufmerksamkeit. Sie hatte perfekt in diese Opferrolle gepasst und war ihm dadurch ähnlicher, als es ihm lieb war. Selina hatte ihn nicht einmal angezeigt, obwohl er viel zu weit gegangen war. Erneut.

Daher hatte René sich selbst gestellt und war auf unbestimmte Zeit suspendiert worden. Die Folgen für seine WEGA-Anmeldung waren keine Überraschung gewesen. Natürlich trudelte eine Ablehnung herein. Jedoch mit dem netten Wortlaut: „Sie können sich zu einem späteren Zeitpunkt gerne erneut für eine Stelle bewerben."

Unerwartet wurde ihm bereits nach zwei Wochen auf dem Revier gesagt, dass nach Rücksprache mit dem Staatsanwalt der Prozess eingestellt worden war, da Selina seine Geschichte nicht bestätigen wollte beziehungsweise gemildert hatte. Sie hatte ihn also wiederholt in Schutz genommen, obwohl René es nicht verdient hatte und somit konnte er bald unbescholten seinen Dienst erneut antreten.

Wobei René an diesem Punkt nicht zu erwähnen brauchte, wie er nun von seinen Kollegen und sogar Untergebenen belächelt oder mit schüttelndem Kopf begrüßt und ausgegrenzt wurde. Er konnte für sich nur hoffen, dass sie mit der Zeit die Gerüchte vergessen würden und er die Stärke behielt, aus diesen Fehlern zu lernen und weiter an sich zu arbeiten. Zumindest durfte er seinen Posten behalten und war nicht herabgestuft worden.

Und nach allem stand er jetzt hier im stärksten Regen und betrachtete Selina glücklich lachend in diesem Restaurant sitzend, wo ihr augenscheinliches Date sich alle Mühe gab, ihr zu gefallen. Der Geruch von heißer Pizza zwang sich bei jedem Öffnen und Schließen der Eingangstür unweigerlich auf und sein aberwitziges Gehirn simulierte sogar, ihr heiteres Lachen zu hören. Obwohl der Regen alles um ihn herum geräuschvoll ummantelte.

Selina hatte sich fein rausgeputzt, trug Schmuck, den sie offenbar so liebte, war geschminkt und ihre Haare leicht gelockt. Und dieser Anblick schmerzte tief in seiner Brust. Wenngleich es das nicht tun sollte. Nicht durfte. René war zu weit gegangen und der Zahn der Zeit ließ sich nicht umkehren. Und vor allem: Sie war nicht sein und würde es nie werden.

René wusste, er war nun zum Stalker mutiert und machte sich erneut strafbar, als er dem vermeintlichen Pärchen zu Fuß bis zu ihrer Wohnung folgte. Exakt solchen Männern hatte er früher die Leviten gelesen, ihnen gedroht, sich besagten Frauen nicht weiter als einhundert Meter zu nähern und jetzt stieg er in deren Fußstapfen. Es war erbärmlich ...

Doch er wollte sicherstellen, dass es Selina gut ging, dieser Mann sie auf Händen trug und verwöhnte, wie sie es sich ersehnte und er selbst es in seiner eng geschnittenen Welt niemals hätte vollbringen können. Aber bei ihrer Wohnungstür angekommen, verschanzte René sich ums Eck, um bei einer Verabschiedung zu deuten, wie ernst es tatsächlich um die beiden stand. Immerhin war Selina stets erpicht darauf gewesen, René zu küssen. Nun bereute er es zutiefst, es nicht getan zu haben und womöglich diesem Unbekannten den Vortritt geben zu müssen. Auch wenn es nichts an der Tatsache geändert hätte, dass sie zusammen nur auf sexueller Ebene einig geworden wären.

Doch Renés aufgeregtes Herz erkannte, wie Selina einen ernsteren Ausdruck aufsetzte, den Mann lediglich freund-schaftlich auf die Wange küsste und ihm die Hand reichte. Dieser schien stocksteif zu werden vor Enttäuschung, was bei so einer schönen Beute, die ihm durch die Lappen ging, nachvollziehbar war. Dann nahm er es jedoch gefasst hin.

Renés Puls raste, da er erleichtert war, als er Zeuge wurde, wie sie ihm den Rücken zuwandte und den Schlüssel aus ihrer Tasche kramte. Denn mit dieser Geste schloss sich der Vorhang, zumindest sollte er dies, als der Mann Selina urplötzlich von hinten anfiel und zu sich heranzog. Innerhalb von Sekunden fuhren seine ungeduldigen Finger ihren Körper unsittlich ab und umschlossen gewaltvoll ihren Mund, der offenbar gerade um Hilfe schreien wollte.

Der Polizist in ihm schritt zur Tat, als René in vollem Tempo durch den Regen stürmte. Für ihn leuchteten die gierigen Hände des Angreifers rot auf, als sie sich unerlaubt unter ihren Mantel schoben und Selina sich mit aller Kraft dagegen zur Wehr setzte. Bei dem Schuft angekommen schlug René ihm mit einem gekonnten Kick in die Kniekehle, sodass er einsackte, um ihn dann mit einem Hebelgriff endgültig zu Boden zu zwingen. Gleichzeitig begann Selina aus voller Lunge zu kreischen. Ein paar Lichter gingen in den Wohnungen über ihnen an, doch keine Helfer eilten herbei, was auch nicht mehr nötig war, da René alles im Griff hatte.

Der Mann wimmerte in seiner Gewalt auf dem nassen Untergrund und wand sich vor Schmerz. René hatte große Lust, ihm für sein Verbrechen direkt ins Gesicht zu schlagen. Er spürte jedoch den bohrenden Blick in seinem Rücken, wodurch ein Wutausbruch nicht unbedingt versöhnlich oder gar kontrolliert rüberkommen würde.

„Was fällt dir ein, du Arsch!", lenkte René sich ab, zog den Angreifer hoch und kramte in dessen Mantel nach seinen Personalien. „Aha! Thomas Meierhofer, 17.08.1989. Das merke ich mir, Freundchen! Und jetzt entschuldige dich bei der Dame!", forderte er, während der Kerl gequält zu Boden starrte und ein „Entschuldigung" stammelte. Noch immer wagte René es nicht, Selina direkt in die Augen zu blicken, als er den Wüstling kurzerhand laufen ließ und dieser fluchtartig in die Arme der Dunkelheit verschwand. Leichter Dampf stieg vom

Asphalt auf, so kalt war der Regen und so erhitzt der Belag. Zu sehr erinnerte ihn diese Szene an seinen aktuellen Gemütszustand.

„Ich weiß, ich sollte jetzt dankbar sein, aber stalkst du mich?", hörte er Selina völlig aufgewühlt fragen.

Nun blickte er auf und sah sie mit vor sich verschränkten Armen an. Sie zitterte noch, solch ein Aufruhr durchfuhr sie und ihr Haar war bereits feucht vom Regen. Etliche Tropfen zogen Bahnen über ihren Herbstmantel.

Was soll ich nur darauf antworten?

„Es ist nicht so, wie es aussieht. Ja, ich habe dich über den Lovoo-Standort gefunden. Aber eigentlich wollte ich kommen, um mich dafür zu entschuldigen, was ich dir angetan habe und mich bedanken, dass du mich beim Staatsanwalt in Schutz genommen hast. Obwohl ich es nicht verdient habe." Sein Herz schlug fest gegen seine Brust, als sich ihre wütende Statur auflöste und sie ihre Deckung fallen ließ.

„Okay, das hast du ja jetzt getan. Sonst noch etwas?", fragte sie trocken, aber er konnte Traurigkeit und Enttäuschung in ihren Augen ablesen.

„Ich weiß, dass du etwas anderes wolltest", flüsterte er und räusperte sich dann, da er sich unmännlich vorkam.

Sie prustete gereizt durch die Nase. „Ach ja? Stimmt. Ich war so blöd in dir etwas Besonderes zu sehen. Ich hatte geglaubt, wenn ich geduldig wäre, dir Zeit gebe, dass du dich mir dann vielleicht öffnest …"

„Du hast ja gesehen, was passiert, sobald ich mich öffne", platzte es unverhofft aus ihm heraus, wenn auch zu energisch.

Ihm fiel augenblicklich so viel ein, was er ihr sagen musste, doch es war an ihr, sich zu äußern. „Sorry, ich wollte dich nicht unterbrechen." René deutete ihr freundlich an, weiterzureden und sie war überrascht, als erkenne sie neue Seiten an ihm.

„Ich weiß, wie dumm ich war, aber ich habe Gefühle für dich entwickelt. Wie ein räudiger Köter, der immer und immer wieder geschlagen wird. Ich hatte die irrwitzige Idee, dich auf irgendeine Art und Weise zu heilen oder zurück ins Leben holen zu können." Übertrieben und theatralisch bewegte sie ihre Finger um sich, als hätte sie magische Hände. Er war verwundert, wie feurig und emotional sie werden konnte.

„Ich wollte dir zeigen, wie schön mehr als nur Sex mit einer Frau sein könnte. Ich dachte, ich könnte Anschluss zu dir finden. Aber letztendlich habe ich wohl nur die Strafe gesucht, die ich ständig glaube zu verdienen."

Was? René sah sie perplex an, da er nicht verstand, worauf sie hinauswollte. „Wie meinst du das … du verdienst Strafe?" Er trat nun dicht an sie heran, doch sie wich zurück. Tränen bildeten sich in ihren Augenwinkeln und ihre Lippen bebten.

„Weil ich ein schlechter Mensch bin. Ich komme mir nun lächerlich vor, da ich mich dir gegenüber so angebiedert habe, danach gelechzt habe, um nur einen einzigen Kuss von dir zu bekommen. Ich hätte alles dafür getan. Weil ich mich unendlich danach gesehnt habe. Hast du überhaupt eine Ahnung, wie ich mich gefühlt habe?" René hatte den Eindruck, diesmal ließ sie Dampf ab und würgte ihm alles rein, was sie ihm immer schon hatte sagen wollen. Und er entschloss sich dazu, es über sich ergehen zu lassen. Zumindest das schuldete er ihr. Daher verneinte er ihre Frage.

„Wie eine Prostituierte! Kennst du zufällig den Film ‚Pretty Woman' mit Julia Roberts und Richard Gere? Da habe ich erfahren, dass in diesem Gewerbe keine Küsse erlaubt sind, um sich nicht zu verlieben oder sich auf den anderen intensiver einzulassen. Und genau so war es bei uns und das tat furchtbar weh. Verflucht weh!", fuhr sie ihn an, als sie nun bitterlich zu weinen begann, obwohl sie sichtlich dagegen ankämpfte. Selina lehnte sich gegen die Tür und René trat näher, für den Fall, sie stützen zu müssen, doch sie schob die Hände zwischen sie.

„Vielleicht habe ich es nicht verdient, mit einem Mann jemals wieder glücklich zu werden, weil ich eine verdammte Mörderin bin." Selina sackte in die Knie und René konnte das nicht mehr mit ansehen. Gegen ihren Willen hob er sie hoch und sah ihr ins Gesicht. Er versuchte, sie zu beruhigen, indem er zärtlich seine Daumen an ihre Oberarme auf und ab streichen ließ: „Was redest du da für einen Unsinn? Wen willst du umgebracht haben?", er schaute sie verspielt zweifelnd an, als würde er es ihr nicht zutrauen und kassierte dadurch einen Blick, der hätte töten können.

„Ich habe mein Baby abgetrieben, als ich meinen Ex mit meiner besten Freundin im Bett erwischt habe. Als er sich letztendlich auch noch für SIE entschieden hatte, bin ich ausgetickt und wollte ihn damit verletzen. Dabei war das ein kleines, wehrloses und unschuldiges Kind und ich habe es niedergemetzelt aus gekränktem Stolz!" Sie wurde hysterisch, wollte sich aus seinem Griff befreien und schlug mit ihren

Fäusten verzweifelt gegen seine Brust. Doch instinktiv konnte René sie nur gegen sich drücken und sachte im Arm wiegen. Ihre Hände kämpften weiter gegen ihn an, doch er bemühte sich, ihr Trost zu spenden. Ungebrochen streichelte er über ihren Rücken, bis sie letztendlich komplett ausbrach, weinte ohne Ende und die Abwehr ihm gegenüber aufgab. Selina fiel erschöpft in seine Umarmung und ließ sich treiben. Erst jetzt wurde René auch die Tragweite ihrer Beichte bewusst. Sie litt an der folgenschweren Entscheidung, die sie damals aus emotionalen Gründen beschlossen hatte und fühlte sich schuldig. Womöglich hatte sie sich auch nur deshalb mit so einem kaputten Typen wie ihm eingelassen, um letztendlich Buße zu tun ...

Diesem Wunsch musste sie auch nachgegangen sein, als sie ihn auf dem Bett getröstet hatte, obwohl er wenige Minuten zuvor ihre Kehle malträtiert hatte. Kein Mensch mit klarem Verstand hätte so reagiert. Wie gerne hätte René ihr nun zum Dank diese Bürde abgenommen und die tiefe, ätzende Wunde für immer geheilt. Aber zumindest wollte er mit Leib und Seele momentan für sie da sein.

René schloss die Augen und genoss die Stille, die nur durch die Regentropfen und ihr aufgebrachtes Herz durchbrochen wurde, um für sie der Fels in der Brandung zu sein.

17 | Verwundbarkeit

Als ein nervöses Aufhorchen durch den Friseursalon zog und sich beinahe alle Köpfe der Kundinnen wie eine Welle zum Eingang drehten, suchte auch Selina überrascht nach der Ursache für diesen Aufruhr. Nachdem sie gestern ungeplant ihr Herz bei René ausgeschüttet hatte, in seinen Armen versunken war und sich aus seiner tröstenden Mauer herausschälen musste, hatte sie nach einem gehauchten „Danke" nur flüchten können. Ihr war der Ausbruch unangenehm gewesen. Noch dazu hatte sie ihr dunkelstes Geheimnis bisher nicht einmal Rebecca anvertraut und da hatte es ihr ausgerechnet vor René rausplatzen müssen? Sie war so durch den Wind gewesen, dass sie mit den zitternden Fingern nicht einmal das Schlüsselloch gefunden hatte und René auch hier den Helden der Stunde hatte spielen können. Und nun?

Nun stand dieser Held in prachtvoller Polizeiuniform und einem in seinen großen Händen beinahe lächerlich wirkenden Blumenstrauß im Türrahmen. Wohlgemerkt während ihrer Dienstzeit, also konnte es nicht ungünstiger kommen! Noch dazu rätselten alle Anwesenden, was ein Polizist ausgerechnet in einem Laden suchte, in dem keine Männerhaarschnitte angeboten wurden.

Sein Blick schwenkte oberflächlich in die Runde, er nickte freundlich, nahm galant seine Tellerkappe ab und blieb schlussendlich mit den Augen an Selina haften. René schien zu analysieren, ob sein plötzlicher Besuch von ihr toleriert wurde.

Doch sie wusste auch, dass er sich nicht so rasch vom Fleck wegbewegen würde. Daher riskierte sie einen Seitenblick zu ihrer Tante, die nun zwischen dem Polizisten und ihr hin und her wechselte. Ihre rot gefärbten Locken standen ihr vor Stress zu Berge. Dann zog sie ihre Stirn genervt zusammen und formte ein stilles ‚Klär das gefälligst!'.

Durch den visuellen Ausflug zu Rebecca neben sich, die mit verkniffenem Gesichtsausdruck und einem wiegenden Kopf aufwartete, wurde klar, dass ihre Entscheidung ihrer Freundin jetzt schon missfiel. Doch Selina fühlte sich verpflichtet dazu, mit René zu reden. Vor allem nach der Sache von gestern Abend.

Sie lehnte sich zu ihrer Kundin hinab und entschuldigte sich für ein paar Minuten. Dabei wurde ihr im Spiegel gegenüber gewahr, wie verquollen ihre Augen noch immer aussahen und sie musste hart schlucken.

Mit einem Fingerdeut heftete sich René an ihre Fersen, um ihr bis in den kleinen Gemeinschaftsraum am rechten Ende des Salons zu folgen. Es war unvermeidlich, dass nun hinter ihrem Rücken das große Tuscheln begann, da die Kundinnen sich jetzt das Maul darüber zerrissen, was Selina nur angestellt haben könnte. Immerhin hatte dieser Polizist es eilig, sie zu sehen und Blumen dabei, die gewiss für sie bestimmt waren.

Sie ging bis zum Fenster und lehnte sich mit vor sich verschränkten Armen dagegen. Selina hatte sich bewusst dazu entschieden, sich nicht auf die gemütliche Tischbank zu setzen. Sie wollte nicht den Eindruck erwecken, er hätte massenhaft Zeit, sich zu erklären.

Verlegen und beinahe unbeholfen streckte René ihr den bunten Blumenstrauß entgegen, den sie nicht annehmen wollte. Sie war aufgrund seines Besuches zu aufgewühlt, was sein Besuch sollte. Doch er half sich selbst, indem er das Bouquet einfach auf den Tisch neben ihnen ablegte. Der betörende Duft verteilte sich schlagartig bis in den letzten Winkel des Raumes, als hätten er die Aufgabe, eine versöhnliche Grundstimmung zu verströmen.

„Wieder mittels Lovoo-Standortabfrage?", fragte sie etwas schnippisch und zügelte sich dann selbst. Sie hatte keinen Grund, ihn jetzt anzugehen, immerhin hatte er sich bisher benommen.

Er zog einen Mundwinkel in die Höhe, legte nun seine Tellerkappe auf den Tisch und wuselte sich durchs wirre Haar. „Ertappt. Wer hätte gedacht, dass diese App auch für etwas anderes gut sein könnte." Das verlegene Lächeln erreichte seine attraktiven Augen nicht und Selina brachte auf diesen Scherz hin nur ein knappes „Mmmhh" heraus.

„Ich sehe schon, das sollte ich künftig sein lassen." Er trat näher heran, sodass er nur noch eine Armlänge von ihr entfernt war und löste in ihr wie so oft ein Kribbeln im Unterbauch aus. Dieser tief greifende Blick, dieses Parfüm und seine gesamtes Auftreten bereiteten ihr Gummiknie.

„Was willst du hier, René?", fragte sie leise und erkannte, dass sie erneut weich wurde.

Er schindete Zeit, bis er erneut das Wort an sie richtete: „Das gestern Nacht hat mich nicht kaltgelassen. Ich … ich habe mir Sorgen gemacht und wollte wissen, ob es dir gut geht."

An seinem Blick konnte sie erkennen, wie ernst es ihm war und sie war berührt von seiner Besorgnis. Doch als sie sich nun äußern wollte, hielt er sie prompt davon ab. „Mir liegt es noch am Herzen, dir zu erzählen, dass ich mir ...", seine Gesichtszüge spielten verrückt, da er mit den Worten kämpfte. „Ich habe mir Hilfe geholt. Einmal wöchentlich führe ich Gespräche mit einem Spezialisten, um die Dinge aus meiner Vergangenheit verarbeiten und die Wutausbrüche dadurch besser kontrollieren und abbauen zu können."

Selina ließ ihre Arme sinken und war so erleichtert, dass unterm Strich alles dazu geführt hatte, dass er nun diesen Weg eingeschlagen hatte. Ihre Bemühungen waren also nicht völlig umsonst gewesen.

„Ich muss dir also in gewisser Weise auch in diesem Punkt dankbar sein. Denn wenn diese Sache ...", er biss sich in die Lippe und seine Augen wurden glasig. „Diese furchtbare Sache nicht passiert wäre, wäre ich wohl nie wachgerüttelt worden. Auch wenn es mir unendlich leidtut, was ich dir angetan habe."

Selina war so gerührt, dass ihr zum Heulen zumute war, doch sie legte ihre Hand vor ihren Mund, um die bebenden Lippen zu kaschieren. Als er dann noch einen Schritt näher kam und sie die Wärme seines Körpers auf sich ausstrahlen fühlte, stiegen wieder all die Emotionen in ihr hoch. Ihre Sehnsüchte, Wünsche und ihre Hoffnung, die er in ihr ausgelöst, aber nicht hatte befriedigen können.

„Ich freue mich so für dich, dass du die Stärke in dir gefunden hast", wisperte sie und war versucht, eine Hand nach ihm auszustrecken und ihn zu berühren. Doch sie zwang sich dazu, weiter Abstand zu bewahren.

Dann ließ er seinen Kopf nach vorne kippen, bevor er sie von Neuem eindringlich ansah. „Und noch etwas muss ich loswerden. Selina ... du bist kein schlechter Mensch."

Selina presste ihre Lippen fest aufeinander, als die Trauer wieder Besitz über sie ergreifen wollte. Er sprach von ihrem Geständnis über die Abtreibung und dieses Thema drückte sie zu Boden.

„Glaub mir. Ich sehe täglich schlechte Menschen und weiß, wie sie aussehen und was sie tun. Und du bist es definitiv nicht. Sei daher bitte nicht so streng zu dir selbst. Und vor allem: Vergib dir." Langsam legte er nun eine Hand auf ihre rechte Schulter und schon allein diese Berührung glitt durch ihren gesamten zitternden Körper.

Liebevoll schaute er sie an und neigte den Kopf. Kurz machte ihr Herz einen Satz, da die stille Hoffnung, dass er sie vielleicht nun endlich küssen würde, erneut entflammte.

„Wir wissen wohl beide, dass ich beziehungsunfähig bin und du pflichtest mir gewiss bei, dass ich ebenfalls ein beschissener Freund bin." Sein Lächeln wurde nun zu einem breiten Grinsen und brachte Selina dadurch auch zum Schmunzeln.

„Es reichte nur zum Plus", warf sie neckisch ein, worauf er nur beipflichtend nicken konnte und ergänzte: „Allerdings Plus, Plus, Plus."

Dann wurde er wieder ernster. „Was ich eigentlich sagen will, außer dass ich für die Erfüllung deiner Fantasien auch weiterhin zur Verfügung stehe – falls du dich traust ...", er hob fragend die Augenbrauen: „Ich bin für dich da, wenn du Hilfe benötigst. Egal, um was es sich handelt. Das sollst du nur wissen." Dann lehnte er sich direkt gegen Selina und setzte ihr einen warmen, liebevollen Kuss auf die Stirn, der für sie alles veränderte. Sie schloss die Lider und wollte diesen Augenblick für immer festhalten, denn ihr wurde bewusst, dass sie beide schon jegliche Körperflüssigkeiten ausgetauscht hatten, jede Öffnung bereits erkundet worden war, aber René sich dennoch nie so nahe bei ihr befunden hatte, wie gerade eben. Es fühlte sich an, als berührten sich ihre Seelen und verschmolzen dadurch zu einer. Selina war überwältigt.

Als er sich von Selina löste, glitt seine Hand von ihrem Oberarm zu ihren Fingern, um mit seinem Daumen sanft über ihre Haut zu streicheln. Er machte Anstalten, sich umzudrehen und zu gehen, doch alles in ihr schrie auf, es nicht zuzulassen. Sie ging ihm nach: „René?" Ihr Herz raste, ihr Atem lief einen Marathon und ihr Kopf versuchte verzweifelt, etwas Eloquentes, Passendes zu finden, es kam jedoch nur Folgendes über ihre Lippen: „Danke. Das bedeutet mir sehr viel."

Er lächelte sie ein letztes Mal an, setzte sich die Tellerkappe auf und verließ – allen Blicken der Frauen auf seinen Po geheftet – den Salon.

Selina fühlte sich versteinert, als er wie in Zeitlupe aus ihrem Sichtfeld verschwand. Nur am Rande hörte sie Rebecca ihre eigene Kundin vor sich überreden: „Glauben Sie mir, kürzer würde ihrer Gesichtsform nicht mehr schmeicheln. Gloria, unser Lehrling, wird Sie jetzt föhnen. Gloria?! Kommst du mal?"

„Aber, aber, Sie schneiden sie doch sonst auch kürzer ...", protestierte die Kundin fassungslos, als Selina bereits die Hände ihrer Freundin auf den Schultern spürte, die sie zurück in den Pausenraum schob.

„Bist du komplett irre? Das sah aber nicht nach ‚Es ist aus' aus! Was muss eigentlich noch passieren? Er schleppt einen mickrigen Strauß Blumen herein und du willst wieder die Beine für ihn breitmachen?"

Selina hätte nun automatisch genickt wie ein Wackeldackel, wenn sie nicht noch rechtzeitig die Kontrolle über ihren wie benebelten Körper und Verstand zurückerlangt hätte.

„Becca, ich weiß, du meinst es gut, aber es ist diesmal anders."

„Genau. Willst du das bei der nächsten Anzeige einem seiner Kollegen aufdrücken oder muss ich das dann in deinem Namen tun, da du auf der Intensivstation liegst?"

Eine Gänsehaut kroch über Selinas Rücken und sie schob ihre Freundin beiseite. Sie wollte so etwas nicht hören und vor allem nicht glauben.

„Er ist nicht gut für dich und vor allem nicht der Richtige. Was muss ich tun, damit ich es dir beweisen kann?", flüsterte sie ihr in den Nacken und nahm sie nun von hinten in den Arm. Selina schloss die Augen, roch Rebeccas florales Parfüm und dennoch ließ sie dieser magische Moment eben mit René nicht los. Immerhin schien er seine Fehler zu erkennen und an sich zu arbeiten. Womöglich verdiente er noch eine Chance. Eine allerletzte. Vielleicht taugte er ja doch irgendwann als Traumpartner.

„Ich werde ihn selbst testen, Becca", antwortete Selina und klopfte beschwichtigend auf die Hände ihrer Freundin.

18 | Gefährliches Spiel

*D*iesmal war sie es, die sich mit einer sexuellen Fantasie an René gewandt hatte. Als Selina ihn auf Lovoo aufgeklärt hatte, dass es immer schon ein heimlicher Wunsch von ihr gewesen war, einen Dreier zu probieren, war er so lange von der Idee angetan gewesen, bis sie ihm das klitzekleine Detail unter die Nase gerieben hatte, dass es hier um zwei Männer und eine Frau ging.

Ich verstehe nicht. Konnte ich dich bisher allein nicht gut genug befriedigen?

Selina lachte sich ins Fäustchen, denn sein Ego schlug nun wild um sich.

Nein, ich war überaus zufrieden, doch ich dachte, es ginge ausschließlich um Sex? Du willst doch keine Beziehung, führst dich aber dennoch gerade so auf, als wärst du eifersüchtig. Ist es etwa so?

Selina musste breit grinsen, denn sie konnte sich lebhaft vorstellen, wie ihm nun Dampf aus den Nasenlöchern schießen musste.

Keine Reaktion.

Dieser von Selina geäußerte Wunsch nagte offenbar an ihm, bis er es geschluckt, verdaut und wieder ausgeschieden hatte.

Wo denkst du hin? Gibt doch keinen Grund dafür. Wir sind zwei erwachsene Menschen und gehen unseren Gelüsten nach. Ich kreuze zwar mein Schwert nicht gerne mit einem anderen, aber ich bin nackte Männer um mich herum von den Trainingslagern her gewohnt. Wie wäre es, wenn ich einen für dich aussuche?

Bingo! Selina lachte auf. René war so berechenbar. Womöglich würde er nun einen hässlichen Hungerhaken vorziehen, damit sein Ego sich nicht zu leicht angeknackst fühlte. Mit hoher Wahrscheinlichkeit würde er hinter ihrem Rücken sogar Schwanzfotos verlangen, um ja keine Konkurrenz ins Bett zu lassen. Es war einfach zu köstlich und sie konnte es kaum erwarten, wie sich das Ganze noch entwickeln würde.

Gemäß ihrem Plan würde sie René vor die Wahl stellen. Wenn er sie haben wollte, dann ganz und gar mit allem, was dazugehörte. Also Küssen, Händchenhalten, gemeinsam in einem Bett zu übernachten – eine offenkundige und vor allem treue Beziehung. Jetzt, wo sie diese Punkte im Kopf aufzählte, begann sie wieder zu zweifeln, ob dies nicht etwas viel auf einmal wäre für einen Mann wie René, um sich in so kurzer Zeit zu ändern. Doch sie schob diesen Gedanken beiseite und schrieb:

Ich finde, da wir beide mit ihm klarkommen wollen, sollten wir ihn auch gemeinsam aussuchen. Ich klick' mich auf Lovoo durch und du für dich ebenfalls und dann schickst du mir deine Vorschläge. Wir werden uns schon einigen ;)!

Den zwinkernden Smiley ans Ende zu stellen, bereitete ihr besonders viel Vergnügen. Liebend gerne hätte sie noch ein Teufelchen oder ein Smiley mit ausgestreckter Zunge und Zwinkern angehängt. Doch sie sollte ihr Spiel nicht allzu offensichtlich gestalten. Egal, wie spaßig es für sie war.

Die Wahl des zweiten Mannes entwickelte sich als lange, nervenaufreibende Zerreißprobe. René wollte bei ihren Vorstellungen einfach nicht nachgeben. Sie sah jedoch nicht ein, warum sie einen Kerl an sich ranlassen sollte, vor dem sie sich bereits bei einem Blick auf sein Foto ekelte.

Letztendlich hatte sie ihm angedroht, diese Fantasie auch ohne seine Hilfe ausleben zu können. Immerhin war es eine Leichtigkeit, zwei Interessenten aus dem Lovoo-Meer herauszufischen ... und siehe da! Plötzlich – wenn auch murrend – stimmte er ihrer Wahl zu. Was zudem ein Beweis dafür war, dass sein Herz für sie schlug, da er es nicht erleben wollte, dass sie Sex ohne ihn hatte.

Die Wahl war auf Martin gefallen. Einen blonden Sonnyboy von gerade einmal 26 Jahren. Er war natürlich durchtrainiert, konnte Bauchmuskeln vorweisen und sein Lächeln ließ Frauen gewiss reihenweise umfallen. Also genau DER Richtige für Renés Prüfung.

Als Spielort hatte Selina diesmal ein elegantes Stundenhotel ausgewählt, da sie sich einig waren, dass es eine einmalige Sache bleiben würde und es für einen Fremden keine Einsicht in ihrer beider Privatleben geben sollte.

Merkwürdig, dass dies bei ihrem ersten Treffen keine Rolle gespielt hatte ...

René lief vor dem schneeweißen, einladenden Himmelbett mit vor sich verschränkten Armen auf und ab. Sogar der weiche Teppichboden war steril weiß, als würde es sich hier um heilige Hallen handeln. Lange würden sie wohl nicht unbefleckt bleiben, wenn es nach Selinas Plänen ging. Ihm schmeckte diese Idee eines Dreiers mit einem anderen Mann kein bisschen.

Daher hoffte er inständig, dass der Typ bei seinen Fotos auf Lovoo viel mit Photoshop und Filtern nachgeholfen hatte. Denn schon allein wie Selinas Augen zu glänzen begonnen hatten, sobald sie seine Pics anschmachtete, hatten bei René Gift und Galle hochkommen lassen.

Hoffentlich stinkt er, ist kleiner als sie oder bekommt keinen einzigen intelligenten Satz raus, eiferte er genervt. Während er am Rande mitbekam, wie Selina sich vor einem großen Spiegel nervös die Dessous unter ihrem seidenen hauchdünnen Mantel zurechtzupfte und Parfüm nachlegte.

Sie hat für diesen Waschlappen sogar Lippenstift aufgetragen! Lippenstift! Für ihn! Ihm platzte fast der Kragen und er musste an die Worte von Doc Mühsam denken, der ihm erklärt hatte, dass es in seiner Macht lag, Dinge zu verändern. Vor allem mit der Einsicht, dass er nicht so werden wollte wie sein Vater. Und allein dieser Gedanke ließ ihn in seinem Trott langsamer werden.

„Und? Wie sehe ich aus?", freudig und zappelig strahlte Selina ihn an, während sein Blick über dieses wunderschöne Gesicht, die prallen Brüste hinab zum zarten Slip glitt. Ihm lief bereits das Wasser im Mund zusammen.

„Ganz okay", presste er aus sich heraus, da die Anspannung so groß war und er hoffte, der Sonnyboy würde kalte Füße bekommen. Somit hätte er freie Bahn, Selina aus mitfühlendem Verständnis heraus seinen Trost anzubieten und jedes der weitläufigen Zimmer nacheinander mit ihr einzuweihen.

Was für eine herzensgute Geste wäre das von mir, grinste René bei dieser Fantasie. Doch dieser verhasste Martin war bereits beim Schriftverkehr und am Telefon Feuer und Flamme gewesen. Er hatte immer wieder betont, dass er sich um Selina auf besondere Art und Weise kümmern würde, alles daran setzte, diese Nacht zur besten ihres Lebens zu machen. Allerdings intonierte er ebenso, dass er keinerlei homosexuelle Neigungen pflegte und es verbat, dass René ihn betatschte, küsste oder ihm gar an den Schwanz fasste.

Als er diese Andeutung am Telefon vernommen hatte, wäre René beinahe durch den Hörer gesprungen und hätte den Idioten erdrosselt.

Wie konnte er überhaupt nur annehmen, dass ich bi-gepolt wäre? Ich!? René ging erneut das Geimpfte auf, er rieb sich mit beiden Händen übers Gesicht, in der Hoffnung, sich zu beruhigen, als ein festes Klopfen an der Tür das Warten durchbrach.

„Er ist da!!! Ich bin ja so aufgeregt!" Selina schlang sich den Gürtel um den Mantel, um ihn zu schließen. Dann sprang sie komplett aus dem Häuschen zur Tür, was René unverständlicherweise einen Stich in die Magengrube versetzte. Als sie die Tür öffnete, bröckelten all seine stillen Gebete dahin. Dieser Widersacher strahlte geradezu vor lauter Charme und Deodorant. Wie geleckt und frisch rasiert nahm er galant Selinas Hand und setzte einen Kuss à la Romeo darauf.

René sah sich in Gedanken zu einem Amboss mutieren, der ihn an Ort und Stelle in den Boden rammte. Ihm wurde heiß und seine Brust schwoll wie automatisch an. Ganz von allein richtete er sich mehr auf und ließ seine Schultern breiter zur Geltung bringen. Und als dieser Martin hereinspazierte, als wäre es das Natürlichste auf der Welt, wollte René ihn eigentlich, anstatt dessen freundliche Begrüßung zu erwidern, ihn geschmeidig mit einem festen Tritt hinauszubefördern.

„Freut mich", presste René durch zusammengebissene Zähne und mit einem aufgesetzten Lächeln hervor.

„Es ist mir eine Freude. Seid ihr eigentlich ein Paar oder ist die Lady grundsätzlich noch zu haben?", flirtete dieser Lackaffe sie an und zwinkerte ihr zu, was bei Selina rote Wangen auslöste wie bei einem schüchternen Schulmädchen.

Hey, wollte René ihr zurufen, um sich wieder einzukriegen. *Das ist ja nicht mit anzusehen!*

„Nein, wir sind beide Single", beantwortete sie seine unverschämte Frage, wobei René den Eindruck gewann, Martins Hose habe gerade entzückt gezuckt.

Wichser!

Konzentrieren Sie sich, Herr Steger, pfuschte nun Doc Mühsams Stimme dazwischen und René versuchte es, so effizient es eben ging.

„Gut, wollen wir anfangen, oder sollen wir erst etwas trinken, um warm zu werden?" Martin rieb sich gefällig mit breitem Grinsen die Hände und sah abwechselnd zu Selina und dann zu René. Er trug ein extravagantes, gemustertes Hemd und modische Jeans im Bikerlook und auch in diesem Punkt konnte René nur nochmals für sich betonen: Er hasste diese Schmalzlocke!

„Also, mir ist es gleich, wobei ich sehr nervös bin und wir es langsam angehen sollten." Selina verknotete ihre Finger ineinander und konnte ihre Augen offensichtlich nicht von Martin abwenden.

„Wie habt ihr euch das denn vorgestellt? Beide Männer hintereinander oder …?"

„Hintereinander!", platzte es aus René heraus, während Selina zeitgleich „Gleichzeitig!" ausrief. Die Blicke wurden nun gegenseitig gewechselt und Martin lachte amüsiert auf: „Okay, ihr habt das noch nicht ausgemacht, aber ich würde vorschlagen, da die Lady zwei Männer bedienen muss, sollte sie entscheiden. Also gleichzeitig, liege ich richtig?"

Selina sah zuerst zu René, und er gab sich Mühe, ihr ein ‚Kommt nicht infrage!' anzudeuten, aber nach kurzem Zögern hob sie stolz ihr Kinn und nickte.

Verflucht! René schritt nun direkt zu Martin und verschränkte die Arme, um seinen Bizeps zur Geltung zu bringen, doch sein Kontrahent ignorierte diese Geste gelassen, was René noch mehr auf die Palme brachte.

„Und … Wenn dem so ist …", Martin hob neckisch eine Augenbraue und ließ Selina nicht aus den Augen. „Ich weiß, die Frage ist etwas prekär, aber: Willst du mich oder ihn anal?"

Renés Herz pumpte eindeutig zu viel Blut durch die Venen, denn er stand wie auf glühenden Kohlen. Unweigerlich musste er seine Hände zu Fäusten ballen, bis ihm gewahr wurde, wie das auf Selina wirken würde. Rasch versteckte er sie hinter seinem Rücken, bevor er sie beunruhigen, sie ihn unmissverständlich rausschmeißen und dann den Typen allein vernaschen würde.

Nur über meine Leiche!, posaunte sein Ego, was nicht gerade hilfreich war. Denn René wollte diesen Martin weder vorne noch hinten in sie reinpumpen sehen, doch er musste endlich das Maul aufmachen: „Ganz klar, der kleinere Schwanz hinten!"

„René!", rutschte es Selina empört heraus, sie rollte mit den Augen und musste dann lachen, wobei dieser Martin auch mit einfiel.

„Na ja, wie auch immer, ich bin für alles offen", erklärte Martin – wie sollte es anders sein! –, strich sich lässig seine goldene Mähne zurück und trat dann langsam auf Selina zu. Zum ungünstigsten Zeitpunkt löste sich ihr Seidengürtel und offenbarte ihre atemberaubenden Dessous. René schritt nun ebenfalls näher heran, als er Zeuge wurde, wie dieser Charmebolzen seine Hand nach ihr ausstreckte, um seine schmutzigen Griffel auf ihr Gesicht zu legen. „Du bist unglaublich heiß und ich hätte nichts dagegen, wenn wir anfangen und ihn erst mal zusehen lassen."

WAS?!

Doch bevor René protestieren konnte, nickte Selina, die wie gebannt auf dessen Antlitz starrte, als er sich ihr nun näherte und einen Arm um ihre Taille wickelte. Mit einem Ruck zog Martin sie dicht heran, wodurch sie zuerst die Augen aufriss und dann dahinzuschmelzen schien, als er es wagte ... seine ekligen Schlauchlippen auf die ihren zu legen. Er hauchte so leicht über ihre, als würde er sie zum Tanz auffordern, als Selina ihre Lippen aufgrund dieser dreisten Einladung teilte und René genau erkannte, wie ihre Zunge sich in seinen Mund verirrte.

Das ist genug!

„Okay, Leute, ich kann mir das nicht länger ansehen. Ich wünsche euch viel Spaß, ich bin raus!"

19 | Wenn Gier um sich schlägt

„Wie bitte?", warf Selina irritiert ein, während Martin lapidar „Okay, kein Problem" entgegnete und seine Hände nun unter ihren Mantel gleiten ließ. Natürlich war ihr nicht verborgen geblieben, wie verkrampft und brummig René dagestanden hatte seit dem Moment, als Martin den Raum betreten hatte. Aber eigentlich hatte sie eine komplett andere Reaktion erhofft.

René lief doch tatsächlich mit großen Schritten zur Tür, ohne sich auch nur einmal umzudrehen. Wie gebannt starrte sie ihm nach und ignorierte die stimulierenden Versuche von Martin. Aber an der Tür angekommen, sah sie, wie Renés Schultern sich vor Aufregung hoben und senkten. Er zögerte. Er legte seine Hand auf die Türschnalle und Selinas Herz rutschte ihr in die Hose. Hatte sie zu hoch gepokert? Sich in ihm getäuscht?

Doch plötzlich drehte René sich um, lief zurück zu ihnen und brüllte Martin an: „Ich habe es mir anders überlegt, du verschwindest und ich lege sie flach!" Mit einer Hand deutete er unmissverständlich zum Ausgang und seine Augen drohten vor Wut beinahe aus den Sockeln zu springen. Eine Ader an seiner Schläfe trat deutlich hervor und auch die Anspannung in seinen Schultern war auf drohenden Kampf gepolt.

Wie elektrisiert ließ Martin Selina los und brachte Abstand zwischen sie beide. Mit aufgebenden Händen erklärte er: „Oh Mann, ihr seid ein durchgeknalltes Pärchen!" Doch dann nahm er seine Beine in die Hand und verließ mit einer Mega-Beule in der Hose das Hotelzimmer.

Mit offenem Mund starrte Selina René an, dessen Statur nun wieder zu schrumpfen schien.

„Was sollte das?", musste sie loswerden und schüttelte den Kopf. Nun wollte sie es genau wissen und hoffte, er wäre Manns genug, es laut auszusprechen.

„Ist das nicht offensichtlich?" Mürrisch und mit mahlendem Kiefer fixierte er sie kampflustig. Selina bereitete sich längst auf einen inneren Freudentanz vor. Würde er nun zugeben, dass er mehr als nur Sex zwischen ihnen sah?

„Mich törnt Sex mit einem zweiten Mann einfach nicht an."

Diese Antwort war wie ein Kübel kaltes Wasser mitten ins Gesicht.

„Das ist alles? Mehr hast du zu deinem Verhalten nicht zu sagen?" Selina war enttäuscht, faltete den Seidenmantel wieder blickdicht und knotete den Gürtel demonstrativ fest zu, da René bereits Stielaugen bekam.

„Nein, und wenn du willst, mache ich mein Versprechen nun wahr und lege dich auf der Stelle flach."

Ärger stieg in Selina auf, weil sie offenbar wieder Hoffnung an ihn verschwendet hatte.

„Nein, danke. Es ist mir vergangen." Selina wollte sich abwenden, doch er hielt sie mit festem Griff zurück. Aber allein ein Blick von ihr genügte, dass er wie elektrisiert von ihr abließ.

„Sag, was du eigentlich sagen willst!" Der Satz begann wütend, glitt aber dann in Renés Kontrolle zurück.

„Ich hoffte, dass du dir eingestehst, dass da mehr als Sex zwischen uns ist. Dass du Gefühle für mich entwickelt hast.

Dachte ich zumindest." Selina tat das Herz weh bei dieser Offenbarung.

René riss die Augen auf.

„Denn ich will mehr als Sex mit dir. Ich möchte eine Beziehung aufbauen, so dumm dieser Gedanke scheinbar war. Doch du scheinst nicht die Eier zu haben, dazu zu stehen." Sie wusste, dass sie nun aufbrausend wurde, doch die Emotionen gingen mit ihr durch.

„So, ich möchte, dass du nun Tacheles mit mir sprichst! Habe ich mir das eingebildet oder ist da mehr? Und wenn ja, verdammt, dann sag es, ansonsten bist du mich ein für alle Mal los!" Ihr Herz schlug ihr bis zum Hals und sie spürte, wie ihr Blut aufgeregt durch den Körper geschickt wurde.

Vor ihren Augen wurden seine Gesichtszüge weicher und Selina hoffte, es läge nicht daran, dass er nun Worte zusammenstoppelte, die ihr nicht wehtun sollten.

„Ich glaube nicht, dass es in meiner Macht steht, eine Frau glücklich zu machen. Zumindest nicht außerhalb der horizontalen Position. Mir wurde das eindeutig nicht in die Wiege gelegt."

Was für eine faule Ausrede!

Enttäuscht wandte sie sich ab und überlegte, ins Bad zu gehen, wo sie ihre Umziehsachen aufbewahrt hatte. Die ersten Tränen kündigten sich an und sie wollte René nicht zeigen, wie verletzt sie war.

„Bitte, Selina. Ich wünschte, es wäre anders."

„Ach, erspar mir die Floskeln! Der Einzige, der etwas daran ändern kann, bist allein du. Du willst es einfach nur nicht, oder ich bin es nicht wert. Und komm mir jetzt nicht wieder mit: ‚Es sei zu deinem Besten!' Lass es meine Entscheidung sein, was gut für mich ist und was nicht. Ich würde dich wählen, selbst getreu dem Wissen, dass es nicht einfach werden würde." Den Vortrag hatte sie ihm auf dem Weg ins Bad gehalten, da sie spürte, wie René an ihren Fersen klebte. Die letzten Worte waren regelrecht aus ihr herausgebrodelt, als sie ihm mitten in dem prunkvollen Marmorbad mit goldenen Armaturen von Angesicht zu Angesicht gegenüberstand.

Als er nun ganz dicht an sie herantrat, nutzte er wieder ihre Schwäche aus. Er strich eine Haarsträhne über ihre Schulter und brachte sie zum Erschaudern. Mehrfach sah er nun zu ihren Lippen und dann tief in ihre Augen.

„Du willst das tatsächlich, oder?", hauchte er und sie konnte nur nicken. „Warum setzt du so viel Vertrauen in mich?"

„Weil ich noch nie so intensiv für jemanden empfunden habe wie für dich. Mir ist das erst so richtig bewusst geworden, als du letztens mit Blumen im Salon aufgetaucht bist."

Er zog nun schmunzelnd einen Mundwinkel in die Höhe. „Du bist gnadenlos."

„Da kannst du Gift drauf nehmen. Ich hatte einen sehr strengen Lehrer." Ein kurzes Lächeln gönnte sie ihm, als er nun seine Hand in ihren Nacken legte und sie langsam heranzog.

Oh mein Gott! Passiert das wirklich?

Übereifrig schloss sie die Lider, als Renés Atem über ihr Gesicht strich und sich jede Millisekunde viel zu lange anfühlte. Sie wollte ihn so sehr. Die stille Bitte formte sich immer und immer wieder in ihrem Verstand, bis er endlich die letzten

Zentimeter überwand und seine Lippen auf ihre legte. Ein warmer Rausch durchflutete Selina, als René nun den zweiten Arm um sie schlang und sie verlangend zum Kuss heranzog. Ihre Glieder wurden schwach, sie fühlte sich schwindelig und ließ sich von dieser atemberaubenden Erfahrung mitreißen.

Sein zärtliches Zungenspiel wurde fordernder, bis sein Mund ihre Lippen teilte und René eindrang. Ein erlösender Seufzer floh aus Selinas Kehle, ihre Knie wurden weich, sodass sie heilfroh war, bereits von ihm festgehalten zu werden. Ein Glücksgefühl breitete sich in ihrer Mitte aus und sie wusste, das Warten und Kämpfen hatte sich schlussendlich gelohnt. Als er sich langsam von ihr löste und dann seine Stirn gegen ihre lehnte, schien ihre Welt das erste Mal komplett zu sein.

„Was auch immer das zwischen uns wird ... Ich möchte nicht darauf verzichten, da du schon jetzt ständig in meinen Gedanken bist. Egal, wie gerne ich es leugnen würde. Aber ich kann nichts versprechen." Er hielt sie im Genick und seine Augen trugen die Wahrheit, dass er es versuchen würde. Und das reichte ihr. Daher löste sie unter seinem wachsamen Blick ihren Gürtel und ließ langsam die Hüllen fallen.

„Na dann, streng dich an", hauchte sie lasziv und klimperte mit den Wimpern.

„Gerne, aber zuerst müssen seine dreckigen Fingerabdrücke runter." Wie von Sinnen zog René sich seine Jeans, sein Shirt, Pants und Socken aus und verstreute sie unachtsam in alle Ecken. In der nächsten Sekunde packte er Selina samt der Dessous, warf sie über seine Schulter, um sie mit sich unter die Dusche zu zerren. Sie quietschte vergnügt auf, als er das warme

Wasser freigab und sie in einer engen Umarmung aus Verlangen und Lust gefangen nahm. Das rauschende Wasser duellierte sich mit seinen forschenden, warmen Händen und das betörende Gefühl der Feuchtigkeit steigerte ihrer beider Lust ins Unermessliche. Selina hatte in ihrem ganzen Leben noch nie etwas so sehr gewollt, als hier und jetzt von diesem Mann in Besitz genommen und festgehalten zu werden.

Noch war es Selina nicht bewusst, dass es der zärtlichste, schönste und intensivste Sex mit ihm werden würde, den sie je erleben durfte.

20 | Seelenstrip

Als Selina sah, wie René sich aus dem Bett rollte und am Boden nach seiner Kleidung fischte, zog sich ihr Magen krampfartig zusammen. Eine Kälte drohte über sie hinwegzufegen, wodurch sie sich automatisch das Laken höher bis zum Kinn zog.

„Hast du vor, dich hinauszuschleichen? Das Zimmer ist doch für die ganze Nacht gebucht", flüsterte sie und hatte bereits jetzt Angst vor der Antwort. War der kühle, brummige und distanzierte Teil in ihm wieder an die Macht gelangt? So wie Dr. Jekyll und Mr. Hyde?

René fädelte sich gerade in seine Pants, als er verunsichert zu ihr hin blickte. „Es hat nichts mit dir zu tun. Ich bin das einfach nicht gewohnt, noch dazu in einem quasi fremden Bett." Er balancierte nun auf einem Bein, um das andere in einen Socken zu stecken. Deswegen zuckten seine Muskeln nervös und es war unmöglich, René dabei nicht anzustarren.

Selina richtete sich im Bett auf und verschränkte die Arme vor ihrer Brust. „Weißt du, wenn du wirklich auf die Zeit mit mir nicht verzichten willst, reicht es nicht aus, mich auf die Lippen zu küssen und mich ins Delirium zu vögeln. Es bedeutet auch, sich nahe zu sein. Und ich für meinen Teil würde mich nach so einer heißen Aktion mal zur Abwechslung über Kuscheln und in deinen Armen einschlafen sehr freuen."

René hielt inne, massierte sich den Nacken und stieß angestaute Luft aus der Nase. Sein gesamter Oberkörper war angespannt. Es war offensichtlich, dass ihm dieses Verhör unangenehm war. Dann kam er zu ihrer Betthälfte, setzte sich zu ihr und streichelte ihr über die Wange. Und Selina mochte seine Antwort jetzt schon nicht.

„Ich bin aber nicht diese Art von Mensch und ich weiß nicht, ob ich das werden kann."

Selina wurde wütend und hielt ihn davon ab, wieder aufzustehen und zu gehen. Ihre Hand war fest um sein Handgelenk gekrallt. „Das kann ich leider nicht gelten lassen, da du es kein bisschen versuchst. Was ist schon dabei, sich mir zu öffnen und sich einmal fallen zu lassen? Und damit meine ich ohne Umschnalldildo." Sie zwinkerte ihm zu und schmunzelte ihn an, da sie hoffte, so den Ernst aus der Situation zu nehmen. Doch er bemühte sich ungemein, ihrem Blick nicht standzuhalten.

„Wovor hast du Angst? Oder was ist nur mit dir passiert, dass du dich niemandem anvertrauen willst?", flüsterte sie und sah, wie er sich mehr und mehr verkrampfte.

„Ich habe nicht vor, über dich zu urteilen oder dich zu verletzen. Klar, man kann nie versprechen, dass bei einer Beziehung nichts schiefgeht oder sie eines Tages zerbricht, aber das ist kein Plan oder Vorsatz. Dennoch ist es immer wert, dafür zu kämpfen, denn es kommt so viel zurück. Vor allem Liebe, wenn man es zulässt." Sie konnte es nicht verhindern, emotional zu werden, ließ nun den Druck auf seinem Gelenk schwächer werden und streichelte ihm stattdessen über die Hand. Nun sah er sie traurig an. Es war ein Blick, den sie bei ihm noch nie gesehen hatte.

„Wovor ich Angst habe, willst du wissen? Davor, zu werden wie mein Vater. Davor, unfähig zu sein, zu lieben, ohne zeitgleich die Hand zu erheben. Denn nichts anderes habe ich von ihm gesehen oder gelernt."

Renés Atem ging rasch und Selina lehnte sich nun direkt zu ihm, um sein Gesicht mit beiden Händen sanft zu umfassen. „Bitte rede dir das nicht ein. Dadurch, dass du weißt, dass es falsch war, was er getan hat, kannst du es richtig machen. Er steckt zwar in deiner DNA und deinem Blut, aber nicht in deinem Kopf oder Herzen. Darüber hast nur DU die Macht."

Seine Stirn lehnte sich nun gegen ihre und er schloss die Lider. „Gerade du hast bereits erlebt, wie ich bin, wenn ich die Kontrolle verliere. Das ist nicht gerade die Art Mann, die man lieben kann. Womöglich war das auch der Grund, dass mein Vater mich regelmäßig mit dem Ledergürtel blutig geschlagen und meine Mutter grün und blau geprügelt hat. Aber er war intelligent genug, sie nicht so stark zu verletzen, dass sie ins Krankenhaus musste oder nicht arbeiten konnte. Mich hat er einfach ein paar Tage wegen Krankheit von der Schule genommen, was so oft vorkam, dass die Mitschüler mich als Schwächling und Hypochonder abgestempelt hatten. Ich war ständig in Schlägereien verwickelt und musste mich immer wieder durchsetzen … Es ist schlichtweg ein Wunder, dass ich es überhaupt so weit gebracht habe." Nun sah er sie abermals an und hatte glasige Augen. Da er offenbar nicht wollte, dass sie es sah, löste er sich von ihr. Doch Selina ließ nicht locker, robbte sich aus dem Laken, um sich rasch auf seinen Schoß zu setzen, damit er nicht flüchten konnte. Dann nahm sie ihn innig in den

Arm. „Es tut mir so leid, zu hören, was dir widerfahren ist. Da du dir aber Hilfe gesucht hast und weißt, dass du an dir arbeiten musst, ist der erste Schritt aus dem Teufelskreis bereits getan. Und ich glaube fest an dich! Und ich vertraue dir, dass du mir so etwas nie wieder antun wirst."

Dann löste sie sich von ihm und spürte, wie nun seine Hände über ihre nackte Haut glitten und sie zu sich zogen. Er musste nichts sagen, diese Geste sagte bereits so viel: danke.

„Ich würde mich sehr darüber freuen, wenn du mit mir hier übernachtest. Falls es dir schwerfällt, kann ich dich nicht aufhalten, aber jeder Schritt bringt dich weiter."

Er brummte etwas in ihren Nacken, was unheimlich kitzelte und sie musste lachen.

„Auf deine Verantwortung hin. Und in Anbetracht dessen, dass du splitterfasernackt bei mir liegst und ich deshalb gerade wieder einen Ständer bekomme, kann ich nicht dafür garantieren, nachts nicht wieder über dich herzufallen. Könnte also wenig Schlaf bedeuten", raunte er und erzeugte ein Kribbeln in ihrem Unterbauch. Sie liebte seine festen Hände an ihrem Rücken, diesen Besitzanspruch, den er hegte, seine warme Haut und seinen Geruch. Daher schmunzelte sie ihn keck an, weil sie mit dieser Warnung sehr gut leben konnte.

„Ich trage dieses Risiko nur allzu gerne."

21 | Unerbittlicher Test

„*H*ey, ist das ein Lächeln? Das ist ein unnatürliches Phänomen bei dir. Muss ich mir Sorgen machen? Soll ich Doc Mühsam holen?", witzelte Volker am Beifahrersitz, doch es konnte René gar nichts anhaben. Denn ja, er fühlte sich auf eine Art beflügelt, oder gar high. Seine Mundwinkel waren außer Kontrolle und er konnte nicht aufhören, an die letzte Nacht zu denken. Zuerst hatte er es sich nicht vorstellen können, so verschwitzt und mit jeglichen Körperflüssigkeiten bedeckt liegen zu bleiben. Oder noch schlimmer: sich unter diesen Lacken von ihren langen Beinen und Armen gefangen nehmen zu lassen. Und zwar die ganze Nacht lang. Ihr Haar hatte ihn im Gesicht gekitzelt, ihr leiser Atem war stets zu hören gewesen und ihre Finger hielten ihre Arbeit aufrecht, auch während sie schlief an seiner Haut entlangzustreicheln. Es war so verflucht ungewohnt ... Er hätte schwören können, dass an Schlaf in dieser Situation für ihn nicht zu denken wäre. Doch stattdessen war er dahingedriftet wie ein Schmetterling im Kokon. Selinas Duft war wie ein Beruhigungsmittel gewesen; sie bei sich zu spüren, gab ihm Frieden und ihr breites Lächeln nach den multiplen Orgasmen war ihm fest im Gedächtnis geblieben, als er eingeschlafen war. Und nun? Er war glücklich.

Noch immer wusste er nicht, was das zwischen ihnen war oder werden würde. Doch um sein Gehirn nicht unnötig länger mit Fragen zu quälen, beließ er es bei der Tatsache, dass es ihm gefiel. Und Punkt.

„Erde an René? Das ist ja beängstigend."

„Schon gut, lass uns das Thema wechseln", schmunzelte René nur und tat ganz mysteriös.

„Thema wechseln? Ich wusste nicht, dass wir eines hatten. Sag mal … kann es sein, dass es dich erwischt hat? Ich meine, ich hätte es dir niemals zugetraut, aber dieses dusslige Grinsen haben sonst nur die Chicks, die du unter dir vergraben hast."

René lachte auf: „Erstens, falls du von der Grippe sprichst, nein, ich bin gesund. Und zweitens, wie willst du wissen, wie die Frauen bei mir im Bett aussehen?"

Volker stieß ihm mit dem Ellenbogen in die Rippen, sodass René gerade noch das Lenkrad stabilisieren konnte. „Hey! Nicht während der Fahrt!", protestierte René halbherzig und musste unweigerlich an Selinas Lächeln denken. Er kam sich schon etwas albern vor und schob den Gedanken beiseite. Es musste auch anderes geben und sein Leben normal weitergehen.

„Na ja, was auch immer … Ich finde die Entwicklungen übrigens sehr gut. Zuerst Doc Mühsam und nun eine extrem entspannte Haltung. Gut, dass es läuft."

Obwohl René es nicht offen zugeben wollte, pflichtete er Volker bei. Er war auf einem guten Weg. Auf einem sehr guten.

René war auf positive Weise ausgelaugt. Etwas, was ihm kaum passierte, wenn er den Dienst beendete. Es war 18:00 Uhr und mit vollgefüllter McDonald's-Tüte, einem Stellkarton für seine Coke und dem Milchshake bewaffnet, verließ er den Fast-

Food-Tempel. Wie immer gingen ihm die Passanten wohlweislich aus dem Weg, sobald sie seine Tellerkappe und die Uniform erkannten. Es war ein merkwürdiges Phänomen, dass Leute bewusst wegsahen, rascher gingen oder einen großen Bogen um ihn machten. Ob es Respekt oder die Angst war, irgendetwas zu verbocken, bevor überhaupt etwas passiert war, konnte er nicht sagen, aber mittlerweile war er es gewohnt. In gewisser Weise befürwortete er dieses Verhalten sogar, da er nicht zur geselligen Sorte gehörte und lieber für sich allein war.

Doch diesmal war es anders. Eine junge Dame dürfte es eilig gehabt haben und war direkt beim Eingang quasi in ihn hineingelaufen. Sein voller Milchshake donnerte zu Boden, lief aus, während die Coke sich auf seiner Brust ergoss. Erschüttert starrte die junge Frau René an, als sie auch schon am Polizeiemblem an seiner Brust hängen blieb. Ihr Kiefer klappte wie in Zeitlupe auf und sie schob ihre Hände vor ihren geschockten Mund.

„Oh mein Gott! Verdammt! Es tut mir so furchtbar leid. Ich habe Sie zu spät gesehen." Ihre Augenbrauen – durch eine war ein Piercing gestochen – formten eine bestürzte Welle. Erst jetzt erkannte René, dass unter der dünnen Haube knall-rosafarbene Locken herausstanden. Ein dicker Lidstrich war nicht zu übersehen, wobei die Lippen nur mit Gloss bedeckt waren. Sie war also ein schrilles Gesamtkunstwerk, welches sich an dem gestreiften und engen Pulli mit tiefem Ausschnitt und dem Schulmädchenrock, der kaum das Nötigste bedeckte, fortsetzte. Doch irgendetwas an ihr kam ihm bekannt vor, er konnte nur nicht zuordnen was.

René sah an sich herab, stellte die halb verschüttete Cola wieder in den Karton zurück und brummte mürrisch.

„Warten Sie, ich helfe Ihnen!", schrie die Ulknudel übereifrig, schnappte ein Taschentuch aus ihrer Jackentasche – welches hoffentlich unbenutzt war – und wischte ihm ohne Scheu über die besudelte Uniform, um die nassen Flecken zu trocknen. Dabei grapschte sie auch an Stellen, die nicht betroffen waren, sodass René sie nun skeptisch beäugte. „Sehr aufmerksam von Ihnen, aber ich schätze, das macht es nicht besser", brummte er, stapelte die Tüte noch auf den Stellkarton und strich sich sein Hemd selbst ab.

„Kann ich mich irgendwie für die Unannehmlichkeiten erkenntlich zeigen? Der Shake und eine neue Cola gehen selbstverständlich auf mich." Ihre Augen mutierten zu hoffnungsvollen, großen Murmeln.

„Das ist nicht notwendig, aber danke", lenkte er ein, nahm wieder die Tüte in die Hand und wandte sich zum Gehen. „Ich möchte jetzt einfach nur schnell aus den klebrigen Klamotten raus."

Doch sie stellte sich ihm an den Stufen vor ihm erneut in den Weg. Ihre Finger spielten ruhelos mit ihrer Mütze. „Hören Sie, tut mir leid, wenn ich aufdringlich bin. Männer in Uniform machen mich immer extrem nervös und ich rede in ihrer Gegenwart wie ein Wasserfall. Zudem kommt dann nur Quark aus meinem Mund." Sie bemühte sich, ihn mit einem Lächeln anzustecken, doch erst, als ihr Blick aufmerksam an ihm auf- und abfuhr, wurde ihm bewusst, dass sie nun auf etwas anderes hinauswollte. Sie streckte instinktiv ihren Busen heraus und klimperte mit den Wimpern.

„Vor allem, wenn die Männer auch noch so verflucht durchtrainiert sind." Sie knabberte verlegen an ihrer Unterlippe und erkannte, dass er da nicht wegsehen konnte. René wettete, dass sie nicht so brav und keusch war, wie sie eben vorgab.

„Wissen Sie, ich wohne nicht weit weg von hier. Ich habe eine geniale Waschmaschine, die in zwanzig Minuten das Hemd reinigt und sogar trocknet. Eines dieser modernen Dinger mit etlichen Programmen. Und zudem noch sehr stabil … Das ist das Mindeste, was ich für Sie tun kann." René war nicht entfallen, dass sie ihm nun auf die Pelle rückte und ihr Blick etwas Hungriges bekam. „Wenn der Hüter des Gesetzes aber eine weitaus tief greifendere Strafe für mich auserkoren hat, gebe ich mich da natürlich auch gerne geschlagen."

René wusste exakt, wie sie das meinte, und zog einen Mundwinkel in die Höhe. Doch mit der direkten Antwort, die er ihr liefern würde, hätte sie gewiss niemals gerechnet.

22 | Schreckliche Offenbarung

*I*ch glaub' dir kein einziges Wort!", fuhr Selina Rebecca wütend an. Adrenalin spülte langsam durch ihre Venen, da sie das eben Gehörte erst verdauen musste.

„Es tut mir leid, ich weiß, es war hinterhältig von mir, aber wie hätte ich dich sonst wachrütteln und davon überzeugen sollen, wie er tickt?" Rebecca zog eine traurige Schnute auf und trat näher, doch Selina war gerade nicht nach Kuschelkurs.

„Du willst mir also allen Ernstes weismachen, dass du ihn über Lovoo lokalisiert, mit Cola angeschüttet und ihn dann zum Flirten gebracht hast? Einfach so? Und er ist darauf angesprungen?" Selina verschränkte die Arme vor sich, während sie laute Schritte vom Kundenbereich her hörte, wo ihre Tante ihr nun von hinten Beine machte: „Was auch immer schon wieder geklärt werden muss, macht gefälligst die Tür hinter euch zu! Die Kundinnen können mithören, und wenn ihr in fünf Minuten nicht erneut draußen seid, könnt ihr das Trinkgeld der ganzen Woche knicken. Mir langt es, dass ihr in letzter Zeit so unkonzentriert seid. Und du, Selina! Wärst du nicht meine Nichte, hätte ich dich bereits längst gefeuert. Das Herumtrödeln muss nun endlich aufhören! Bekomm deinen Scheiß geregelt und kümmere dich dann ausschließlich um das, wofür du bezahlt wirst. Auch meine Geduld hat einmal ein Ende!"

Mit Schwung wurde die Tür zugezogen und Selina und Rebecca zuckten unisono zusammen. Wenn Selina nicht gerade in Gedanken mehrere Varianten durchspielen würde, was zwischen Rebecca und René angeblich am Vorabend passiert sein könnte, wäre sie sofort zurück in den Salon gelaufen. Sie hätte bereitwillig den Rest des Tages keinen Pieps mehr von sich gegeben und wäre sogar aus freien Stücken nach Dienstschluss länger dageblieben, um alles auf Vordermann zu bringen. Nur um ihre Tante wieder milde zu stimmen.

„Das hat gesessen. Sollen wir reingehen und später darüber reden?", fragte Rebecca kleinlaut und deutete hinter Selina, die nur wütend verneinte.

„Ich will es wissen! Ist er tatsächlich auf dein Angebot eingestiegen, mit zu dir nach Hause zu kommen? Und lass jetzt nichts aus!", drohte sie und machte sich aufs Schlimmste gefasst.

„Ich war ziemlich überrascht, denn nach meiner zweideutigen Einladung wurde er sehr direkt. Er meinte, dass er merken würde, wenn Groupies feucht werden und unten auslaufen und ich solle mir genau überlegen, worum ich ihn gerade bitte."

„Verflucht!", entfuhr es Selina, denn sie konnte sich diesen Wortlaut sogar bei René vorstellen. Eine eisige Klaue packte nach ihrem Herzen und ihr wurde das erste Mal bewusst, wie sehr sich René bereits darin bequem gemacht hatte. Und dies schon innerhalb so kurzer Zeit …

„Und weiter?", drängte Selina ungeduldig und ihr linkes Knie begann nervös zu wippen. Sie konnte durch das gekippte Fenster im Gemeinschaftsraum den stürmischen Wind blasen hören und das passte so gut zu ihrem jetzigen Gemüt.

„Eigentlich hatte ich es etwas mit der Angst zu tun bekommen. Da du mir ja erzählt hast, wie besitzergreifend er werden kann, habe ich ihn noch vor dem Eingang zu meiner Wohnung gebremst und wollte herausfinden, wie weit er gehen würde. Immerhin befanden wir uns beim Hauptportal zu meiner Wohnanlage, die gut beleuchtet war. Hier und da spazierten Passanten vorbei, wodurch ich mich sicher gefühlt habe, dass er nichts gegen meinen Willen …"

„Bring's bitte auf den Punkt, Becca!", rutschte es Selina nun heraus und schielte kurz auf die Uhr an der Mauer, da die Drohung ihrer Tante noch allgegenwärtig war.

„Okay, okay! Auf jeden Fall hat er mich plötzlich gegen die Wand gedrängt und gefragt, ob ich jetzt auf einmal kalte Füße bekäme, da ich mir mit dem Aufschließen solche Zeit ließe. Ich erklärte ihm, dass ich gerne vorher teste, was ich reinlasse. Und verdreh nicht die Augen, ich weiß, wie billig das war!" Rebecca hob ihren Zeigefinger. „Schlagartig hat er mich brutal und leidenschaftlich geküsst, sodass ich überhaupt keine Luft mehr bekommen habe. Zuerst habe ich es über mich ergehen lassen, doch als er plötzlich seine harte Beule an mir gerieben hatte, drückte ich ihn von mir weg und meinte, mir würde dies zu schnell gehen. Er hat mich tatsächlich ausgelacht, desinteressiert abgewunken und ist einfach so verschwunden. Aber du kannst dir sicher sein, dass er mich flachgelegt hätte, wenn wir nach oben gegangen wären. Ob ich das gewollt hätte oder nicht."

„Er hat dich geküsst? Einfach so?" Selina wiegelte verständnislos den Kopf. Warum hätte er Rebecca gleich bei der ersten Gelegenheit die Zunge in den Rachen stecken sollen, während sie selbst ihn geradezu hatte nötigen müssen?

Da ist doch etwas faul!, ertönte der schrille Ton ihres Instinktes.

„Rebecca? Verheimlichst du mir etwas? Bist du sicher, dass du bei der Geschichte nicht etwas vergessen oder dazu gedichtet hast?" Selina wollte sich an dem Hoffnungsschimmer festhalten, dass es eine Lüge oder ein Missverständnis gewesen war. Es durfte einfach nicht wahr sein. Es konnte nicht!

„Es tut mir so leid, Lina. Ich weiß, ich hätte das nicht machen dürfen. Es ist deine Sache, auf wen du dich einlässt und es steht mir nicht zu, mich in dein Leben einzumischen. Aber immerhin bist du meine beste Freundin und ich konnte nicht mit ansehen, wie du ins offene Messer läufst. Ich liebe dich und will, dass es dir gut geht." Rebeccas Lippen bebten und ihre Augen wurden glasig. Dieser Anblick stach Selina mitten ins Herz, denn sie traute ihrer Freundin nicht zu, dass sie sie anlügen würde. Dafür kannten sie sich zu lange. Irgendetwas musste also an dem Ganzen dran sein.

Aber sie musste jetzt sofort Klarheit haben. Selina öffnete den Gürtel des schwarzen Schutzmantels fürs Färben an der Taille, fädelte ihren Kopf aus der Halsschlinge und warf ihn achtlos zu Boden.

Rebecca sah sie fassungslos an: „Was soll das werden?"

„Was wohl? Ich steig' ins Auto, um 30 Minuten raus zu seiner Arbeitsstelle zu fahren. Ich werde ihn mit diese Anschuldigungen konfrontieren und feststellen können, ob er den Mumm hat, mich anzulügen."

Rebecca wurde blass und wollte sich ihr in den Weg stellen. „Denkst du allen Ernstes, dass das eine gute Idee ist? Du bist aufgebracht, aufgewühlt und nicht wirklich in der Verfassung, auf ein Polizeirevier zu fahren. Noch dazu weißt du nicht, ob er gerade Schicht hat, und deine Tante bringt dich – ganz nebenbei erwähnt – um!"

„Tja, wofür gibt es Lovoo? Und wegen meiner Tante ... Mir ist schlecht, ich musste mich übergeben und du wirst mich als beste Freundin einfach decken. Verstanden?"

„Waaasss?", zog Rebecca ihr Erstaunen mit einem schrillen Ton in die Länge, aber Selina klopfte ihr auf die Schulter und lächelte sie mit durchtriebenen Augen an. „Du schaffst das. Ich verlasse mich auf dich."

Dann öffnete Selina voller Tatendrang die Tür und lief hinaus.

„Steger? Deine Freundin ist da", erklärte Tagauer in einem leicht abfälligen Ton, als er nach dem Anklopfen nur halb in der Tür stand.

„Freundin? Meine ... Freundin?", wiederholte René stockend, da er überlegte ... nein, Selina würde nicht so weit gehen, das zwischen ihnen so zu betiteln. Es musste sich um einen dummen Scherz seiner Kollegen handeln. Womöglich sprach Tagauer eigentlich von Doc Mühsam, um ihm seine Schwäche unter die Nase zu reiben. Daher stand er zu voller Größe aufgerichtet auf, um zur Tür zu schreiten und mit Tagauer für ein paar Sekunden ‚Wer zuerst blinzelt, verliert' zu spielen. Und sein unzufriedener Kollege war gut bei diesem Duell, doch nicht gut genug, wie sich herausstellte. Nach den ersten Schweißtropfen und nervösen Augenbrauenzuckungen war er eingeknickt und hatte René dann den Weg hinaus auf den Gang frei gemacht.

„Keine Ahnung, wen du verflucht noch einmal meinst, denn ich habe keine Freund...“, erklärte René, als er ums Eck Selina in ein Gespräch vertieft mit seinem Kollegen am Empfang vorfand. Natürlich war sie aufgrund seiner Stimme auf ihn aufmerksam geworden und hatte den letzten Rest des Satzes mitbekommen.

Auweia, das ist gehörig schiefgegangen.

Ihre Augen wirkten enttäuscht, kurz wandte sie sich ab, um zu gehen, doch dann schien sie neuen Mut zu fassen und ihn anzustarren. Ihre Lippen waren nur noch eine zusammengepresste Linie und ihre Hände zu Fäusten geballt. Aber noch bevor sie das Wort an ihn richten würde und eine Szene mitten auf dem Revier vor allen Kollegen veranstalten wollte, warf er rasch ein: „Hey, Selina! Mit dir hätte ich hier nicht gerechnet. Ist etwas passiert?“

Okay, das war eindeutig zu distanziert.

Nicht umsonst sandte sie ihm visuell Wurfgeschoße zu.

„Sorry, sollte ich offenbar ungelegen komme. Ich muss dringend mit dir reden.“ In ihren Augen blitzte eindeutig Wut auf.

„Okay ...“, begann er vorsichtig und analysierte ihr Gesicht. Er ahnte, worum es ging, doch eigentlich hätte er derjenige sein sollen, der sauer war, daher wirkte die Szene gerade komplett verkehrt.

„Geh vor", ließ er knapp fallen, streckte eine weisende Hand in Richtung seines Büros aus, um sie vorgehen zu lassen. René konnte sofort in ihrem Rücken die obszönen Gesten seiner Kollegen erkennen. Zungen, die gegen die Wangenhöhle drückten, wackelnde, ekstatische Hüftbewegungen und hochgehaltene Daumen. Er hasste dieses Gehabe und zeigte allen den Mittelfinger, aber so, dass Selina es nicht mitbekam.

Im Büro angekommen deutete er auf den Stuhl, doch sie entschied sich dazu, stehen zu bleiben. Ihre gesamte Statur war verkrampft und sie versuchte, sich mit verschränkten Armen selbst Wärme zu spenden, indem sie ihre Hände über die Oberarme streichen ließ. Was auch immer ihr auf der Seele brannte, schien in wenigen Sekunden aus ihr herauszubrodeln.

„Was ist nun so wichtig, dass es nicht bis nach der Arbeit warten konnte?" Er beäugte sie misstrauisch und machte sich auf ein emotionales Beben gefasst.

„Ich bringe es gleich auf den Punkt. Ist gestern Abend etwas passiert, von dem ich wissen müsste?" Sie blinzelte übertrieben oft und kleine Funken schossen aus ihren Pupillen, was man es geradezu als bedrohlich empfinden konnte.

„Könntest du mich bitte aufklären, in welchem Verhältnis wir stehen, dass ich dir nun jeden Tag von meinem Ablauf erzählen müsste? Aber da ich nichts zu verbergen habe: Ich habe von 8:00 bis 18:00 Uhr Dienst gehabt, war bei McDonald's und bin dann nach Hause gefahren, um mir beim Gedanken an dich einen runterzuholen. Ich war duschen, hatte erleichternden Stuhlgang und bin dann eingeschlafen. War das exakt genug?"

Selina sah nicht gerade zufrieden aus, doch als sie den Mund öffnete, ergänzte er: „Oder willst du auf den Punkt hinaus, als deine schauspielerisch untalentierte und vor allem tollpatschige Freundin meinte, mich bewusst zu rempeln, mit Cola vollzusauen und mir vor dem Fast-Food-Laden ein unmoralisches Angebot zu unterbreiten? Habe ich nun etwas vergessen?"

Ihr fielen beinahe die Augen raus und sie wirkte wie ein Karpfen auf dem Trockenen. Daher trat René direkt an sie heran und schob ihr Kinn genervt nach oben.

„Du wusstest, dass sie meine Freundin ist, und wolltest sie trotzdem knallen?", entfuhr es ihr schrill, sodass René befürchtete, dass das Szenario auch durch die braune Holztür seines Büros hallen würde. Die Wände waren dünn, es gab wenig Betrieb in der Polizeiinspektion, sodass jede die Langeweile durchbrechende Aktion wie süßer Duft inhaliert werdeb würde. Und zwar von ausnahmslos jedem!

René machte es sich in gemäßigtem Tempo auf seinem Drehsessel bequem und formte mit seinen aufeinandergelegten Fingern ein Dreieck. „War das nicht der Plan dahinter? Zu testen, wie weit ich gehen würde? Ich wusste nicht, dass wir bereits offiziell ein Paar sind, nur weil ich ein paar Mal in dich eingedrungen bin und mich zu dir hingezogen fühle. Und ja, ich würde mich gerne intensiver auf die Sache mit uns einlassen, aber mir bereits jetzt deinen Wachhund an die Fersen zu heften, um meine Treue zu prüfen, ist harter Humbug. Und falls du es wissen willst, ich habe mein Lovoo-Profil gelöscht! Falls ihr mir also weiter hinterherspionieren wollt, dann müsst ihr euch hier zum Dienst melden und die Polizeiakademie nachholen, Ladys."

In ihrem Gesicht fand ein Schlagabtausch von Emotionen statt, die sogar er noch nicht alle kannte. Sie wurde offenbar schwach auf den Beinen und nahm nun nachträglich die Einladung an, schob quietschend den Stuhl zurück, um sich darauf plumpsen zu lassen. Sie stützte ihre Ellenbogen auf den Schreibtisch und lehnte ihren auf einmal irgendwie zu schwer geratenen Kopf darauf.

„Du hast also mitgespielt, dich verführen lassen, um mir eins reinzuwürgen?" Als er nun Tränen in ihren Augenwinkeln erkannte, knotete sich sein Hals zu. Dieser Anblick traf ihn unerwartet und er musste sich sofort über die Tischplatte lehnen und seine Hand auf ihre Schulter legen. Doch sie wand sich heraus.

„Verstehst du es nicht? Ich hatte nichts mit ihr. Ich habe ihr nur gesagt, dass sie froh sein könnte, dass du nicht mit ansehen müsstest, wie sie sich gerade billig an meinen Hals geschmissen hatte. Und dass ich selbst entscheide, welchen Reizen gegenüber ich immun bin und welchen gegenüber nicht. Auch wenn ihr beide das wohl nicht gebacken kriegt."

René war sauer, dass sie nun auf unschuldig tat, wo er sie so offensichtlich entlarvt hatte. Selina hatte nicht das Recht, ihm zu misstrauen. Gewiss war er ein Weiberheld gewesen, aber er hatte ihr zugesagt, an sich zu arbeiten. Bevor er also anderen Gelüsten nachgegangen wäre, hätte er Selina offen gestanden, dass das Ottonormalverbraucher-Schema – eine Frau/ein Mann/innige Bindung/ewige Treue – für ihn nicht funktionierte. Doch sie hatte die kleine Pflanze, die Vertrauen hieß, gekillt, bevor sie überhaupt austreiben konnte.

„Ich habe nichts davon gewusst. Rebecca ist heute zu mir gekommen und hat behauptet, sie hätte dich geprüft und du wärst zugänglich gewesen. Du hättest sie auf den Mund geküsst. Einfach so." Eine Flut an Tränen ergoss sich nun aus ihr und er konnte das nicht mehr mit ansehen. René sprang auf, um auf ihre Seite zu kommen und sich zu ihr zu hocken. Er wollte sie an sich heranziehen, beruhigen und streicheln. Wie auch immer dies funktionieren sollte.

„Ich weiß, sie ist deine Freundin und du kennst sie länger als mich. Womöglich hast du jeden Grund, eher ihr zu glauben als mir. Aber falls du es genau wissen willst, du bist die einzige Frau, die ich seit meiner Maturareise vor zwölf Jahren auf den Mund geküsst habe. Ja, sie hat mich angebaggert und sie ist eine attraktive Frau, wenn auch nicht mein Fall. Und selbst wenn wir uns nicht kennen und ich so meine Probleme habe, bin ich dankbar, dass du mir trotz allem eine Chance gibst. So kann ich mehr Zeit mit dir verbringen und mich zumindest einem beziehungsähnlichen Zustand annähern. Ich habe sie weder angebaggert noch geküsst. Ehrlich."

René spürte ein amüsiertes Glucksen in seiner Umarmung, als sie ihn nun durch das verwüstete Haar hindurch mit verlaufenem Eyeliner anblinzelte. „Beziehungsähnlichem Zustand?", schmunzelte sie.

„Zwing mich nicht dazu, es anders auszudrücken, aber ... ich mag dich ein klein wenig ... auf die eine oder andere Art. Okay?" René wurde das gerade zu intensiv, als ihre feuchten Augen nun fröhlich aufblitzten, sie breit grinste und ihm nun erleichtert um den Hals fiel.

„Ich glaube dir, René. Und es tut mir so verflucht leid, dass ich an dir gezweifelt habe. Rebecca ist ein Miststück und hätte das nicht tun sollen, auch wenn ihre Absichten gewiss nicht böser Natur waren."

„Gut. Können wir nun auch deinen Lovoo-Account löschen? So ganz nebenbei", ergänzte er beiläufig und spürte ein erneutes Glucksen an seiner Brust. Und es war ein schönes Gefühl. Er schloss seine Lider, roch ihr Haar, ihr Parfüm, drückte seine Nase in ihren weichen Pulli und genoss ihren Herzschlag. Das Gesamtpaket in seinen Armen schenkte ihm Ruhe, machte ihn glücklich, und wenn es bedeutete, dass er sich eines Tages vor versammelter Mannschaft als gebundener Mann deklarieren müsste, dann sollte es so sein. Den Ruf eines Weiberhelden hatte er nun lang genug getragen. Womöglich wäre die Zeit reif, einmal etwas anderes zu versuchen.

23 | Ein Anfang

„Und? Wirst du es überleben?", fragte Selina mit einem Hauch Sarkasmus und ließ ihre Finger über die Armlehne des Lovechairs im Kinosaal gleiten.

„Was meinst du genau? Dass wir uns einen Kuschel-Firlefanz ansehen oder dass ich dir, sobald es dunkel wird, nicht unter den Pulli fassen kann, weil du Rebecca mitgeschleppt hast?", murrte er grimmig und Selina wusste, dass er es nicht so meinte.

„Ich schätze mal: beides. Doch sie möchte die Freundschaft wieder kitten und bereut es sehr, mich angeschwindelt zu haben. Und nun kann ich ihr zeigen, was für ein verträglicher, romantischer Typ Mann du bist. Also lächle in dich hinein, denn ich kann dir versichern, dass ich es danach nicht bis nach Hause aushalten werde, um dir einen Blowjob zu verpassen."

René zog plötzlich ein schelmisches Grinsen auf und blickte zu Rebecca: „Ich freue mich so, dass du uns begleitet hast. Dann hat Selina jemanden zum Plaudern, wenn die Männer im Film nicht gleich erkennen, wo es langgeht. Aber falls du den Streifen langweilig findest oder wir früher gehen sollten, gib mir einfach ein Zeichen und wir überstimmen Selina."

Der Frechdachs zwinkert Rebecca zu und verbrüdert sich hinter meinem Rücken mit ihr!

„Hey! Du kannst es wohl nicht erwarten, oder wie?!" Selina schlug ihm halbherzig auf die rechte Schulter, während sich eine seiner Hände gespielt unauffällig über ihre Jeans in den Schritt arbeitete.

Dann sah er sie auf eine Art und Weise an, die sie feucht werden ließ und sie hasste und liebte es gleichermaßen, dass er diese Macht über sie hatte. Er lehnte seinen Kopf direkt an ihr Ohr, als der Vorspann des Filmes startete und der Saal abgedunkelt wurde. Selina konnte exakt den heißen Atem auf ihrem Hals spüren und die Nackenhaare stellten sich auf.

„Nein, ich kann es nicht erwarten. Und sobald das Popcorn alle ist, wirst du mich rausbegleiten und ich hole mir süßen Nektar von … du weißt schon wo."

Ruckartig musste Selina die Oberschenkel zusammenpressen und sich ein lautes Ausatmen verkneifen.

„Du bist unmöglich."

„Aber wahr", ergänzte er, küsste sie auf den Hals, um sich dann auf die Bildfläche zu konzentrieren. Und als sie René so von der Seite her ansah, wurde ihr klar, dass sie sich unsterblich in ihn verliebt hatte. Aus ganzem Herzen. Und sie fragte sich, ob bald der Moment gekommen wäre, es ihm zu beichten. Wenngleich sie ihn wohl überfordern oder verängstigen würde. Aber jetzt, wo er bereits einmal unverbindlich und unbeholfen süß angedeutet hatte, dass er sich eines Tages auch vorstellen könnte, dass sie zu ihm zöge … Könnte es einen günstigeren Zeitpunkt geben?

Und ob er es erfahren wird. Gleich heute, nachdem ich ihn noch glücklicher gemacht habe ;).

Übrigens! Bei der ‚No Love'-Reihe handelt es sich um unabhängige Einzelwerke und ihr könnt sogleich in das nächste Werk hineinschnuppern. Die Leseprobe folgt auf der nächsten Seite ☺! Viel Spaß!

"Mit Geld kann man sich nicht alles erlauben."

no love

FOR RICH BASTARDS

CELINE CLAIR

1 | Unüberwindbares Klischee

"*W*ie Sie unschwer erkennen können, ist diese Wohnzimmereinrichtung untragbar", hörte Tamika Herrn Wagner verstimmt äußern, als er sie durch den opulenten Raum mit seinen fünfzig Quadratmetern führte. Ihre Pupillen fuhren das teure, stark gemusterte Parkett ab, dann die maßgeschneiderte Wohnwand aus Apfelholz und weiß lackiertem Vollholz, nicht zu vergessen die moderne Designerdeckenleuchte, die mit Bestimmtheit doppelt so viel gekostet hatte, wie Tamika im Monat verdiente.

Ganz klar: untragbar!

"Sehen Sie sich allein dieses Sofa an. Das Leder ist bereits nach zwei Jahren schmuddelig, obwohl das Material sogar aus Italien importiert wurde", fuhr er in hoher Stimmlage fort und schwang theatralisch die rechte Hand, um auf eine Sofalandschaft in schwarz-weißem Leder zu verweisen, die mit eingebauten LEDs, Lautsprechern und USB-Anschlüssen punktete. Tamika konnte nur die Augen aufreißen und musste sich besinnen, den Fehler bei sich ankommen zu lassen, um dem Kunden das Gefühl zu geben, dass sie sein Leid verstand. Als Innenarchitektin musste sie sich in den Klienten hineinversetzen, sehen, was er sah, und erkennen, welche sehnlichen Wünsche und Bedürfnisse in ihm schlummerten. Selbst wenn es manchmal schwer war ...

Als Tamikas Augen an der circa zweiundzwanzigjährigen Frau auf dem Sofa hängen blieben, sprangen ihr die Brauen in die Höhe. Sie trug ein wie ein Negligé-ähnliches Kleidchen und ihre Brustwarzen drängten sich geradezu durch den feinen Stoff. Alles an ihr war gepimpt: der Busen, die Lippen, die Wimpern – und nicht zu vergessen: das Haar. Natürlich war sie für 10:00 Uhr morgens zu sehr aufgetakelt und ihre rasierten, ellenlangen Beine lagen ungalant auf dem niedrigen Beistelltisch vor ihr, während sie sich genüsslich kleine Häppchen Käse mit Weintrauben und zu seiner bildhübschen Tochter zu beglückwünschen, als er ihr zuvorkam: „Darling, könntest du dich bitte woanders hinsetzen? Und lass die Käseplatte sein, du hattest bereits ein ausreichendes Frühstück. Wir wollen doch, dass du beim Empfang in das Kleid passt, das ich dir gekauft habe, nicht wahr?"

Tamikas Hals wurde trocken und es bildete sich ein Kloß, sodass sie ihn wegräuspern musste. Nervös strich sie ihren beigefarbenen Blazer glatt, der – wie sie zu ihrem Leidwesen gerade feststellte – enorme Knitterfalten aufwies – und zudem einen frischen Make-up-Fleck.

Gott sei Dank ist mir das mit der Tochter nicht rausgerutscht, ich hätte den Auftrag vergessen können!

Schweiß drang durch jede Pore ihres Körpers und mithilfe eines aufgesetzten Lächelns konnte sie nun Herrn Wagner anblinzeln, während er seine Freundin oder Frau übertrieben wegscheuchte.

„Ist schon gut, ich stell' den Teller weg." Wie ein verschrecktes Huhn sprang die junge Dame auf und nahm das teure Porzellan mit, als Herr Wagner sie gerade noch am Handgelenk zu fassen bekam und abrupt abbremste: „Hast du nicht etwas vergessen?"

Bei Tamika zog sich, der sehr kratzige Stimme des Mannes lauschend, eine Gänsehaut im Nacken auf. Als sich Herrn Wagners Mundwinkel auf einer Seite süffisant hochzog, wurde Tamika die Situation unangenehm. Sie fühlte sich komplett fehl am Platz, als die junge Frau verunsichert lächelte und mit den Wimpern klimperte. Herr Wagner drängte ihr seinen Willen auf, indem er sie an sich heranzog und ihr einen sabbernden Kuss direkt auf die Lippen presste. Dann drückte er sie weg, drehte sie wie eine Marionette um, um ihr keck einen Klaps auf den Hintern zu verpassen. Die Frau sprang wie ein Fohlen, kicherte unreif und lief dann mit ihr fast aus der Hand gleitendem Teller in Richtung Küche.

Während Herr Wagner wieder das Thema aufnahm, kämpfte Tamika mit einem Würgereiz. Sie bekam das Bild des verrunzelten Schlauchbootes des mit Sicherheit über sechzigjährigen Millionärs auf den blutjungen Lippen des Mädchens nicht aus dem Kopf.

„Wo waren wir stehengeblieben? Ach ja! Sehen Sie diese zarten Risse, die sich bereits im Leder gebildet haben? Vor allem hier ist es offensichtlich sehr beansprucht worden."

Tamika schüttelte die ekligen Bilder ab, als sich nun allzu deutliche Szenen dieses Liebespaares auf exakt dieser Stelle des Sofas in ihren Gedanken manifestierten. Und zwar die junge Frau mit Hundehalsband und Leine, die von hinten von ihrem stinkreichen Herrn bestiegen wurde.

Doch Tamika wollte professionell bleiben, denn sie brauchte die Provision, daher trat sie näher an das Möbelstück heran und ließ ihr geschultes Auge über die besagte Stelle gleiten. „Ich sehe, was Sie meinen, Herr Wagner. Ich werde selbstverständlich bei der Wahl der neuen Wohnlandschaft auf hochwertigeres Material achten." Dann wandte sie sich ihm zu und setzte das freundlichste Lächeln auf, das sie gerade zur Verfügung hatte, und ergänzte: „Ich versichere Ihnen, auch die Wohnwand wird so exklusiv sein, dass bei Ihren Besuchern kein Zweifel bestehen bleibt, dass Sie hier die Crème de la Crème für die Inneneinrichtung engagiert haben. Mit Frank Johnsen & Partner haben Sie die richtige Agentur für Ihre Wohnträume ausgewählt."

Die hellblauen Augen, die außen herum bereits mithilfe von Botox glattgebügelt worden waren, begannen zu leuchten und auch das Lächeln von Herrn Wagner wurde überschwänglich. Genau diese Reaktion hatte Tamika erreichen wollen. Nun musste sie ihre Ideen nur noch in Realität gießen, was sie dem Kunden soeben immerhin versprochen hatte. Doch ihr kreatives Auge skizzierte bereits Lösungen und sie hoffte, dass ein weiterer persönlicher Besuch in der Villa dafür nicht nötig wäre, denn sie hatte genug gesehen.

2 | Auszeit vom Leben

ast du das Buch eingesteckt, das ich dir empfohlen habe? Es ist unheimlich wichtig, dass du die Zeit dort nutzt, um dich mit dir selbst auseinanderzusetzen. Das ständige Ablenken und Schönreden macht es nicht besser", hörte sie Evelyn sagen, während sie mit dem Auto an der Haltezone vor dem Flughafenterminal zum Stehen kam. Tamika schnallte sich ab und stieg seufzend aus. Zum Glück hatte sich ihre Freundin bereit erklärt, sie um 21:00 Uhr abends zum Flughafen zu bringen, wodurch sich Tamika die Kosten für ein Taxi hatte ersparen können, denn ihr Freund war ja ‚beschäftigt'. Dennoch hatte sie sich die gesamte Fahrt über anhören müssen, dass es mit ihrer Beziehung zu Pascal nicht mehr so weitergehen könnte. Seit drei Jahren war Tamika nun mit ihm zusammen und seit geschlagenen elf Monaten versuchte sie verzweifelt, einen Schlussstrich darunter zu ziehen, doch sie war unfähig, sich von ihm zu lösen. Sie hörte sich selbst Ausreden spinnen à la ‚Er ist mein Ruhepol, bei ihm fühle ich mich geborgen und daheim', ‚So einen verständnisvollen Mann, der all meine Faxen akzeptiert und mich so nimmt, wie ich bin, finde ich nie mehr' und ‚der Sex passt auch'. Aber vor allem waren ‚Er bemüht sich so und arbeitet hart an sich. Vielleicht passiert so etwas nie wieder ...' ihre Lieblingssätze.

Tamika atmete tief durch und wollte ihrer Freundin dabei helfen, den fast 20 Kilogramm schweren Koffer aus dem großen Heck ihres Kombis zu hieven.

„Sag mal, wo fliegst du noch mal hin? Sagtest du nicht 9 Tage Malediven? Was brauchst du da mehr als zwei Bikinis und ein Handtuch? Das ist ja nicht normal, wie schwer dein Koffer ist!", beschwerte Evelyn sich lautstark. Plötzlich entglitt der Freundin das Gepäckstück, und noch bevor Tamika den Riemen fassen konnte, knallte es schnurstracks auf ihren Fuß. „Autsch!", keuchte Tamika, presste ihre Lider fest aufeinander, während sie ihren tollpatschigen Koffer langsam vom Rist schob. Das pochende Kribbeln breitete sich warm aus und es tat gut, als es wieder nachließ.

„Oh mein Gott, das tut mir leid!" Evelyn legte sanft ihre eine Hand auf Tamikas Schulter, die andere war auf ihrem offenen Mund geparkt.

Schmerzverzerrt winkte Tamika ab und hoffte, dass zumindest nun Ruhe in Bezug auf ihr Leben und die Beziehung zu Pascal einkehren würde.

Doch weit gefehlt.

„Und wie lautet nun die Antwort?", wollte Evelyn mit großen Rehaugen wissen, während sie sich ihren schlecht gebundenen Dutt wieder richtete und den Schweiß von der Stirn wischte.

Auf welche all der Fragen? Tamika rauchte der Kopf. Sie sah ihre Freundin an, die ihr bis zur Schulter reichte und für den Abend in rosa- und graufarbene Schlabberklamotten geschlüpft war.

„Der Koffer ist so schwer, da ich meine Tauchausrüstung dabeihabe. Ein Neoprenanzug, Schnorchel und Flossen sind nicht gerade leicht. Aber nun spare ich mir zusätzliche Leihgebühren", probierte sie die naheliegendste Antwort und drückte sich selbst innerlich die Daumen.

Evelyn prustete durch die Nase. „Das hab' ich nicht gemeint. Hast du das Buch ‚Glücksregeln für die Liebe' eingepackt?" Evelyn übernahm wieder ihren Koffer und schob ihn mithilfe der kleinen Rollen in Richtung Schiebetür. Natürlich beäugte Evelyn sie weiter, Tamika kam also nicht darum herum.

„Ja, sogar im Handgepäck." Mit einem Griff in ihren Rucksack zog Tamika das Eck des beigefarbenen Buches heraus, wodurch sie ein breites Grinsen von ihrer Freundin kassierte. „Sehr brav! Und jeden Tag wirst du dir vor dem Spiegel aufsagen, dass du dich selbst anerkennst und dass du dich liebst. Dass du keinen Mann nötig hast, um glücklich zu sein und vor allem nicht verzweifelt an etwas festhältst …", posaunte sie darauf los, während Tamika ihren Blick hilfesuchend auf die elektronische Informationstafel richtete, die sich direkt hinter der Schiebetür in der Eingangshalle des Flughafens befand. Ihr Flug OS137 würde in 70 Minuten starten und der Check-in fand beim Gate A38 statt, dessen Lage sie mit geschärftem Blick bereits erahnen konnte. Also war eine Hürde schon gepackt.

„Schon gut, Evelyn. Ich hab's verstanden. Zudem werde ich mich massieren lassen, jeden Tag autogenes Training betreiben und den Yogalehrer flachlegen, hast du dir das so vorgestellt?", wollte sie ihre Freundin aus dem Konzept bringen. Doch das Energiebündel war nicht zu bremsen: „Und versuche, nicht so viel Schokolade in dich reinzustopfen, lass weißes Mehl und Rohrzucker weg … Moment mal! Wie war das? Vom Yogalehrer ist nicht die Rede gewesen! Du sollst ein Problem nicht durch ein anderes ersetzen." Evelyn baute sich direkt vor Tamika auf, um ihre Aufmerksamkeit zu erhalten, als im Hintergrund ein lautes Hupen zu vernehmen war.

Tamika musste schmunzeln, als sie Evelyn ansah, die sich nicht ernst genommen fühlte und eine beleidigte Schnute aufsetzte.

„Komm schon her. Ich weiß, dass du es gut meinst. Und vielen, vielen Dank! Ich werde mich darum bemühen, dass der Knoten aufgeht und ich endlich herausfinde, wie es in meinem Leben weitergehen soll. Ich verspreche dir, ich nehme mir deine Ratschläge zu Herzen und arbeite an mir." Tamika breitete ihre Arme aus und hoffte auf eine herzliche Verabschiedung.

Erneut war ein energisches Hupen zu hören. Es wurde jedes Mal lauter, wenn die Schiebetür sich öffnete und weitere Fluggäste eintraten.

„Ja, Herrgottszeiten! Darf man sich nicht einmal kurz verabschieden, ihr Vollpfosten! Immerhin ist das eine Haltezone!", brüllte Evelyn außer sich zwischen den sich öffnenden Türen. Die Stirn hatte sie in Falten gelegt, nur um sie in der nächsten Sekunde wieder glattzubügeln und mit breitem Grinsen und ausgestreckten Armen die Umarmung schlussendlich glücken zu lassen. Tamika drückte ihre Freundin fest gegen die Brust und schloss dabei die Lider. Eigentlich traurig, in einer Beziehung zu sein und bei einer längeren Reise nicht vom Partner verabschiedet zu werden. Es stach mitten ins Herz, selbst wenn sie gewusst hatte, dass sie alleine fliegen würde, als sie den Flug gebucht hatte. Speziell bei einem Reiseziel, das sich grundsätzlich vor allem Honeymooner gönnten.

„Halt die Ohren steif, Tamika. Genieß deine Auszeit und komm frisch erholt und mit klarem Verstand zurück, damit die nächste Entscheidung eine endgültige ist und nicht wieder nur eine Woche lang anhält." Evelyn drückte sich abermals aus der Umarmung heraus und zwinkerte ihr keck zu.

Wenn es nur so einfach wäre, wie es sich anhört …

„Danke, Evi, fürs Herbringen. Und ich schick' dir ein paar Fotos, wenn ich zwischendurch mal online bin."

Als das Hupen nun ohne Pause zu hören war, nahm Evelyn den Weg bereits rückwärts und winkte ihr noch ein letztes Mal zu. „Ist nicht notwendig. Es schadet dir nicht, einmal die Finger vom Handy zu lassen. Würde deine Seele reinigen und du kannst dich mal auf Wesentliches konzentrieren. Also absolutes Handy- und Internetverbot, hörst du?"

Ah jap, genau. Sie könnte meine Mama sein.

Tamika winkte ihrer Freundin zurück, während sich die Schiebetür zwischen ihnen bereits quietschend schloss und sie nur noch eine dunkle Silhouette von ihr wahrnehmen konnte. Dann drehte sie sich um und war umzingelt von begeisterten Fluggästen, die zu den Gates wuselten, euphorisch ihre Koffer durch die Gegend schoben, schallend lachten und knutschende Geräusche des Abschiedes von sich gaben. Mittendrin durchströmte der Geruch von frischem Gebäck die hohe Halle, den die angrenzende Bäckerei auslöste. Und obwohl Tamika glücklich sein sollte – immerhin gönnte sie sich seit zwei Jahren endlich wieder einmal einen richtigen Urlaub –, war es die erste Reise in ihrem Leben, die sie wehmütig antrat.

3 | Einsames Paradies

*M*aurice hatte starke Kopfschmerzen. Er konnte dem Wellenrauschen, der gedämpften Beleuchtung im Restaurant und dem exotischen Ambiente nichts abgewinnen. Er ging alle E-Mails an seinem Handy durch, dabei war der Empfang grottenschlecht. Wie sollte es auch anders zu erwarten sein auf einer Insel, die man in geschlagenen zehn Minuten zu Fuß umrunden konnte? Ungehalten las er die Informationen seines Arbeitskollegen, der während seiner Abwesenheit mehr schlecht als recht versuchte, in seine Fußstapfen zu treten. Je mehr E-Mails von Jakob Maurice las, umso mehr zweifelte er seinen gesunden Menschenverstand an, seine Softwarefirma ausgerechnet Jakob anvertraut zu haben. Doch mittlerweile wurden die Aufträge zu viele, die Anfragen häuften sich und Maurice wusste, dass er Vertrauen in seine Mitarbeiter schöpfen musste, da er sich nicht vierteilen konnte. Aber immerhin hatte er sich diesen Betrieb mühsam aufgebaut und das Gefühl, dass absolut KEINER die Leistung auch nur halbwegs so gut abrufen konnte wie er selbst.

Es war sein erster Urlaub seit Langem gewesen und streng genommen hatte Maurice die Reise nur angetreten, da sie bereits bezahlt gewesen war. Denn in Anbetracht dessen, wie die letzten Wochen verlaufen waren, war ihm alles andere als danach, seinen Bauch mitten im Indischen Ozean in der Sonne brutzeln zu lassen. Maurice wollte zwar so weit weg wie möglich, doch der Mond, der Saturn, oder am liebsten ein anderer weit entfernter Planet, hätte ihm eher als Ort zum Verschwinden zugesagt.

Als der Kellner ihm seinen Whiskey mit Eiswürfeln auf den Tisch stellte, dauerte es ein paar Sekunden, bis Maurice das bemerkte. Misstrauisch lugte er auf die drei kleinen Zusätze, die das Getränk offenbar kühlen sollten, und ihm sogleich den Trinkgenuss zerstörten. „Hey! Stehen geblieben!", fuhr er den flüchtenden Mitarbeiter an. „Was fällt Ihnen ein? Was lernen Sie bitte in Ihrer Benimmschule? Whiskey wird durch Eiswürfel verwässert, Sie Hornochse!"

Der braun gebrannte Kellner, dessen Körper dürr und fast schon ausgemergelt war, trat in geduckter Haltung näher heran. Es war ihm nicht möglich, Maurice direkt in die Augen zu blicken, was diesen noch mehr in Rage brachte: „Bringen Sie mir gefälligst einen neuen und DER geht übrigens auf Ihre Rechnung!" Mit Schwung leerte er den Inhalt des Glases vor den Augen aller anwesenden Gäste auf den Boden und Maurice war es egal, dass nun im Restaurant schlagartig Ruhe eingekehrt war. Das Dinner hatte erst begonnen und ihm war abrupt der Appetit vergangen. Wofür zahlte er Länge mal Breite für jeden Schnickschnack und bekam dann nicht, was er orderte?

„Ja, Sir. Entschuldigen Sie die Unannehmlichkeiten", entgegnete der Kellner in gebrochenem Englisch, was für Maurice wieder unterstrich, dass dieser Laden hier nicht so exquisit war, wie er vom Reisebüro beworben wurde.

Unfähiges Pack!, ärgerte er sich weiter in sich hinein, während er sich umsah und die neugierigen Gesichter mit einem bösen

Blick strafte. Es gab hier nichts zu sehen und sie sollten sich alle gefälligst um ihren eigenen Mist kümmern.

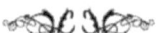

Tamika war geschafft von der langen Reise. Sie hatte im Flugzeug kaum ein Auge zugedrückt, da sie regelmäßig dem Ellenbogen oder dem lauten Atem ihres Sitznachbarn ausgesetzt gewesen war. Die Filme hingegen, die das Bordprogramm zu bieten hatte, konnten ihr die Zeit vertreiben und waren immer noch besser als die Selbstfindungslektüre von Evelyn. Obwohl sie sich fest vorgenommen hatte, bis zum Ende ihres Aufenthalts damit durch zu sein. Aber Zeit sollte sie auf der Trauminsel en masse haben, denn was konnte man hier sonst mit sich anfangen, außer faul am Strand rumzuliegen, sich im Fitnessstudio abzuplagen, zu schnorcheln oder zu tauchen? Genau deshalb hatte sie diesen Urlaub auch gewählt. Tamika wollte sich einmal mit sich selbst beschäftigen, ausschlafen und einfach nur simple Dinge tun, wie die Füße im weichen Sand zu vergraben und den Horizont zu betrachten. Außerdem hatte sie die Malediven schon jahrelang auf ihrer Wunschliste immer wieder nach hinten geschoben, wollte immer auf den richtigen Moment warten, um solch etwas Besonderes zu erleben. Zwar hatte sie sich diesen Moment ganz anders ausgemalt – und zwar mit Herzchen in den Augen und übertrieben breitem Grinsen im Gesicht – doch bereits Buchtitel hatten es auf den Punkt gebracht: Das Schicksal war ein mieser Verräter und manchmal musste man selbst für das Gute im Leben sorgen, wenn es nicht von alleine kam. Und sie hatte im Moment keinen Bock auf viel Getümmel. Denn bei einem Urlaub in Ägypten – ja, natürlich wäre das spektakulärer und billiger geworden – hätte sie sich mit weiteren 1.000 Touristen am Strand um die Plätze streiten, ständig lästige Massage- oder Ausflugheinis abwimmeln und zudem noch Avancen von ledigen Männern, die eine Chance, in reichere Gefilde einzudringen, witterten, abwehren müssen. Auf dieser Insel bestand diese Gefahr eindeutig nicht. Wie Tamika bald schweren Herzens feststellen würde.

Endlich wieder stabilen Boden unter den Füßen spürend schritt sie auf dem Holzsteg in Richtung Hotelempfang entlang und staunte über das türkisfarbene Meer. Etliche kleine Fischschwärme schienen sie hektisch zu begrüßen, als sie unter dem Holzpfad hindurch schwammen, und ein paar undefinierbare Vögel mit langen Beinen spazierten zwitschernd am Strand entlang. Die Sonne ging gerade unter, und dennoch war der Klimawechsel eindeutig zu spüren. Ohne Lichtschutzfaktor 30 würde Tamika morgen keinen Schritt aus den geschützten Räumen wagen.

An der Rezeption angelangt, parkten emsige Helfer bereits ihr Gepäck. Das Hotel strotzte nur so voller Exotik, leuchtende Blumenbouquets auf dem Tresen und neben dem Empfang in geflochtenen Körben hießen die Gäste willkommen. Die Einrichtung bestand aus stark gemustertem Holz, Bambus und weißem Granit. Es roch nach Salz und frischen Blüten, und alle Mitarbeiter trugen eine Uniform mit einer Orchidee im Jackett oder im hochgesteckten Haar.

Tamika strahlte ein Mann mit hochgetackerten Mund-winkeln entgegen und begrüßte sie: „Willkommen im Barafta Island Resort. Darf ich Ihnen einen Cocktail anbieten, bevor wir Sie in Ihre Honeymoonsuite begleiten dürfen?"

Ein Kloß bildete sich in Tamikas Hals, war er denn blind? Gerade als sie antworten wollte, spazierte ein sich anschmachtendes Pärchen an ihr vorbei, das die Finger kaum voneinander lassen konnte.

Das kann ja heiter werden ..., es war unausweichlich, ihnen mit den ineinander verschlungenen Händen, den glühenden Wangen und dem Leuchten in den Augen nachzusehen. Die Verliebten hatten genau das, was man sich ein Leben lang wünschte ...

„Misses ...", der Rezeptionist blätterte in den Unterlagen vor sich und holte sie ins Hier und Jetzt zurück.

„Miss. Und das mit der Honeymoonsuite muss wohl ein Missverständnis sein. Ich habe einen Single-Bungalow direkt am Strand gebucht." Erst jetzt wurde ihr bewusst, dass sie flüsterte und nervös ihre Finger auf der Ablage vor sich knetete.

Warum komme ich mir nur so verloren und wie ein ungewollter Welpe vor? Ich bin doch gar nicht Single!

Tamika übergab dem Mitarbeiter ihren Pass, um ihre Buchung zu bestätigen. Mit hochgezogenen Augenbrauen musterte der Mann sie nun und seine Lippen formten sich spitz zusammen, als würde es sich bei ihr um ein ganz spezielles Klientel handeln. Nämlich jenes, das nicht himmelhoch-jauchzend durch die Gegend sprang und unachtsam mit

Dollarnoten um sich warf. Sprich: die knausrigen, schlecht gelaunten Sportler, die jeden Cent dreimal umdrehten.

Aus irgendeinem Grund fühlte Tamika sogleich mehr Gewicht auf ihren Schultern wachsen und sie wollte nur rasch in ihren Bungalow. Immerhin war es spät und sie wollte das Abendessen noch ausnutzen. Letztendlich schien der Angestellte Nachsehen mit ihr zu haben, durchstöberte erneut die Unterlagen vor sich und murmelte: „Oh, hier haben wir es. Frau Tamika Kaider. Einzelbelegung mit Halbpension. Ich bitte um Verzeihung." Das kurze Zucken seiner Mundwinkel sollte wohl die Entschuldigung darstellen.

„Den Cocktail würde ich aber trotzdem gerne nehmen", wechselte Tamika das Thema und langte nach einem Glas auf dem Tablett schräg vor ihr, während eine zweite bemühte Rezeptionistin ihr ein paar Flyer mit Informationen entgegenhielt.

„Darf ich Ihnen Unterlagen betreffend unserer Ausflugsziele mitgeben? Ab zwei Personen finden die Touren statt und bei der Buchung von mindestens zwei davon bekommen Sie sogar einen Rabatt von zehn Prozent." Ihre weißen Zähne traten aufgrund des makellos braunen Teints stark hervor und die magentafarbene Blüte passte perfekt zu diesen exotischen Augen. Sie war jung, schien ihr Leben noch vor sich zu haben und somit auch etliche Türen, die ihr offenstanden. Im Gegensatz zu ihr. Tamika fühlte sich schlagartig steinalt.

Warum ziehst du dich wieder so runter?, schalt sie sich selbst.

Der Mitarbeiter räusperte sich auffällig, legte seine flache Hand rasch auf den Stapel Papierflyer, bevor Tamika danach langen konnte, und lugte seine Kollegin mit unzufriedener Miene an.

„Mandy, das Taucherpaket, bitte." Er wedelte mit den Informationsbroschüren vor den Augen der Mitarbeiterin herum, bis es offensichtlich bei ihr Klick machte, sie sich hinhockte und merklich im Untergrund hinter der Theke kramte.

Na toll!, im Taucherparadies schien das Taucherpaket wohl nicht oft beworben zu werden. Tamika seufzte und kratzte sich an der Schläfe, als sich hinter ihr ein weiteres Pärchen gegenseitig durch die Empfangshalle jagte, jegliche Mitarbeiter tunlichst aus dem Weg sprangen und ein freundliches Lächeln aufsetzten, um Sekunden später wieder unbekümmert mit ihrer Arbeit fortzufahren.

Tamika begann gerade daran zu zweifeln, ob ihre Wahl für dieses Reiseziel wirklich gut durchdacht gewesen war, als die Rezeptionistin wieder unter der Theke hervorkam und ihr einen dünnen Zettel mit Tauchangeboten entgegenhielt. Tamika nahm ihn nur halb enthusiastisch in Empfang, wollte gerade an ihrem Cocktail schlürfen, als sie feststellte, dass ihr bereits zur Seite gestelltes Glas abhandengekommen war. Offenbar war es ungetaner Dinge abgeräumt worden, bevor sie davon auch nur hatte kosten können. Etwas verzweifelt starrte Tamika den Rezeptionisten vor sich an, der ihr ohne Worte einen neuen Cocktail auf dem Tablett anbot.

Was für ein Start ...

4 | Gemeinsam allein

„D u hast tatsächlich der unverschämten Erhöhung der Programmierleistungen von Sporax zugestimmt? Begreifst du denn nicht, dass wir nun einen Level erreicht haben, wo die Geier über uns kreisen und ein Stück vom Kuchen ergattern wollen? Wie blind bist du eigentlich? Wir arbeiten so hart und müssen standhaft bleiben. Wir lassen uns weder unter Druck setzen noch erpressen und wir finden genügend andere Partner, die es für weniger ..." Maurice rieb sich genervt das Gesicht, da er nicht fassen konnte, was Jakob ihm für Ausreden auftischte, warum er den Vertrag mit Sporax erneut verlängert hatte. Und das, obwohl diese Firma gierig geworden war. Er lauschte den Ausführungen und es fiel ihm schwer, nicht ausfallend zu werden, denn er schätzte Jakob im Grunde. Immerhin war er von Anfang an mit dabei gewesen und hatte ihn Tag und Nacht beim Aufbau dieser Firma unterstützt. Und dies tat Jakob selbst bei unmöglich scheinenden Vorschlägen, ohne Einwände einzubringen, loyal und stets ohne sich zu beschweren. Doch in letzter Zeit krachte Maurice mit ihm häufiger zusammen und verstand nicht, warum. Früher waren sie die besten Freunde gewesen und nun diskutierten sie fast täglich am Handy, als würde dies die Kommunikation oder die Problemlösung fördern.

„So, jetzt sage ich es dir noch einmal. Du wirst gefälligst den Vertrag nehmen, dich mit Dr. Laurenz von der Anwaltskanzlei zusammensetzen und prüfen, ob es einen Schlupfwinkel gibt, um da wieder rauszukommen." Als würde Jakob vor ihm stehen, wedelte Maurice mit dem Zeigefinger und stapfte im tiefen Sand vor dem Beautysalon auf und ab. Dabei verscheuchte er bereits Personen, die mit dem Gedanken gespielt hatten, sich im Schönheitstempel verwöhnen zu lassen. Aber Erholung zu finden, wenn er hier lautstark seine Geschäfte tätigte, schien niemand für wahrscheinlich zu halten. Selbst einen verschüchterten Mitarbeiter, der ihn höflich gebeten hatte, etwas leiser zu reden, hatte Maurice bereits gekonnt ignoriert.

„Parallel dazu holst du neue Angebote ein", fuhr er indes fort und zupfte an seinem dunkelblauen Baumwollhemd, das ihm an der Brust klebte, herum. „Das sollte reichen, um Sporax Feuer unter dem Arsch zu machen, denn das wird sich gewiss rumsprechen, und dann überdenken sie ihren horrenden Preis noch einmal!"

Maurice langte es, er wollte lieber eine Massage über sich ergehen lassen, ein paar Whiskeys in sich hineinschütten und den Tag hinter sich bringen, anstatt sich weiter herumzuärgern. Doch Jakob blieb standhaft bei der Meinung, dass der Vertrag gut genug wäre und sie dankbar dafür sein sollten, dass Sporax die Kapriolen des Firmengründers noch duldete.

„Kapriolen? Hast du gerade MEINE Kapriolen gemeint?", brüllte Maurice ins Handy und trat wütend mit dem Fuß gegen die nächstgelegene Palme direkt am Eingang. Die dünnen Lederschuhe waren dabei nicht gerade hilfreich.

Als er am anderen Ende ein Seufzen hörte und ein Ton angeschlagen wurde, der nur so vor bemühtem Verständnis triefte, wurde Maurice noch wütender. „Fang jetzt nicht damit an, das hat nichts mit Shanice zu tun!" Erneut holte er aus und trat gegen die robuste Pflanze, doch diesmal fuhr ein Schmerz durch den Knöchel bis in die Wirbelsäule. „Verfluchter Mist!" Maurice biss sich verkrampft in die Unterlippe. „Ich muss aufhören, ich melde mich später, und wehe dir, wenn du den verdammten Vertrag nicht platzen lässt!"

Wutentbrannt würgte er das Handy ab und war nahe dran, das verhasste Ding direkt ins wenige Meter entfernte Meer zu schleudern, als ein verunsichert wirkendes Pärchen schnellen Schrittes an ihm vorbeitänzelte. Mit einem aufgesetzten Lächeln rief er ihnen „Alles Gute wünsche ich euch Turteltäubchen!" hinterher und hatte nicht minder Lust, nun ihnen das Handy nachzupfeffern, obwohl er genau wusste, dass sie nichts für seine Misere konnten. Sie waren vielleicht eine Ausnahme, in der es wahre Liebe und tief greifende Verbundenheit tatsächlich gab. Oder sie waren noch nicht lange genug zusammen und blind für die Realität. Was auch immer, Maurice brauchte einen Drink.

„Mister, brauchen Sie vielleicht Hilfe?", kam der Mitarbeiter des Beautytempels ein weiteres Mal in geduckter Haltung näher, als Maurice ein paar Schritte in seine Richtung humpelte und der Schmerz kaum zu unterdrücken war.

„Sehe ich etwa so aus?", fluchte er ungalant, musste sich aber dann eingestehen, dass kalte Umschläge womöglich spätere Folgen noch ausbügeln könnten. „Bringen Sie mir eine Krankenschwester oder was Sie sonst so hier auf der Insel herumlungern haben und einen Whiskey, aber gefälligst ohne Eiswürfel! Und jetzt lassen Sie mich vorbei, ich brauch' eine Liege und geschickte Hände." Als der Mitarbeiter hilfsbereit hinter ihm herschlich, bremste Maurice ihn mit einer Handbewegung und deutete auf eine exotische Schönheit direkt beim Empfang des Beautysalons. „Sie haben gewiss keine geschickten Hände, aber DIE da. Sie soll mitkommen." Hinkend schritt Maurice bereits weiter in die Richtung der Kabine, die er jeden Nachmittag nutzte, und hörte leise Stimmen und geschäftiges Treiben hinter sich. Er wusste, dass seiner Aufforderung rasch entsprochen werden würde, da er zwei Hundert-Dollar-Scheine auf dem Tresen liegengelassen hatte.

Diese verfluchte Schlaflosigkeit. Woher kam es bloß, dass die Gedanken einen nachts wach hielten, bis ins Unermessliche quälten, obwohl man die Fragen ohnehin nicht beantworten konnte? Warum war es so eine Folter und der Geist gönnte einem nicht einmal ein paar Stunden Frieden? So kam es, dass Tamika bereits um 7:00 Uhr die Lider aufgeschlagen hatte, obwohl die Zeiger laut europäischer Zeit erst 4:00 Uhr ankündigten. Durch die Bettflucht war sie gleich als Erstes zum Frühstück geeilt und hatte danach die Insel leicht joggend umrundet – okay, sie hatte nach zwei Minuten aufgegeben, da sie so tief im Sand versunken war, dass das Keuchen schon ungesund geklungen hatte. Sie wollte tunlichst auf eine Mund-zu-Mund-Beatmung durch einen, bei ihrem Glück, zahnlosen Mitarbeiter verzichten. Zudem kam ihr das Frühstück säuerlich hoch, was ihr die falsche Reihenfolge ihrer Tagesplanung vor Augen rief.

Nachdem sie verdaut hatte, war sie bemüht, im Gym eine Stunde totzuschlagen, und hatte dort gähnende Leere vorgefunden. Wie sollte es auch anders sein? Um 9:30 Uhr lagen sich die frisch Verheirateten noch in den Armen oder takelten sich für das Frühstück auf. Doch Tamika war unermüdlich. Sie klapperte den Souvenirladen ab, trug sich für einen Tauchgang für den nächsten Tag ein und studierte die Anleitung ihrer Unterwasserkamera. Zum dritten Mal. Ach ja, fast vergessen! Stolz konnte Tamika auch von sich behaupten, ganze drei Kapitel aus Evelyns Buch gelesen zu haben. Zwar im Tempo eines Eilzuges, aber dennoch: Aufgabe abgehakt.

Und jetzt?

Da sie bereits rote Haut vom Sonnenbaden und Schwimmhäute vom stundenlangen Schnorcheln aufwies, hatte sie es sich im Schatten bequem gemacht. Es war später Nachmittag und Tamika hatte bereits einen Abschirmfilter gegen die glücklichen Pärchen entwickelt. Sie nahm sie kaum noch wahr, was ihr recht war, denn das Glück der anderen zu sehen, verschärfte ihre Fragen, warum sie es nicht auch sein konnte? Wie war sie mit ihren geschlagenen 33 Jahren nur allein hier gelandet? Was machte sie bloß falsch? Und genau dieses Kopfzerbrechen nervte sie.

Hallo? Ich bin mitten im Indischen Ozean, am schönsten Ort, den man sich nur erträumen kann, und da will ich alles, nur nicht Trübsal blasen!

Darum war es nicht verwunderlich, dass sie letztendlich bei der Poolbar gelandet war, wo Jolo – so hatte er sich vorstellt – Tamika freundlich in Empfang nahm und sie mit extrem bunten

Kreationen verwöhnte. Im Hintergrund lief Reggaemusik, das Palmendach der kleinen Bar hing tief hinab und der Holztresen war bereits von eingeritzten Namen und Brandflecken gezeichnet. Jolo stellte einen neuen Cocktail vor Tamika ab, dessen Glasrand in bunten Kristallzucker getaucht worden war. Eine Scheibe Ananas, die von einem mit einer Kirsche gespickten Spieß verziert wurde, rundete das in Regenbogen-schichten gezauberte Getränk ab. Sie konnte den Barkeeper einfach nur anstrahlen und in Englisch für dieses Talent beglückwünschen: „Das ist ein wirkliches Kunstwerk, Jolo. Wie lange hast du dafür geübt?", schmeichelte sie ihm und genoss seine lockere Art. Sie schätzte ihn auf etwa 27 Jahre. Er war recht drahtig gebaut und sein Versuch, sich einen Dreitagebart stehen zu lassen, scheiterte kläglich an Mutter Natur. Aber dafür hatte er freche Locken, die ihm bis ins verschmitzte Gesicht reichten, und ein bezauberndes Lächeln, das seine dunklen Augen noch betonte.

„Ich habe diese Kreation gerade für dich erfunden. Also zum ersten Mal." Er zwinkerte ihr charmant zu und sie musste grinsen. Natürlich war das gelogen und Tamika war sich gewiss, dass er diese Masche jeden Tag bei den Frauen anwandte. Doch spielte es eine Rolle? Es tat ihrer Seele gut und lenkte sie ab. Die weitläufige Freiheit hier, der unendliche Horizont und der Charme, den diese Insel ausstrahlte, schlussfolgerten, dass auch ein kleiner Flirt erlaubt sein musste. Obwohl, als Flirt würde sie die Sache gar nicht titulieren, sondern das Ganze fiel eher in die Kategorie ‚sich nett unterhalten'. Aber jeder würde das anders auslegen.

„Und wie lange wirst du hierbleiben?", fragte Jolo neugierig und wischte zum dritten Mal die Theke ab, an der ansonsten nur zwei weitere Personen saßen. Er tat offenbar alles dafür, um viel Zeit bei den von ihr in Anspruch genommenen fünfzig Zentimetern Holz verbringen zu können.

Tamika strich sich durchs zottelige Haar, das das Meer ihr verpasst hatte. „Leider nur eine Woche. Einerseits wird mir hier wohl rasch langweilig werden, andererseits ist es auch schön, einmal weit weg von allem zu sein."

Jolo hielt in seinem Putzwahn inne, musterte sie direkt und lehnte sich dann näher zu ihr, als würde er mit ihr im Geheimen sprechen wollen: „Du meinst, von den Sorgen in deiner Heimat?"

Tamika schürzte ihre trockenen Lippen und es fiel ihr schwer, ihm unverwandt in die Augen zu blicken. Dabei war es offensichtlich. Was wollte sie vor ihm verstecken? Vor allem sagte man Barkeepern und Friseuren nach, dass sie berufsbedingt verkappte Seelsorger waren. Daher nickte sie und begleitete ihre Kopfbewegung mit einem müden Seufzen. Hinter sich hörte sie das Wellenrauschen, was die Szene noch melancholischer wirken ließ.

Eine Augenbraue sprang bei ihrem Gegenüber in die Höhe und seine Stirn bekam eine tiefe Falte. „Wo hast du deinen Freund gelassen?"

Eine sehr geschickte Frage, um herauszufinden, ob sie Single war. Doch streng genommen hatte sie keine Lust, darüber zu reden. Ihr Instinkt machte ihr jedoch klar, dass Jolo nicht lockerlassen würde. Ewig auszuweichen könnte sich als mühsam herausstellen, noch dazu plauderte es sich mit Fremden besonders leicht von der Seele. Eigentlich war sie das Thema leid, da sie sich darüber bereits bei ihrer Familie und engsten Freunden ausgiebig ausgekotzt hatte. Vielleicht war Jolo jedoch geschickt genug, etwas zu sagen, was sie stutzig machte und die Dinge von einem anderen Winkel aus betrachten ließ. Immerhin war sie hergekommen, damit der Knoten platzte, selbst wenn die bisherigen Gespräche nichts losgetreten hatten.

„Es ist kompliziert", begann sie, langte nach dem Cocktail und schlürfte zwei große Schlucke Mut. Und wie erhofft war er köstlich: angenehm erfrischend und nicht zu süß.

Sehr kumpelhaft stellte Jolo ein weiteres Glas zu ihrem und schenkte sich eine Cola ein, damit sie nicht alleine trinken musste. Irgendwie eine schöne Geste, stellte sie schmunzelnd fest, und blickte ihm tief in die Augen.

„Ist es das nicht immer? Kompliziert?", flüsterte er und strahlte dabei Verständnis aus.

Maurices Knöchel schmerzte noch immer, als er auf seinen Tisch im Restaurant zuhumpelte. An diesem Abend saßen mehr Gäste an den Tischen, die Geräuschkulisse war stärker, was unterstrich, dass ein Wechsel der Touristen stattgefunden hatte. Die Hochsaison hatte begonnen, was ihm nicht unbedingt gefiel. Er war lieber für sich allein, mit weniger Getümmel und mehr Exklusivität. Sogar der Umstand, dass diese Mini-Insel nur 40 Bungalows für Reisende zur Verfügung stellte, ließ das Restaurant abends überbevölkert wirken. Aber zum Glück hatte er seinen fix reservierten Tisch, und zwar am besten Platz, um direkt die imposante Spiegelung des Mondes in der Brandung auszukosten ... Doch heute war es anders. Es hatte sich unverschämterweise eine Dame an seinen Tisch verirrt, saß dort in einem wallenden Blumenkleid mit tiefem Ausschnitt und wehendem, blondem Haar. Sie sah ihn nicht kommen, da sie wie gebannt den Blick auf den Horizont gerichtet hielt, an dem nur noch ein zarter Hauch von Orange vom Sonnenuntergang zu erkennen war.

Maurice räusperte sich und machte sich auf Englisch bemerkbar: „Entschuldigen Sie, Miss, aber offensichtlich haben Sie es sich am falschen Tisch bequem gemacht."

Sie zuckte zusammen und wandte sich mit großen blauen Augen ihm zu. Er schätzte sie auf circa 30 Jahre, also in seinem Alter, und sie hatte wohlgemerkt ein sehr attraktiv geschnittenes Gesicht. Eine kleine Stupsnase, volle Lippen und dezentes Make-Up. Ihr Mund formte ein überraschtes ‚O', was sie etwas verpeilt und niedlich zugleich wirken ließ. Maurice schenkte ihr daher ein kleines Schmunzeln.

„Oh, das tut mir leid", rutschte es ihr auf Deutsch heraus. Bis sie kurz ihre Hand auf die Stirn legte, die Augen schloss und den Kopf schüttelte, als ihr offenbar bewusst wurde, dass sie die falsche Sprache benutzt hatte. Doch nur eine Sekunde später machte sie diesen Fehler wieder gut und Maurice war verwundert, wie perfekt sie sprach. Sie musste also entweder studiert, viel Zeit im Ausland oder mit *Native Speakern* verbracht haben.

„Verzeihen Sie mir, ich wusste nicht, dass es eine Tischordnung gibt. Ich habe mich bereits gestern einfach irgendwo hingesetzt, wollte aber nicht unhöflich sein." Als sie sich erhob und ihren Sessel zurück unter den Tisch schieben wollte, wurde ihm bewusst, dass sie offenbar schon mit dem Mahl begonnen hatte, da ein gefüllter Salatteller vor ihr stand. Maurice kam sich nun unnötig kleinkariert vor. Er stoppte die Frau durch eine Handbewegung, als sie den Teller nehmen wollte.

„So wie es aussieht, sind wir beide der deutschen Sprache mächtig."

Tamika sah den gepflegten Mann an. Er hatte enorm dichtes, schwarzes Haar und eine sehr kurze Frisur. Nur an der Stirn wurde es etwas länger und stand ihm gegelt nach oben. Sein feines rostbraunes Hemd war drei Knöpfe weit offen und ließ eine glatte, gebräunte Brust erkennen. Womöglich verweilte er bereits länger auf den Malediven. Eine dunkelblaue, gerade geschnittene Leinenhose deutete eine gut trainierte Statur an und aufgrund der hochgekrempelten Hemdärmel musste sie unweigerlich auf seine starken Unterarme, die großen Hände und eine fette Breitling blicken. Bei den Schuhen angelangt – die teuer wirkten, wie auch der Ledergürtel mit gebürstetem Verschluss –, war es nicht mehr zu leugnen, dass er wohlhabend sein musste. Als eine Brise ihr noch sein Parfüm aufdrängte, wusste sie, was für eine Typ Mann er war, und straffte ihre Schultern.

„Ja, die Welt ist klein. Wie gesagt, war mir nicht bewusst, dass man hier Tische reservieren kann und ich überlasse ihn Ihnen natürlich." Ihr Lächeln beließ sie kurz, als er erneut Anstalten machte, sie vom Gehen abzuhalten. Genau in diesem Moment kam ein Kellner herbeigeeilt und brachte ihm ein Getränk. Der Mitarbeiter wirkte verängstigt, hatte Schweiß auf der Stirn und seine Augen waren geweitet. „Hier, Ihr Whiskey, Sir. Diesmal natürlich ohne Eiswürfel." Sein Adamsapfel sprang nervös auf und ab, als er strammstand wie beim Militär und beide Arme ins Kreuz schob. Der Angestellte schien einen Heidenrespekt vor ihm zu haben, aus welchem Grund auch immer.

Tamika wunderte sich über die Reaktion des Mannes, denn er schien den Mitarbeiter keines Blickes zu würdigen, als wäre dieser nicht existent für ihn. „Das will ich hoffen. So viel Unfähigkeit traue ich Ihnen auch nicht zu", spuckte er dem Kellner entgegen. Die Stimme war tief, wirkte selbst im Flüsterton bedrohlich und sogar Tamika wurde es flau im Magen, als der reiche Schnösel sich wieder auf sie konzentrierte. Komischerweise hatte er für sie eine viel freundlichere Mimik vorzuweisen: „Wissen Sie, um ehrlich zu sein, esse ich nicht gerne alleine. Möchten Sie mir vielleicht Gesellschaft leisten?" Galant wies er sie erneut zum Stuhl, wodurch der Kellner wohl automatisch erkannte, dass ein weiteres Gedeck nötig wäre, und eilig lossprinten wollte. Doch Tamika legte sanft eine Hand auf den Oberarm des tüchtigen Mitarbeiters, der abrupt stoppte und sie verwirrt anstarrte. Daher ließ sie von ihm ab, blickte ihm freundlich in die Augen. „Das ist sehr zuvorkommend, aber nein, danke. Ich werde mich woanders hinsetzen."

Erschrocken wechselte der Kellner nun den Blick zwischen ihr und dem Mann, dessen zuvor zuversichtliches Lächeln in Verwunderung umschlug.

„So-soll ich Sie vielleicht mit dem Teller begleiten?" Plötzlich strahlte der Angestellte, der sich beachtet fühlte, ergriff ihren Salatteller und stellte sich dann wartend neben sie. Tamika musste erneut freundlich lächeln, für sie kam dies aber nicht infrage. Es reichte, wenn die anderen verwöhnten Gäste diese Art Service genossen, sie war selbstständig und legte keinen Wert darauf. Daher nahm sie ihm das Geschirr vorsichtig ab und kassierte sofort eine enttäuschte Miene, als würde sie dem Kellner die Lebensgrundlage rauben.

„Das ist wirklich nicht nötig, aber sehr reizend von Ihnen, Mister ..." Tamika erkannte sofort den rührseligen Ausdruck in den glänzenden Pupillen. War es nicht traurig, dass ein wenig Freundlichkeit und Beachtung für die Mitarbeiter hier so eine Seltenheit darstellten, dass sie derart emotional reagierten? Womöglich war der Kellner nie zuvor nach seinem Namen gefragt worden.

„Enrico, Miss", sagte er mit stolzer Brust und Tamika wiederholte den Namen freundlich, während sie im Augenwinkel erkannte, wie der reiche Schnösel sich genervt hinsetzte und ihnen den Rücken zuwandte. Überlaut schüttelte er seine Stoffserviette aus, um sie sich anschließend auf den Schoß zu betten.

„Es war mir eine Freude, Enrico." Und mit einem kurzen Blick zu dem Gentleman auf dem Sondersitz ergänzte sie: „Und vielen herzlichen Dank für Ihr Angebot. Ich wünsche Ihnen noch einen wundervollen Abend."

Mit einer hochgezogenen Braue und einem aufgesetzten Lächeln nickte er ihr nur von der Seite her zu, als wäre er beleidigt: „Wünsche ich Ihnen ebenfalls." Gleichzeitig schickte er dem Kellner einen strengen Blick und deutete auf sein leeres Glas, das er aus Frust offenbar auf Ex ausgetrunken hatte.

5 | Feuchtfröhliche Nacht

*T*amika spazierte am Strand entlang und hielt sich dabei selbst im Arm. Es war kurz nach Mitternacht und sie hatte erneut kein Auge zugetan. Daher hatte sie den Plan gefasst, einen kleinen Spaziergang an der frischen Luft zu tätigen, der sie hoffentlich müde machen würde.

Ein starker Wind war aufgezogen, aber die Reflexion des Mondes auf dem Meer hatte etwas Mystisches und es war so friedlich, da sie mutterseelenallein war. Das Rauschen hatte eine beruhigende Wirkung, aber auch eine merkwürdig befreiende, wodurch ihr aus unerfindlichem Grund Tränen über die Wangen liefen. Ihr wurde bewusst, wie einsam sie sich fühlte und wie armselig und traurig es war, diesen Moment allein genießen zu müssen. Generell allein zu verreisen. Egal, wie großartig die Erlebnisse hier wären, sie würde nicht in 20 Jahren mit einem Partner das Fotoalbum durchgehen und in Erinnerungen schwelgen können, wie schön es damals gewesen war à la: ‚Kannst du dich noch erinnern …?' Dabei waren es genau diese Momente, die eine Beziehung stärkten, vertieften und durch die man zusammenwuchs. Und exakt in diesem Augenblick wuchs sie ausschließlich mit dem feuchten Sand unter ihren Zehen zusammen. Die Tränen bildeten warme Striemen auf ihrer Haut und mit ihnen kamen die sie geißelnden Fragen zurück:

Ist Pascal der Richtige? Werde ich glücklich mit ihm, obwohl wir unterschiedliche Vorstellungen davon haben, was eine Beziehung betrifft? Obwohl er Emotionen kaum ausdrücken kann, seine Interessen nicht so vielseitig wie meine sind und ich – sobald seine Freunde ins Spiel kommen – für ihn zweitrangig werde?

Dabei würde Klarheit in Bezug auf die wichtigsten Fragen alle anderen gleichgültig werden lassen. Nämlich: *Liebe ich ihn wirklich? Habe ich ihn je geliebt, oder war es eher die Vorstellung, wieder in einer Beziehung zu sein, in die ich mich verschossen habe, nachdem die Bindung mit der ersten großen Liebe nicht geklappt hat?*

Tamika schüttelte diese schmerzhaften Gedanken ab, da sie sich ihnen nicht stellen wollte. Es war so viel einfacher, sich über die Momente zu freuen, die zwischen ihr und Pascal funktionierten.

Plötzlich überrollte sie eine Gänsehaut. Ihre Augen nahmen einen größeres Schatten wenige Meter vor ihr wahr, das teilweise im Wasser lag und keinem gewöhnlichen Felsen glich. Dankbar für diese Abwechslung beschleunigte sie ihre Schritte und beobachtete, wie größere Krabben sich von dem Objekt entfernten, je näher sie kam. Sie konzentrierte sich auf die Konturen und erkannte rasch, dass es sich um eine leblose Person handeln musste, und bekam Panik. Nun lief sie los, bis sie kurz vor ihrem Ziel feststellte, dass es sich nur um eine Alkoholleiche handelte. Denn es war ein Mann, der sich in exakt diesem Augenblick nach links in Lümmelposition drehte und selbst dabei seine Whiskeyflasche nicht loslassen wollte.

Tamika rollte mit den Augen, da sie nicht verstand, wie man so seinen Rausch ausschlafen konnte. Immerhin lag der Mann mit den Hosenbeinen bereits im Wasser und müsste bald den Eindruck gewinnen, sich eingenässt zu haben.

„Hey! Aufwachen! Ich denke, Sie haben sich einen sehr ungünstigen Schlafplatz ausgesucht. Soll ich jemanden vom Hotel holen?" Tamika beugte sich zu ihm hinab und ihr wehte eine starke Alkoholfahne entgegen, als der Mann die Lider öffnete und mit aller Mühe versuchte, sie geradewegs anzuvisieren. Das war auch der Moment, als Tamika den reichen Macker vom Dinner wiedererkannte. Eigentlich hätte sie nie im Traum daran gedacht, dass ein Mann wie er sich so gehen lassen könnte, und falls doch, das auch geschehen lassen würde.

Leicht schwankend streckte er eine Hand nach ihr aus, doch anstatt sie – wie zuerst angenommen – im Gesicht zu berühren, klammerte er sich nun an die nächstbeste Rettungsboje, die er auserkoren hatte, und dies war ausgerechnet ihr Fußgelenk. „Ssshhanice? Bis' du das?", lallte er und bekam dabei beinahe einen Knoten in der Zunge.

Da seine starke Hand an ihrem Gelenk geparkt war, war Tamika sich unsicher, was sie mit ihm anstellen sollte. Geradewegs zur Rezeption laufen und den Vorfall melden? Konnte man die Schnapsdrossel in diesem kläglichen Zustand alleine lassen? Und jetzt laut um Hilfe zu brüllen und alle auf der Insel hochzuschrecken, würde wohl im Urlaub niemand so prickelnd finden. Tamika rieb sich genervt das Gesicht und ging ihre Optionen durch. Immerhin reden wir hier von einem erwachsenen Mann, der mit seinem Leben eigentlich klarkommen sollte. Andererseits kannte sie diese Momente im Leben, wo man einfach abstürzen und auf alles pfeifen wollte. Sie tat es nur nie …

Ein Blick über ihre Schulter bestätigte, dass ihr Bungalow der nächstgelegene war. Dort befand sich eine abschließbare Terrasse, auf der ein bequemes Schaukelbett montiert war. In betrunkenem Zustand zwar noch eine Verstärkung der Seekrankheit, aber Tamika zählte es zu Freizeitrisiko, wenn man sich wie er so unachtsam vollaufen ließ. Zudem kam ihr der Gedanke, dass die Mitarbeiter ihr genau genommen sehr dankbar dafür wären, sie nicht seiner strengen Laune auszusetzen, wenn sie ihn hier finden und wegbewegen wollen würden. Immerhin war er bereits mit dem Kellner wüst Schlitten gefahren.

Hatte er es überhaupt verdient, dass sie sich seiner annahm? Er war doch eigentlich ein völlig Fremder?

Aber du hast ein weiches Herz, quetschte sich das gute Gewissen zwischen die Zweifel und somit war es beschlossene Sache.

„SSShhanice? Rasierst du dich gar nicht mehr?"

Tamika zog ihren Fuß aus dem Klammergriff und spürte, wie ihr das Blut zu Kopf stieg, als der Mann mit dem verpeilten Blick und der verwuselten Sandfrisur zu ihr aufstarrte.

„Okay, Sie Charmebolzen. Wenn Sie ein bisschen mithelfen, werde ich das jetzt vergessen und Sie dort auf die Liege tragen. Was halten Sie davon?" Tamika verwies auf ihre Terrasse nur zwanzig Meter entfernt. Der Mann drückte sich mit einem Arm hoch, stützte sich auf den Ellenbogen, um seinen Zeigefinger auf die Lippen zu legen und „Sscchhh" zu hauchen.

Okay? Was auch immer ...

Doch als Tamika Anstalten machte, ihn hochzustemmen, legte er beiläufig den Arm um ihre Schulter, was wohl bedeutete, dass er für den Plan war. Sie hatte jedoch nicht mit seinem Gewicht gerechnet und dass sich der Mann komplett reinhängen würde, sodass sie stürzte und längs direkt auf ihm landete.

Ein schmutziges Lachen kam unter ihr hervor: „Mann, Mann, Mann, du gehst aber ran!"

Tamika musste sich eine blöde Bemerkung verkneifen, da es ohnehin nichts brachte und er am nächsten Morgen alles vergessen hätte.

Warum war nie ein wasserfester Edding da, wenn man ihn brauchte ... ein paar zusätzliche Verzierungen am Morgen hätten ihm nicht geschadet.

Tamika drückte sich von seiner Brust hoch und starrte ihn an. Nur dieses komische Grinsen sprang ihr entgegen und seine Arme, die er nun neben ihr in die Höhe streckte wie ein Kleinkind, das hoffte, dass ihm jemand in den Pulli half.

Ich fasse es einfach nicht!, ärgerte sie sich im Stillen und empfahl ihrem guten Gewissen, sich zu verkrümeln, da es für weitere hirnrissige Vorschläge nicht mehr gebraucht wurde.

Tamika stemmte sich mühsam von dieser halb toten Masse empor, umfasste die beiden Unterarme und lehnte sich zurück, um einen erneuten Versuch zu starten. Diesmal war der Mann sogar so gnädig, sein Gewicht zu verlagern und es ihr dadurch leichter zu machen. Kaum stand er aufrecht, schlüpfte sie unter seine Schulter und stützte ihn, bevor er erneut erschlaffen und in Säuglingsposition rollen konnte.

„Es sind nur ein paar Schritte, halten Sie durch", motivierte sie mehr sich selbst als ihn und biss sich vor Anstrengung auf die Unterlippe. Durch den nachgebenden Sand unter ihren Füßen wurde das Unterfangen weitaus schwieriger und sie rang bei jedem Schritt mit ihrem Atem. Noch nie hatte sich eine Distanz so schwer zu überbrücken angefühlt wie jetzt, und die Muskelmasse über ihr schien schier ins Unermessliche zu wachsen.

„Okay, aber rasieren würde wirklich nicht schaden", konterte ihr Anhängsel beiläufig und Tamika verkrampfte sich. Als sie ihn nun anstierte und er sie ebenfalls ansah, hätte sie ihm gerne eine gescheuert, doch sie wusste es besser.

„Danke für den Tipp", grummelte sie stattdessen. Mit diesen Worten kamen sie bei ihrer Terrasse an und sie ließ ihn direkt auf die schwingende Liege sacken. Ein lautes Motzen war zu hören, als er sich sogleich samt Schuhen und Kleidung flach auf den Bauch hinlegte. Das Quietschen der Scharniere an der Holzdecke, an denen die Seile über ihm befestigt waren, hörte sich verdächtig an. Doch sollten sie den Mann nicht halten, war es sein Pech. Tamika wollte gewiss nicht abwarten, ob er geradewegs auf den Boden knallte. Stattdessen ging sie schnurstracks in den Bungalow, schloss die Schiebetüre hinter sich und zu guter Letzt noch die dichten Vorhänge.

Und jetzt muss er selbst klarkommen, beschloss sie für sich und legte sich erschöpft ins Bett.

Oh, nein, nicht schon wieder!

Maurice wurde von einem Presslufthammer in seinen Schläfen geweckt und einem verklebten Gaumen, der nach Flüssigkeit flehte. Aber da war noch etwas!

Rieche ich da frischen Kaffee?

Maurice gab seinen Augenlidern den Befehl, sich zu öffnen, was er mehr schlecht als recht zustande brachte, da auch dort jegliche

Flüssigkeit verdampft war. Ein greller Strahl drang in seinen empfindlichen Sehnerv, sodass er sich mit einer Hand das Gesicht schützte. Mehr als ein „Mmmmhpf" brachte er dabei nicht heraus.

Was ist das Letzte, woran ich mich erinnern kann?

Whiskey. Viel zu viel Whiskey.

„Na? Haben wir einen Kater?", hörte er eine weibliche Stimme über sich.

Maurice erschrak und wollte energisch hochfahren, doch die Unterlage, auf der er sich befand, war beweglich, weswegen nur in letzter Sekunde konnte er sich noch stabilisieren.

Der Presslufthammer legte nun einen Zahn zu, als er sich orientierte und vor sich die … *Moment mal! Das ist doch die Frau von gestern Abend!*

Sie hielt ihm eine dampfende Tasse entgegen und nun machte der Kaffeegeruch einen Sinn. Vorsichtig setzte er sich auf und seine Finger gruben sich in die weiche Unterlage, um Balance zu halten, als er erkannte, dass er auf einem schwebenden Liegebett vor einem Strandbungalow lag.

Wie bin ich nur hierher gekommen?

Erneut suchte er den Blick der Frau und war sich plötzlich verunsichert: „Hatten wir Sex und ich habe es verpennt?" Das Pochen im Kopf trieb ihn in den Wahnsinn, sodass er es nun wagte, mit einer Hand loszulassen und sich seine Stirn zu massieren. Als er beiläufig ihren genervten Gesichtsausdruck ablas, wurde ihm bewusst, was er da gerade laut ausgesprochen hatte.

„Nicht dass ich wüsste, aber wenn Sie Ihren Rausch ausgeschlafen haben, wäre ich Ihnen dankbar, wenn Sie meinen Bungalow wieder verlassen. Es war schon schwer genug, Sie vom

Strand, wo Sie mit den Wellen gekuschelt haben, auf die Terrasse zu schleifen und den röchelnden letzten Zuckungen zu lauschen."

In Maurices Kopf formte sich langsam ein allzu genaues Bild, was gestern tatsächlich vorgefallen war, und er wollte nur im Boden versinken. Er rieb sich über die müden Augen und ihm ekelte vor dem Geruch, der zweifelsohne aus seinem Rachen kam. Dann konfrontierte er sich wieder mit ihr und legte einen reumütigen Blick auf, denn sie sah abgekämpft und müde aus. Ihr Haar war unachtsam hoch zusammengebunden, sie war ungeschminkt und trug nur eine durchsichtige Bluse über einem extrem kitschig leuchtenden Bikini. Seine nächtliche Eskapade hatte ihr offenkundig eine schlaflose Nacht bereitet.

„Entschuldigen Sie, wo bleiben meine Manieren. Glauben Sie mir, für gewöhnlich bin ich ein charmanter und gut erzogener Mensch. Doch das Leben hat mich etwas zerstreut und nun muss ich mich erst wieder aufraffen. Ich wollte Ihnen wirklich keine Umstände machen."

Sie schien zu überlegen und die kühle Nuance verschwand langsam aus ihrem Gesicht. Maurice war bemüht, rasch das Thema zu wechseln.

„Ist der vielleicht für mich?"

Tamika war kurz verwirrt, doch als er zu ihrer Hand deutete, wurde es ihr klar. „Oh, ja. Ich dachte mir, den Kaffee können Sie womöglich brauchen. Ich hatte noch nie einen Kater, daher habe ich keine Ahnung, was da hilft. Und mehr als Tee, Wasser und Kaffee gibt meine Minibar leider nicht her." Tamika konnte ein Lächeln nicht verdrängen, denn mit der zerzausten, sandigen Frisur, die nicht mal ein Friseur hätte reparieren können, sah der Mann nicht mehr so streng aus, wie er am Vorabend hatte raushängen lassen. Er verfügte generell über ein attraktives Erscheinungsbild und sie mochte diese leicht schiefe Nase, die sein Gesicht zu etwas Besonderem machte. Aber das war auch schon alles …

Tamika übergab ihm die heiße Tasse und beobachtete, wie er vorsichtig daran nippte und nach dem ersten Schluck das Gesicht verzog.

Typisch! Der Prinz auf der Erbse.

„Sie sind wohl Besseres gewohnt", schlussfolgerte sie vorsichtig, als er die Tasse langsam zu Boden stellte und sie mit glasigen Augen ansah. „Nein, ich merke eher, dass jeder Tropfen Flüssigkeit meine Übelkeit noch verstärkt." Und bei dem Stichwort begann er, sich zu recken und hielt sich verzweifelt die Hand vor den Mund. Panisch zog Tamika ihn an der Schulter hoch: „Kommen Sie! Ab zur Toilette!" …

Mehr zu ‚No Love for rich bastards' findest Du ab Oktober 2019 als E-Book im Onlineshop und ab 2020 auch als Taschenbuch in deiner Bücherei!

Viel Spaß!